大日坛城

（重写版）

徐皓峰 著

光明日报
出版社

序一
重写记：蒙面人与泄密僧

《大日坛城》二〇一〇年出版，当年的我信奉"风格统一是对小说的约束，一部小说可以是几部小说"，于是在小说一半改了写法。

那时买到《大师和马格丽特》，往下写，沉浸在布尔加科夫的恶作剧里，自己快乐，作为作家是练手了，苦了读者。

提布尔加科夫为遮羞，还是我不行，我练的是大学基本功。大学一年级的表演课，要"一个条件生一切"，由一个词或一个动作或一个地点或一种人物关系，生成个故事。编不圆，只好在舞台上胡来，靠吵架发火混过去，老师管这叫"洒狗血"，演得再棒，也不认可。

表演课等于编剧课，演技是二年级以后的事。布尔加科夫脑子好，能生一切，《大日坛城》后半部练这个，写完不再怕上表演课了，可惜晚了十五年。不明白学的是什么，是种痛苦，明白是什么，能力低弱，是另一种痛苦。

我的大学，如此煎熬。

《大日坛城》前半部是写文，即便长段对话，也不是影视台词，文字韵律直接起作用。后半部成了写戏，需要读者联想出画面，脑海里造电影，才能嗨到，隔了层纸。我练出了想要的本领，偏离了文学。

前半部文风，得益于我大学同学邵源和围棋国手江铸久。二〇〇五年，同学们传说我颓废。邵源在广州办公司成功，邀我南下玩一周，各种款待。临别，交代他的用心：他做到的，我也可做到，要对自己有想象力。

江铸久是他介绍的，江铸久向我介绍了日本报纸写围棋观战记的二位"覆面子"——蒙面人，日本报界几十年传统，邀请作家观棋，写细节、氛围，作为棋谱补充，个人不署名，几代人共用"覆面子"一名。

露了相的覆面子是川端康成，他太有名了，藏不住。覆面子文风，以偏概全，显禅意。大学时代看过《吴清源自选百局》，一路点缀覆面子文字，让不懂棋的我过了干瘾。

覆面子写简短情景，可否写长篇故事？《大日坛城》便做此实验，实验了一半，又去实验布尔加科夫了。小说非我专业，无师无友，学习的办法，只能是看到好的，就自己写一遍。抱歉，抱歉。

《大日坛城》除了围棋，还写东密——流传在日本的唐朝密宗。此宗在本土断绝，有说断在唐末，有说断在北宋。民国，日本密教为报恩，破格回传几位国人，称为"反哺"——小鸟长大喂老鸟。

最初是看民国道教学者陈撄宁文章，记载东密在上海、北京的传法情况，引我兴趣，很久才知写的不是反哺一脉。后被一个故事吸引，六百年前一位日本密教传法师担忧断绝，违背守秘誓言，将口传内容落于文字，写了一些即病逝。后世二位传法师受他感动，续写，也都病逝。名《大日经疏演奥钞》，六十卷巨著，拼命泄密给外行，且是中文写作，那时僧侣是上流阶层，要写中文；日文在日本还是民间文字。

事隔十年，对促成此小说的三本著作《吴清源自选百局》《五轮书》《大日经》再次阅读，十年时光，同样文字看出了不同。初版小说，中段后故事纷杂，因为读书未透，本人的肤浅，干扰到人物。

新稿删除旧说，改用新想。

胡金铨导演《山中传奇》，序幕展示东密手印。东密有大唐样貌，容易吸引当导演的人。《大日坛城》出版十年，在读者那里有个悬案，如果中途不改写法，风格统一会什么样？

小说是我最好心思的集合，我比我的小说差太远，故尽量与读者少交流。这部重写的《大日坛城》，慰劳读者，是我最大交流。解答"静安寺"一章后，原汁原味写下去，会如何？

2020 年 5 月 27 日

序二
失位者得先

　　我是大学最后一个学期才学围棋的，教我的是一位不找工作的美术系同学，霍元甲办精武门般，教同学下棋。我在三周内下败了他，他其实不太会下棋。那时是一九九七年。

　　校园第一高手是位管理系同学，有着高僧般的笑容，做过殡仪馆义工，传闻背过数百尸体。他告诉我一个秘密：曹薰铉的棋技在李昌镐之上，只因为曹薰铉屡败于李昌镐，而混淆了事实。

　　这个秘密给了我很大启发，推论出十连败于李昌镐的马晓春其实在李昌镐之上，并写成文章，竟然在《围棋天地》上发表。我的敢说敢想，引起《解放军报》编辑注意，让我深入阐述此观点，作了篇长文。有战士在马晓春的受挫期爱上他的棋。

　　我的棋评人生涯止于两篇，棋力不足业余初段，却点评顶尖高手之棋，实在难以为继。

　　离京去外地参加工作，带了本马晓春的《三十六计与围棋》。在全民经商、谋略学成显学的时代，这个书名是应该的。对我而言，是山水画，晓春兄展示的攻杀手法有笔墨韵味。唉，曾为他正名而苦战两年。

不幸遇到一位李昌镐的支持者，他狂赢了我两年，以致说出："不客气地讲，我和你的关系就是李昌镐和马晓春的关系。"

令我大怒，发誓从此不跟他下棋，但过几日仍找他，他却因输给了生活，隐遁了。从此我再没见过他，生活帮我遵守了誓言。

二〇〇六年，李昌镐与依田纪基在上海对局，农心杯决赛。我在观棋室相遇马晓春，江南才子的潇洒与孤独。他来晚了，不跟人打招呼，不入多人讨论的桌，见我左右无人，走来坐下，拉走我摆了子的棋盘，全部撤下，又原样摆上，对照桌前的闭路电视，独自研究。

专业人士有识别同类的本能，他一瞥便知我不是下棋的。面对近在咫尺的他，我没搭话，满意了。

比赛前，围棋国手江铸久带我观看对局者入场，忽然响起一片克制的惊叹声，记者们都转了向。依田纪基没走靠近入场口的楼梯，出现在长廊尽头，穿和服，气势滔天，如黑泽明电影中决斗的武士。

长廊百米，他终于走近，随时会出手伤人……他看到江铸久，一秒钟变成可爱的动漫人物，笑开了花地打招呼。痛惜他自毁形象，我埋怨江铸久，你破了人家气场。江铸久说没事，日本人有好几个自我，决斗的自我和见熟人的自我，互不干扰，看到这一幕，你以后就知道怎么写日本人了。

之前已见李昌镐。我上洗手间，门口一个小伙子伸手拦，说："不要进。"登时心惊，难道是李昌镐的弟弟？

报纸上说，天下第一的李昌镐从不给主办方添麻烦，赛前调整心态，待在公共洗手间，他没有助理，由弟弟守门。正想着，走上四五人，小伙子依然用"不要进"三个字拦，那四五人觉得莫名其妙，推门进去。他们与棋无关，酒店餐厅出来的人。

门内真是李昌镐，著名的虚焦双眼，大梦初醒般看着进来的人。报纸上说他弟弟中文流利，现实里还是隔阂，不然多说几句，便可把人拦下。

对局结束，李昌镐起身，差点晕倒，又奇迹般一下站直，我在闭路电视看到这个剧烈的趔趄。他出场见人，少年围棋班小孩拿着各种临时找来的纸，要签名，他都给签……十连败后，马晓春公开表示，他是李昌镐大敌，李昌镐见他会紧张。李昌镐公开表示，胜负是表面，在棋的内容上，二人是 50：50……我站在小孩后面，他虚焦的双眼望过来。我没上前，满意了。

那盘棋，他输了。棋评人王元在电视里言，本该是李昌镐名局。开局不久，即被依田纪基斩杀十余子，没脸再下的局面，他重新布局，竟无败势，并抢得先手……那盘棋该着依田纪基赢。

次日爆出新闻，依田纪基劝李昌镐："人生短暂，赶紧做点别的吧。"

依田和李昌镐是朋友，总是好心地劝他玩。事后分析，依田君的标准可能是日本名誉棋圣藤泽秀行，干过房地产、毛皮倒卖、游艇会所、赌马、酗酒、书法……情人无数，博览群书。连霸六届棋圣战，第七届输掉，告诉击败他的赵治勋："赵君实在是弱啊。"

他八十一岁最后一次访华，给中国新锐讲棋，江铸久安排邵源及我去旁听。在电梯口迎接，年轻国手们都靠墙站，没法站他们后面，我便一步迈前，被出电梯门的藤泽秀行斜脸瞪一眼，街头打架让人尿的力度。事后邵源告诉我，在日本，迎接人不能靠太近。

藤泽秀行患三种癌症，《教父》中的二代教父从西西里岛归来后的大撇腿步态，身后跟位中年美妇，和服浓妆，电影明星的气场。

落座后，此次活动的日本赞助商讲话，没说几句，藤泽秀行叫停了翻译，赞助商自责失礼，说多了。一代强人曹薰铉赶来，友情站台，在藤泽秀行示范的棋局上，就一个局部攻防，兴高采烈摆出多种变化，越摆越奇，脑筋之快，引得满场钦佩。

藤泽秀行扭脸不看棋盘，大口吸烟，曹薰铉敏感，请他评价，他说："看不懂。那里很小，为什么不下在这？"

摆出一手离题万里的棋，曹薰铉赞美下台。

事后邵源问我，老先生是要表演给年轻人看，不屈从商业、不屈从强者么？

藤泽先生属于"心里都是吴清源"的一代人，为打败吴清源燃烧青春，一次对局，占据优势后劝吴清源认输，大意是："鱼都走了，渔民还在无效地撒网，多么像吴先生啊。"吴清源回应："怎么说出这么奇怪的话？"

"以弱胜强"符合八十年代的奋斗精神，那一代高手给大众讲棋，常将自己的名局说成是重大失误后的惊险自救，符合好莱坞剧作结构，很能振奋大众。

吴清源很少说自己不好，这是他吸引我的原因。无缘得见老人，得缘相识江铸久，他是第一届中日围棋擂台赛上的英雄，在中方败势时，五连胜日方高手，扭转乾坤。

他体格剽悍，风度翩翩，具有运动员和艺术家的混合气质，是一个自得其乐的人，与人相处时善于说笑。初次见面，江先生掏出两枚白棋："你看哪颗更贵？选对了，是同路人。"

我未能经过考验，选了晶莹含纹的一颗，正确答案是无光无纹的一颗。

很尴尬。

他勉强跟我做了朋友，一次与我说得正热闹，夫人芮乃伟过来告知："下一轮你与曹薰铉对局。"曹薰铉手握九枚世界冠军，正值巅峰。他散散的坐姿直了些，说："好事。"《德黑兰43年》中老牌杀手的酷劲，这也是昔年擂台赛上的他吧？

夫人是吴清源弟子，一次随江先生来我房间，江先生引我说话，她闪入我视线的死角。我问夫人怎么没来，先生向我身后一指："在呢！"我转身，见她靠墙盈笑，如一株亭亭海棠。

这是一位精神纯净而美得超凡的女人，难怪可以是吴清源弟子。不但是我的感觉，同学邵源也如此，一次陪他们夫妇散步，先生表示我和邵源先回去，他俩再走走。

我俩不走，执拗地陪完全程，送回房间才醒悟：我俩太过分了！他俩肯定烦透了。

交流后吓一跳，我俩死陪到底的心理竟然一样："怕芮乃伟遇上坏人。"她的感召力，可引发效忠精神。

夫人是正式拜师，江先生没有，吴清源对中方媒体言，芮乃伟倔强，不好教，后来找到窍门，要想说服她，先得说服她丈夫。告知大众，对江铸久有授艺之情。

江先生给我讲解过吴清源的五局棋，方知从前错用了心。看棋谱理解了，但你下不出来，说明还是不理解，棋谱上的解说仅是个比喻，与下棋的实质相去甚远。围棋是种功夫，而非外行人想象的尽是算计。

生活也是一种功夫，不是本性善良、明辨是非就可以活的。生活的高手不会战胜你的精神，却可蹉跎你的岁月。

先生和夫人早年，天下之大，竟容不得棋下。时过境迁后企图为自己当年正名，却又是疑问手。

厌烦"回归生活"一词，因为生活时常不令人尊重。有才华者，多是无家可归的人。他俩该入吴清源门下，吴清源的棋是失意者的棋，在遭人夺去生活根基后的应对之法。

失位了，不可再失势。吴老善于弃子争先，让人杀尽自己的一块棋，换取在他方的主动权。我们很难保证自己的权益，所以认清何处是他方，便极为重要。

先生和夫人是活在他方的人。

因为他俩，而想在小说中写棋。

2010 年 9 月（初版序，此版有增写）

目录

公元七二四年，唐玄宗开元十二年，北印度僧人善无畏在洛阳福先寺译《大日经》，宝月语译，一行笔录。

公元八〇五年，唐顺宗永贞元年，善无畏再传弟子惠果在长安青龙寺绘制《大日经》境界，即大日坛城，画工十数人，除领班李真外，其余人姓名不传。

一　寂寞身后事

他是一名牙医，在上海"日本女子牙医学校"任教。他叫西园寺春忘，淞沪战争打响时，已在上海生活了十七年。他七十二岁。

他是个勤勉的人，十七年来，每晚都会写三千字以上的信。信的内容涉及上海的方方面面，教师工资数、棚户居民卫生状况、餐馆食谱……都是辛苦搜集而来，每晚抄完这些琐碎信息，他会留出两个小时，写属于自己的论文。

已经有三十五万字了！他对这三十五万字反复修改，最终决定删减为两万字。多年的写作，令他逐渐醒悟，越复杂的文字越没有价值。

三十五万字中有着过多的感性，比如："中国，漫无边际！即便仅是华中地区，其漫无边际也令人晕眩。这种晕眩感，让我明白中国对日本的意义。"

——这样的文字令他羞愧，那是十七年前他刚到上海时所写，当时他五十五岁。五十五岁，多么年轻！三十五万字中浓缩着他十七年的岁月，含着一个活生生的自己。

但他决定把自己从文字中剔掉，剩下的两万字将以强大的理性征服后人。更好的是，对现任日本政府产生影响——他对此期望不高，因为他只是一个职位低下的间谍，而且生命危在旦夕。

淞沪战争开始后，中方取得绝对优势，击落日本飞机四十余架，两次重伤日本军舰"出云号"，攻入日军在上海郊区的坟山阵地——他所在的日本女子牙医学校进驻中国士兵，他翻墙逃出，正奔走在一条里弄中。

他穿黑色西装，拎着一个咖啡色公文包，即将走出里弄时，碰上一伙持砍刀的市民，喊："你——日本人？"

他镇定回答："跟你们一样，中国人。"说完意识到自己的仁丹胡还没刮掉，那是日本人的典型特征。

他被押走了。后悔刚才没有说出："对！日本人，一个理论家。"

西园寺春忘被押入一座酒楼的后院，预感死期将至，今天日期是"一九三七年八月二十一日"。我已在世上活了这么久。来到中国后，养成了看皇历的习惯，皇历写每日凶吉，今天不宜出行，宜洗浴。

他应该洗个澡，老实待在牙医学校。进驻校园的中国士兵只是将日本教员监管起来，并没有怀疑这里是间谍机构。校园内有行动自由，可将材料从容销毁。

但他不能销毁那两万字，那是他一生心血，能够影响日本的未来。

所以，他逃了。

两万字装在咖啡色公文包中，被持刀市民拎着，送交一名中国军官。军官坐在乒乓球案子前，案上堆满各种缴获品。

院中排队站着四十余人，都有间谍嫌疑，逐一上前受审。他前面的是位背驼如弓的老人。看到有比自己更老的人，西园寺春忘莫名欣慰，安定下来。

军官从乒乓球案子上拣出一把日本刀，刀鞘为乳白色，有银花雕饰，仅七寸长，再短一分就是匕首了。

军官："这是什么刀？"

老人解释，实在不能算是刀。日本武士的佩刀是一长一短，名为太刀和小太刀。这款刀比小太刀还短，是妇女和商人佩带，和外出时拿折扇一样的装饰品。

军官："这种小刀叫什么？"

老人："小刀。"

军官笑了，继续询问。老人说他的女儿在上海经营餐馆，他随女儿生活，女儿不让上街，但他喜欢上了一种中国食品——腐乳，两天没吃，馋得慌。军官笑笑，挥手放行。

老人却不走，盯着乒乓球案上的小刀。军官解释，毕竟是凶器，不能还给你。老人举起右手："对于我，不是凶器。"

手上没有皱皮，如果不是一块暗黄色的老人斑，便是一只年轻人的手。

没有拇指。

军官："赌博出老千，被人砍的？"

老人右眉跳了一下："年轻时弄的，不值一提。"

军官："现在是战时，不能还给你。"

老人双手插入衣襟，闭眼坐地，不给便不走的表示。士兵要把老人架走，军官摆手阻止，转而招呼其他人受审。西园寺春忘走上，刚才已怀死志，现在有了活的希望，因为那个没有大拇指的老人，令他想起自己少年时代的新闻。

日本明治维新后，颁布禁刀令，武士阶层被取缔，许多剑术流派消亡。几十年后，在国粹人士的策动下，警察署开设了剑道课，聘请剑士执教。这是剑士生存下去的不多机会，竞争激烈。

一刀流出现一位强者，他通过比武，击败五名竞争者，取得教习职位。比武以木刀代替真剑，戴头盔、胸甲。五次比武，他均一击结束战斗，对手或木刀折断或头盔开裂。

他惊人的力量令大众崇拜，颂为"百年一出的强者"。警察署举行教习就职仪式时，他没有出现，一位十三岁男童代表他送来个漆盒。

漆盒中是一截拇指、一封信。

信中说，随着西方文明的入侵，东方世界趋于功利，他的武功不知不觉受影响，一味追求力量，而忽略了剑的艺术。现在他已明白错误，所以不能接受教习一职，并切下拇指，向世人表示屈从西方的错误。

他的举动遭到西化人士的诟病，说是传统文化毒害了他。但他感动了大众，大众看到古代剑士的求道精神，期许他终成大器。

可他再没有进入大众的视野，几十年来音讯全无。他的名字叫世深顺造。

坐在地上的老人，会不会是世深顺造？西园寺春忘强忍激动。

军官翻看公文包中拿出的文稿。日本传统，正式文章要用汉字，虽然明治维新后推广日文，仍有一些贵族坚持用汉字。

西园寺家族是贵族，曾在明治天皇逝世后，两度组建政府内阁，西园寺春忘属于这个贵族的支系，自小家境贫寒，但他为自己的血统骄傲，平时写作皆用汉字。

军官抬起眼："你是间谍。"

西园寺春忘："理论家。西方文明的入侵，让亚洲变得功利，你们政府奉行英美体系，日本还在坚持东方文明……"

坐在地上的老人睁开眼。

黯淡无光的眼。

军官吩咐士兵："把他关起来。"

瞥向老人，西园寺春忘感叹：可惜他不是世深顺造。

西园寺春忘被押走后，军官抓起乒乓球案上的白鞘小刀："能从我手中拿起来，刀就可以带走。"军官松开抓刀的掌，展平。

刀托于掌上，轻易可拿走。

老人站起，驼如弯弓的脊椎缓缓展开，青年般直顺。军官斜靠椅背，似乎没注意到老人的变化，懒洋洋说："快点。"

老人伸出只有四指的右手："听说太极拳有名为'鸟不飞'的绝技，可以向我解释一下吗？"

军官依旧斜坐，语气变得庄重："鸟不飞，是先祖彭孝文的绝技，麻雀在他的手掌上飞不起来。麻雀起飞需要爪子蹬地借力，但麻雀爪子在掌上一蹬，先祖就把力化掉了。麻雀始终找不到发力点，所以飞不起来。"

老人嗓音阴沉："在力学上很巧妙。我更佩服他的心境，只有纯无杂念的心，才能预感细微的动向。"

军官坐直上身。

老人现出笑容，犹如裂开的伤口，只有笑容没有笑声："日本的规矩，比武前要互报师门。日本的剑圣叫宫本武藏，他的武学叫二刀流，可惜失传。我原有师门，但我三十八岁退出，四十五年以来，一直在研究……"

军官："二刀流？"

老人再次现出夸张的笑容，依旧没有笑声："很难，宫本武藏留下的文字并不多。"停在胸前的右手向军官伸来。

满院人眼中，只是一个人要从另一个人手中拿东西。老人的瞳孔忽然儿童般黑亮，四根手指握住刀柄。

两人的小拇指均跳了一下。

老人："可以了么？"抬手，握刀撤离。

军官神情说不出的轻松。老人："我还要带走一个人。那个理论家。"

西园寺春忘和老人行在街上，询问他以何种理由让军官放了自己。老人："我对他说，你感动我了。"

西园寺春忘："只是这句话？"

老人："没有你是间谍的确凿证据，所以他卖给我人情。"

西园寺春忘："你跟他不认识，怎么会有人情？"

老人与军官手一接触，均发现对方功力比预测的要深，继续比武将十分凶险，可能双双重伤。他用一句"可以了么？"暗示双方停手，军官便停下。

如果一人收劲时，另一人趁机发力，便可杀死对方——两人均没这么做，短短几秒，令两人之间产生常人难以企及的信任感。

西园寺春忘无法理解，但坚定地说："你是世深顺造！"

老人一笑，没有笑声。

二 地水火风空

日本剑圣宫本武藏创立的二刀流，在他死后，传两代断绝。

证明宫本武藏存在过的，是一幅他五十六岁的自画像、四十一岁制作的黄金刀锷、二十九岁用船橹削成的巨大木剑，还有著作《五轮书》，作于一六四三年。

五轮是佛教密宗用语，指地、水、火、风、空，宫本武藏用作标题，将书分为五卷。序言中，自陈将毫无保留地著述，但近三百年来，没有人可以照书恢复二刀流武功，普遍认为他省略了最关键的部分。

世深顺造研究《五轮书》已四十五年，他和西园寺春忘行走在一条硝烟弥漫、空无一人的里弄，说宫本武藏没有隐瞒，的确兑现了序言的承诺，将一切都写了出来。

序言用词平凡，风浪过后的平静，在晨雾般的硝烟里，忽然很想背诵。

我创立二刀流已有数年，今天发愿著书。今天，是宽永二十年十月初十。我在九州肥后的山上，望天顶礼，祈祷祖先，拜于我佛之下。我是播磨国的新免武藏守藤原玄信，一个六十岁的武士。

我幼年便倾心武学，十三岁击败新当流的马喜兵卫，十六岁击毙马国的秋山，二十一岁到京都，遍会高手，未曾落败。之后周游列国，经六十多次决斗，无一失手。十三岁到二十九岁，我不停比武，不想一晃便十六年过去。

三十岁时，自知未达宗师境界，反思以往胜利，或因为我天生力大，或是运气好，或是对手技法有弊病……我如此评价自己，勤勉修行，五十岁终于彻悟。之后，我醉心于绘画、铸造等艺术，每每无师自通。

我的这本书，没有引用佛道儒一句话，也不参考之前武术书，写的是我的体悟。相信我，我把一切都写下来了。

语音清朗，没想到一位八十三岁老人的嗓音如此动听。西园寺春忘三十六岁后嗓音便有杂质，现在七十二岁，说话像推开一扇朽坏的门。

世深顺造："宫本武藏创立二刀流，左右手都拿剑。没有受过剑法训练的人，手上多一件武器就占一份便宜，所以农民打架都是两手各拿根木棒，抡圆了打。受过训练的人则知道，用一件武器，一定比用两件武器好。拿两件会分心，灵敏度降低。"

西园寺春忘一惊："您的意思是，宫本武藏不懂剑法？"

世深顺造停步，盯着里弄口硝烟，似乎硝烟后藏着三百年前的真相："他是日本的剑圣，说他不懂剑法，太违逆常识。可惜，这是事实。"

西园寺春忘叫了一声，世深顺造解释，他研究《五轮书》已经四十五年，开始被书里的实战经验吸引，觉得其技法非常直率，超越以往剑派。但很快发现，其实是些笨法子。这本书，可以让你成为一个街头斗殴的狠角色，但一辈子成不了一流剑士。

世深顺造的结论是，宫本武藏根本没学过剑法，没有老师。但他是天才，所以他直率的技法，成了降伏天下剑士的妙招。他的徒弟没有他的天才，那些技法就暴露出粗糙本质，他的剑派没法流传。他没有说谎，真的都写下来了，只是他的技法根本就练不出高级武功。

西园寺春忘："既然他的剑法并不高级，你为什么还要耽误四十五年？"

世深顺造："他毕竟是一代剑圣，四十五年来，我一直希望是我错了。"

西园寺春忘："现在，你完全肯定了自己的看法？"

世深顺造未答，望向弄堂口，硝烟中走出一位穿西装的中年人，拎着一件灰布包裹。包裹打开，是柄长刀。

刀长两尺六寸，鞘为绿色，柄上绑吸汗的线绳，鲜艳如血。绿鞘、红柄的色彩搭配，像毒蛇表皮，令人恶心。

世深顺造却像第一次看到女人裸体的青年，眼神热切："千叶虎彻？"

中年人梳规整分头，脖子肌肉严密、橡胶皮管般："对，是它。"

有名字的刀，人一样受尊重，甚至比人受更多尊重。传说这样的刀能够改变人的命运，等同山神灵鬼。

中年人："千叶是一刀流祖师姓氏，只有本门护法才能用它。四十五年前，它是你的佩刀。你脱离一刀流后，它经历两代主人，前年传到我手中。"

世深顺造："它太绚丽，不祥。"

中年人："是的，三年来，我时时感受它的不祥。它斩杀本门的不肖之徒，刀上已有十七条命。"

世深顺造："又增加了两人？我用它时，纪录是十五人，在法治社会，原以为这就是它的永久纪录。"

中年人："社会有法治，流派有门规。"

世深顺造："我辞掉警备厅教官职务，让本门失去发展机会，是不肖之徒吧？"

中年人："你的功过是非，是两代前的事，我不予追究。只希望你自重，不要妨碍我在上海办事。此事是陆军委托，办成了，利于本门发展。"

世深顺造："杀一个无辜的人，换取利益——本门何时变得如此下流？我以一刀流密语给你去信后，你没赶去杀人，而是赶来见我，说明你还尊重前辈。你不要杀那人，我也不取你性命，你回日本吧。"

挥手，示意谈话结束，神态之傲慢，好像面对的是个小孩。中年人左腮痉挛，握柄的手青筋暴起……还是没有拔出刀，长呼口气："他是中国人。"

世深顺造："他是天才。"

中年人："他给日本造成许多尴尬。"

世深："天才就是给世人制造尴尬的，这样世人才能进步。"

中年人："你究竟跟他有何渊源，非要保他？"

世深顺造："你越功利，世界对你来说就越神秘。你只能理解权钱交易，哪能理解我的事？"

中年人下巴抖动，愤怒到极点："不可原谅！"

霍然拔刀。

拔刀后，愤怒便消失了，整个人变得静穆。

指向世深顺造的刀，像古井反射的月光。

世深顺造："你有'无声取'的名誉，你的对手没机会碰到你的刀，便被击中——你真有那么快吗？"

刀射向世深顺造咽喉。

响起一声清脆的铁器碰击声，如寺院法事奏乐中拍响的镲，可以打消所有俗情。

中年人一脸欣慰："兵器相撞的声音，真好听。"鞠躬行礼，转身而去，行到弄堂口骤然跌倒，上身陷入硝烟，腿抖几下，不动了。

绿鞘红柄的千叶虎彻，像艳丽少妇，躺在尸旁。世深顺造拾起，拔出两寸，刀光如水，似非铁质。

世深顺造："我已老朽，而你崭新如初。"

刀光，是逝去的青春。

世深顺造颂念："嗡！阿梦尬！维路恰纳，嘛哈幕得拉，玛尼帕得玛，揭瓦纳，普拉瓦卢，答雅哄！"日本僧人度化亡灵的真言，名为大光明真言。死亡，是种光明。

观看比武，令西园寺春忘沉浸于巨大美感，听到真言，方想到一个人死去："为了个中国人，你杀了自己同胞！那个中国人是谁？"

世深顺造显得衰老："一个可以成为宫本武藏的人。"

西园寺春忘住口。

世深顺造："苍天怜悯我，给了一个破解宫本武藏秘密的机会。这个中国人即将挑战日本围棋界第一人素乃，报纸刊登他以往棋谱，招法非常直率，就像一个不会下棋的人。但他的天才，令他不可战胜——这种情况，与宫本武藏一样。"

西园寺春忘："我知道！你说的是俞上泉。"

世深顺造："苍天赐给我这个人，他去练《五轮书》，等于武藏重生，我四十五年来的所有疑问都将得到解答！"

西园寺春忘被他的思路震呆，回忆自己知道的俞上泉。

他十一岁杀败北平四位国手，成为中国围棋第一人。日本棋界轻视中国棋界，认为两百年来，中国围棋没有职业化，落后太多，但他的天才惊动日本棋界第一人素乃。

素乃决定将他接到日本收为弟子，他的使者尚未派出，一位叫顿木乡拙的棋士捷足先登，赶去中国造访俞家。顿木与素乃不和，素乃出于第一人的尊严，见顿木已与俞家接触，便不再派使者。

经过跟俞家长达一年的协商，顿木乡拙将俞上泉接到日本，收为弟子。顿木乡拙与日本新闻界关系良好，多年来一直有俞上泉的报道，说他是"麒麟少年"。麒麟是传说中的神物，日本大众历来崇拜天才少年，他没有因为是中国人而受歧视，反而人气极高。

棋界均知，顿木乡拙培养他是为击败素乃，随着他的长大，将发生震荡日本的棋战。两个月前，十七岁的俞上泉在全日本围棋联赛中取得最高胜率，获得挑战素乃的资格。素乃已六十四岁，签署应战协议后，便赶回故乡福冈，深居简出，调养身体。一个月前，俞上泉回中国，报纸上说要在出生地寻找灵感。

他生在上海。

西园寺春忘："素乃怕输，所以委托日本军部在上海除掉俞上泉？"

世深顺造："素乃棋风强悍，敢打敢拼，总是正面作战，棋如其人，我相信他的人品。从他积极备战的行为看，他对此次天才的碰撞，是心存期待。"

西园寺春忘："他门下弟子众多，难免有人为保住师父名誉，出此下策。"

世深顺造点头："人一旦形成集体，便难免卑鄙。"

西园寺春忘突然大笑："哈！你在耍我，人的天赋是有限的，搞化学的天才去搞物理学，可能就是个白痴。俞上泉是个围棋天才，但说他练武也是天才，未免太荒诞了！"

世深顺造神色庄重："术业有专攻，隔行如隔山——这是西洋的学术，而东方文化则是触类旁通的，每一门专业的精华都是同一个东西。宫本武藏武功绝顶，他晚年画画、做铜铁工艺，作为画家、技师，也是绝顶。"

西园寺春忘想起青年时参拜高野山寺院，见过宫本武藏绘画的达摩像，以草书笔法画就，有着旷世豪情。他"噢"了一声。

硝烟之上，是爽朗晴空。世深顺造："我们去找俞上泉。"

西园寺春忘："为什么要带上我？"

世深顺造："上海是个比东京还繁华的地方，可以看到最新美国电影。西部片中的枪手，身边总带着个传记作家。枪手死于枪战后，作家就回家写书了，一条命一本书。你当我的作家。"走出里弄。

西园寺春忘三四秒后，整下领结，跟入硝烟。

三 旧家旧棋盘

法租界南区一座石库门，窗细如缝，地下室般暗，俞上泉在擦拭棋盘。棋盘高五十二厘米，重四点五公斤，四个柱脚状如花蕾。三岁时第一眼见到它，便被其底部迷醉。

盘面长四十二厘米，宽三十九厘米，对于竖边比横边多出的三厘米，父亲解释："这是敌我的距离。"

父亲早年留学日本，带回此棋盘。五岁，父亲教他下棋；十岁，父亲去世；十二岁，东渡日本。

旧家，旧棋盘。

家有五人。母亲、两个哥哥、两个妹妹，他去日本，带着他们。理由是，一个十二岁的孩子无法照顾自己。隐情是，他要照顾他们，他是家里唯一挣钱的人。

下棋，能挣钱。十二岁的他，日本棋界形容为"有着百岁老人的哀情"。十七岁的他，反而年轻了。他鼻梁与眉弓的线条锐利，眼角微吊，天生威严。

他很少抬眼，总是垂头。盘面上纵横十九道格线，为刀刻。他擦拭盘面，眼缝中偶尔一亮，似流水的闪光。

窗外黄暗，暴雨将至的天色。雨不会来，是战火污浊。

楼下寂静，"你看，仗会打多久？""中国会赢么？""我们回来得不是时候。"——此类对话，在他们家不会发生。父亲死后，家中便没了闲话。

屋外不远，支着辆独轮车，有位进城卖菜的农民，腰别旱烟袋、镰刀。硝烟中推出辆车，又来了位菜农，也是腰别烟袋、镰刀，在前一人旁支好车，抽出旱烟袋："来一口？上等德国烟丝。"

"不，我抽这个。"先来者怀里掏出镶金烟盒，打开是雪白烟卷。他的汉语，音调古怪，"个"字拖延一秒才止住。

二人各自点烟。先来者摘下腰间镰刀，刃上有浅绿直纹，有些聚在一起，有些散开，像水田里随手撒的秧苗，解释："这叫'稻妻'，上品工艺才出的纹。"

后来者："上品工艺怎会打一把镰刀？"

先来者："镰刀在中国只是农具，日本武道有镰刀技，日本镰刀是杀人的。"

后来者："中国镰刀也是杀人的，农民活不下去的地方，镰刀都是杀人的。"

先来者："我是武原的平地重锄。"

后来者："我是雪花山的郝未真。"

两柄镰刀同时脱手，旋转飞出，剁进地面。刀尖入土的深度和刀把的斜度完全一致。

平地重锄："我在等人。"

郝未真："我也是。"

两人不再言语。并立着的两把镰刀，如一对兄弟。

中统特务王大水还没有吃午饭，今日忙碌，上级先让他捕杀一位混入上海中统的彭氏太极拳传人，后让他捕杀旅日棋手俞上泉。

三年前，中统屠杀了彭家沟两百五十六人。因为彭家一个叫彭十三的青年击毙日本剑道高手柳生冬景，柳生冬景还有个身份——日本特务。当时中统和日本为对付苏联，有诸多合作。灭族彭家，是给日方交代。

淞沪战争开始后，上海驻有中统大员，彭十三要报仇。王大水曾与他擦肩而过，三小时前，王大水在磐石饭店后院检查可疑路人，离去后，正是他接替王大水，伪装成中统官员继续检查。

俞上泉是南京中统总部定性的汉奸，杀一个在日本生活且具较高知名度的中国人，可表明抗日决心，对日本人应很震撼吧？

俞上泉住法租界，中统不能公然进入抓捕，要便衣潜入。看过俞上泉照片，王大水稍感遗憾，是个面目清俊的青年，有着中国人最好的气质。

"别怪我，怪你的名声吧。"王大水默念，带五人进了法租界。五人他都不熟悉，是南京派来的。战争开始，南京成立"锄奸团"，都是各地调来的暗杀老手。

他们头戴草帽，腰别镰刀、烟袋，进城卖菜的农民样。王大水怀揣一沓银票、三根金条，万一行动暴露，用于贿赂租界警察。

王大水推独轮车，被旁边杀手狠拍一下屁股："长官，您的腰弯不下来呀，太不像农民了。是不是女人玩多了，肾虚啊？"

王大水暗骂"粗俗"，笑脸回应。他们是总部调来的精英，背景都深，他忍了。另几个杀手都在笑，一个人换下王大水，推车臀不撅，标准农民姿态。

杀手里有个空手走路的人，五十岁瘦小老头，脸隐在草帽下。王大水凑到老杀手身边，随便说些话，使空手走路的两人显得自然。

王大水屁股又挨一巴掌，老杀手："长官，您腿迈得太直，农民要背东西、扛东西，腿上承重，总是弯的。"

像个孩子，被人连拍两下屁股，王大水再也忍不住："你们什么毛病，张口就叫长官，很容易暴露！"

杀手们的笑容顿时消失，王大水有点害怕："我是为大家好。"老杀手："少说，走！"王大水"哎"一声，跟着走了。

他们来到俞上泉家门前，平地重锄与郝未真目光交流，均表示来者不是自己的人。平地重锄："怎么有这么多人装农民？"

郝未真："容易装。"

杀手们分开，堵住路口。老杀手独自上前，摘下草帽，露出张年轻的脸。其他杀手看到的是他背影，王大水能看到他侧脸，奇怪自己怎么一直觉得他是个老人？噢，是他的身形姿态，令人一望之下，形成"是老人"的印象。

观察地上并立的两把镰刀，老杀手的睫毛萎缩："二位在此，有何贵干？"平地重锄和郝未真答："等人。"

老杀手："噢，咱们不妨碍。你们是等人，我是进屋杀人。"

郝未真猫扑鼠般蓄势要起。平地重锄吸口烟，郝未真放弃蓄势，也吸了口烟。两人相互克制，谁也无法起身。

老杀手对郝未真一笑："朋友，世上总要死人的。"走到门前，敲门。

俞家一楼，俞母、二哥、两个妹妹在吃饭，开门的是俞家大哥。老杀手："我找俞上泉。"

俞家大哥："三楼。"

楼梯拐角处暗如黑漆。老杀手走上。

俞母皱眉。楼梯是木台阶，使用多年，已陈腐变薄，一只猫走上去也会有响动，却听不到他的脚步声。

俞上泉只是个下棋的，资料上说自幼体弱，十五岁在棋盘前坐久，曾咳血。怎么会令自己感到心慌？像喝了一剂配错的药。

三楼，推门，看到副旧棋盘。棋盘旁坐着位瘦削青年，持棋谱摆棋，应是俞上泉。

老杀手蹲下，伸指点在棋盘上，阻止摆棋。俞上泉嘀咕"这里不好"，将他手指拨开，打下颗白子，问："我这样呢？"飞快打下七八个黑子白子，继而五指连抓，尽数收在掌心，露齿一笑："下这儿不行吧？"

看不懂，老杀手却用力点头，做出恍然大悟的表情。

俞上泉继续摆棋。老杀手脸色骤变："我怎么不由自主地迎合他？如果是比武，我已死了。幸好他不会武功……不，这就是武功。"

老杀手站起，低不可闻地说："原想借你人头一用，以接近中统高官，给我家人报仇……我会另做打算。"抱拳行礼，开门出去。

四 方刀

俞家门打开，进屋的杀手走出，露着正脸。王大水惊觉，见过他照片。南京总部发来的，彭氏太极拳传人，混入中统特务里，专杀中统高官。

一个推车的杀手发觉不对，喊道："彭十三！"他笑道："对。"

"你装成了韩二哥！他人呢？"

彭十三笑而不答。

"别问啦。肯定活不成了。你能化装成韩二哥，算我们眼瞎！"

彭十三："我没有化装，是你们觉得我像他。你们眼睛没毛病，我骗的是你们的印象。特务训练课程，有偷窃一项吧？偷窃理论便是我化装的理论。"

王大水若有所悟。偷窃的首要技巧，是模仿他人节奏，如果与他人节奏保持一致，他人就不会警觉你的动作。在街面上接近一个人，要按照他的迈步节奏；在公车上行窃，目标的身体如何晃动，你也要如何晃动……

他模仿的是韩二哥的节奏！人对熟悉的事物，往往视而不见，不是靠眼睛，是靠印象。蹲在墙角的郝未真叫道："早听闻太极拳有改头换面之能，今日见识了，佩服。"

彭十三向郝未真抱拳，笑答："不敢。"

杀手们掏出枪。

郝未真："我帮不上你。"

彭十三："有心就好。"

王大水扣扳机，听到颈后"啪"的一声，不像是真实的，类似执行任务败露，内心"坏了"的叫声……类似七岁偷看三姐洗澡，体内的炸音……

又像是真实的，可以感受到它的重量，是个热乎乎的动物……

王大水不自觉扭头，四个推车杀手也都在扭头。王大水确定脖子后没有东西，转头见四个杀手中，一人趴在独轮车上、一人仰面躺地、一人侧卧于门口台阶，肢体舒展，形同睡眠。

剩下的一个杀手与彭十三贴面而站，他持枪的胳膊架在彭十三肩上。彭十三肩耸，他皮球般弹出，跌在六米外。

彭十三冲王大水发出亲切微笑。

王大水手指瘫痪，脑中有一念："淞沪战争以来，便患上失眠，这下好了，可以睡觉啦。"横飞出去，熄灭心念。

俞母站在窗前，看着外面的打斗。楼梯走下一位穿灰色和服的人，戴雪白口罩，发长两尺，盘于顶上。发质柔细乌丽，放下可化装成女人。

这家人初到日本，他便如一个家具，摆在他们家里。第一年，他自视为一块毛巾、一个木桶；第三年，他自视为猫狗；第五年，在他的内心，跟孩子们一样，视俞母为"母亲大人"。

母亲大人——其实这个女人比我年轻，我活了很久，我的岁数是……忘了……哪一年忘记的，三十一岁还是四十一岁？

他叫林不忘，林家是日本围棋世家，二百年来与本音坊一门争夺围棋界领导权。本音坊一门奇迹般代代有天才，林家始终处于下风。素乃是这代本音坊的当家人，林家对他的判定是"老谋深算，绝非天才型人物"，天才是可怕的，功力深厚的人尚容易对付。

可惜这代的林家仍无天才，与素乃抗争的不再是林家的人，他们是素乃的同门师弟炎净一行、野路子棋士顿木乡拙。炎净一行三十年前退出棋坛，隐于小岛深山。顿木乡拙在二十年前触犯棋界规则，永久性被取消向素乃挑战的资格。

当今，是素乃的太平天下。

顿木乡拙仍做着与素乃不成比例的抗争，素乃身在二百年名门，顿木是个来自海鸥岛的乡下人，自学成才，没有师门；本音坊一门与政界、军界关系深厚，顿木乡拙仅有一所小棋馆和一伙记者支持。

大众总是同情弱者、厌恶权贵，小报上的素乃是一个阴险的人，顿木乡拙是悲剧英雄。但新闻界在政界、军界面前微不足道，舆论并不能改变现实。

林家在二百年里也曾出过三位天才，无一例外的先天不足，或是心脏病或是肺痨。本音坊一门的天才令人羡慕，他们都有着强悍的肉体。林家的天才与本音坊的天才对决时，两位当场吐血，一位在棋战前夕病逝。

天意要林家做败者，天意要本音坊兴盛——这是林家几辈人共识。林不忘出生时重九斤三两，哭声嘹亮。这个健硕的婴儿，令林家兴奋了三年。

但他在三岁后，连续不断地生病，林家对他失望了，言："再等一代。"

身在林家，他没有学棋。棋是时间的艺术，端坐七小时仍一手未下，是常情。素乃年轻时曾为下一手棋，端坐两日两夜，坐姿不改，英气不减，博得"不动如山"的美誉。

林不忘的体质无法在棋盘前久坐，坐不住，便没有下棋资格。

他学了别的——林家的暗器。林家在战国时代是一支没有领地的雇佣兵，服务过的诸侯有上杉谦信、丰臣秀吉、德川家康。

德川家康统一日本后，林家的部队被解散，委任个闲职——御棋司，组织棋界比赛，有较高俸银。德川家康以钱买兵权，林家接受了。

但专业棋士家族——本音坊一门以"主管棋界的应是专业人士"的理由，博得德川幕府几位元老支持，取代了林家。

林家发誓击败本音坊一门，不为夺回俸禄，为洗刷耻辱。不会下棋所受的耻辱，要从棋上赢回来。林家子弟疯狂学棋，忽略了林家的祖传之技——方刀。

他学了。

方刀没有刀把，为三寸方形刀片，是古战场骑兵插在腕甲里的暗器，当手中兵器被打飞，甩出腕甲中的刀片飞击敌面，是救命之法。

《林氏三十二年记》，是林家的第四代管家——物兔仓行的杂事笔记，记载林家弃武学棋的经过，账簿般列出林家永远放弃的武技。其中有方刀详细练法。

以他的体力，能学的只会是暗器。原想习武可令他强健，但适得其反。练了方刀，他的体质更弱。暗器，总有阴气。

他的体温低于常人，他的腕部粗厚如蟒蛇皮，这是全身唯一强健的肉块，他的小腿没有肉形，他的脚踝细得令人担心，压在冬天厚被子里，会因为翻身而折断⋯⋯

林家财富足够养着他这个废人，他很少走出自己房间，到了二十一岁，也无人张罗他的婚事，林家不想让他赢弱的血脉延续。

方刀，飞不远。正方形，在空中难平衡。但在三米内，方刀的力度强过所有飞刀。三米，是一把椅子的范围。

无人能打扰坐着的我——林不忘悲哀地想到，我该下棋。本音坊对林家的羞辱，林家只能在棋上雪耻；林家对他的轻视，只能在棋上雪耻。

"我是灭亡本音坊的人，你们没看出来。"——他去了顿木乡拙的棋所。

二十一岁学棋，已太晚。最佳年龄是四五岁，围棋正如西方音乐，交响乐大师都是神童，学得越早越容易开发天赋。人间污浊，多一年，便无可挽回地迟钝。

顿木乡拙是个长脸汉子，两腮咬肌隆起，布满年轻时挤破青春痘留下的小坑。顿木当时三十七岁，虽在东京生活多年，仍是乡下人神态，听人说话时，夸张地皱起眉毛，嗷出下嘴唇。

林不忘："我学棋太晚了吧？"

顿木："不晚。"

林不忘："别人四五岁就学了。"

顿木："棋不是棋子，独到的感受才是棋。我在小岛上看了十九年海鸟，海鸟飞起飞落，正是下棋。"

林不忘："我学棋不为消遣，为做高手。来不及了吧？"

顿木："为消遣，来不及。做高手，来得及。学棋，要按部就班。做高手，要打破常规。"

林不忘："我天生体弱，在棋盘前坐不住。"

顿木将林不忘引到一具棋盘前，教他坐下："坐，不是给臀部找个依靠；坐，是让身体端正起来。"

离开棋馆时，林不忘想："林家两百年受本音坊压制，不是林家无才子，而是林家无老师。"那日，他在棋盘前坐过三小时，认顿木做了师父。

林不忘四十一岁时，仍未能取得挑战素乃的资格。他是天才，每次大赛，都会留下数盘叹为观止的好棋，但他缺乏稳定性，在轻松击败强手之后，往往会败给庸才。

"遇强不弱，遇弱不强"是林不忘的痛处，他超凡脱俗的构思，往往因一个低级错误而崩溃。他渐渐有了"天才林不忘"的绰号，不是赞美他的棋才，而是讥讽他基本功不足。

二十年，他未回林家。二十年，父母已逝。二十年，未练方刀……直到俞上泉出现。

他见俞上泉的第一眼，便知道击败素乃的人到了。这个低眉少年，令他嫉妒——比我幸运，早早地学了棋。

嫉妒折磨得他寝食难安，一个深夜，他闯入顿木乡拙家，跪求退出棋界，他说出一个理由——他要保护俞上泉。

棋界尽人皆知，顿木乡拙接俞上泉来日本培养，是为日后击败素乃。素乃门徒众多，不得不防有人起恶念伤害俞上泉。

顿木乡拙："你凭什么保护？"

抖腕，甩出方刀。

书案的一角滚落在榻榻米上，像座小坟。从此林不忘退出棋界，成了俞家的一个闲人。

林不忘走到俞母身侧，斜视窗外。窗外，彭十三击倒五位持枪者。

俞母："这是什么武功？"

林不忘："心力。古战场上，会有单枪匹马闯阵的人，几万人拦不住。"

俞母："没这道理，堵也堵得没路了。"

林不忘："三百年前的川中岛之战，上杉谦信独闯武田信玄帅营，刀伤信玄肩膀，全身而退。林家对此的记载是，谦信对自己的壮举也感迷惑，他是见到战局被信玄逆转，情急下闯营，本是丧失理智后的求死行为。"

俞母看向他，眼白雪亮，少女般的惊讶神情。林不忘迷惘，这个女人……鼻尖和鼻翼线条搭配之巧妙，龙兴寺收藏的宋代瓷器也不能相比。

她冷冷的，令人忽略她的年龄。她十五岁就嫁了人，二十二年来，只是家庭主妇。但她的端庄，令师父顿木乡拙也肃然起敬，跟她说话，谨慎得不敢出大声，总是紧张地斟酌词句。

这是贵族和平民之间的默契，顿木乡拙是对抗本音坊的强者，天生蔑视权贵，但希望遇到一个真正的贵族。

俞母家族是江南文化世家，名重于明清两代，她的祖父是福建巡抚，据说曾独舟入海，与台湾海域的四十一股海盗谈判——俞上泉在棋盘前坦然自若的神情，遗传于此吧？

男孩总是随母亲的……

林不忘："心强的人常有奇迹，因为心力能改变现实。"

俞母低眉，静静而听。她发丝规整，耳垂有一粒朱玉耳钉。

不能对你说的，是彭十三上楼的情况。那时，我躲在楼梯上。楼梯区域暗如墨汁，彭十三与我均无夜视之眼，但我们的感触能力，已足够拆招杀人。

我贴于墙面，感触着彭十三走上楼梯。感触中的他，不具人形。如同丛林的一只遇到天敌的野兽，我眉毛以下的神经都在作痛，脸上尤为疼……

彭十三走了过去，对我没有察觉。我成为一块墙皮，没有心念，没有呼吸。彭十三推开俞上泉屋门时，楼梯有了微弱亮度，我想：孩子，我很想保护你……

这一切，永不会对你讲。我走出楼梯时，你冷冷的脸上有一丝感激。你以为，我保护了你的孩子，其实是你的孩子自己保护了自己……

左手腕上，方刀冰冷，林不忘几乎要打个冷战。他忍住了，忍过了三十八年，冷的还是冷的。

五 雪花山

硝烟中走出两人。一个拎刀的和服老人，刀鞘碧绿，鲜得令人心惊；一个拎皮包的西装老人，脸型瘦削，五官局促，郁郁不得志的人常是此相貌。

是世深顺造和西园寺春忘。

一小时前，彭十三以中统特务的身份审问过他俩。彭十三指向蹲在墙角的郝未真："这人如果是你敌人，放过他。"世深顺造瞳孔收缩，点下头。

彭十三背王大水离去，世深顺造向窗内俞母鞠躬："请回避。"

音量几不可闻，窗内俞母却听见了，撤离窗口。世深顺造俯身，眯眼看地上插的一对镰刀。两把镰刀呈现不同光泽，一把亮得富于颗粒感，一把只是白晃晃。

世深顺造问平地重锄："你是一刀流这一代宗家？"一刀流是宗家制度，上一代宗家的儿子享有继承权，不论他武功如何，都是下一代首领。

平地重锄苦笑："宗家往往武功差。"

世深顺造："宗家亲自来了，我明白您的意思——屋里的人不能活。"

郝未真插话："屋里的人，我保了。"

世深顺造："你对宗家，有几分胜算？"

郝未真："同归于尽。"

世深顺造："对我，你有几分胜算？"

郝未真泛起孩童羞涩的笑，摇摇头。世深顺造摆手，示意他走。郝未真再次摇头，世深顺造："刚走的太极拳传人，曾卖给我一个人情，你是他朋友，我不伤你。"

郝未真："他不是我朋友，我甚至不知他名字。"

世深顺造："错，朋友不必有交情。相知的，就是朋友。"

郝未真："就算是朋友，也不能阻拦我该做的事。"

世深顺造拔出刀，刀体淡青，如黎明的天色。变换了几个持刀姿势，不为对付敌人，是从不同角度欣赏手中刀。

平地重锄："拿这把刀的人该是天竹取正，你杀了他？"

世深顺造仰头，像与一位至亲的人交心："噢，他叫天竹取正。宗家，'千叶龙透'才是你该用的刀，历代宗家用的都是它。"

平地重锄颧骨上的薄皮抽动。

世深顺造："你手上的镰刀，是锻造'千叶龙透'的剩铁所造。宗家，不用正式武器，用剩铁，是否你也认为屋里的人不该杀？"

平地重锄泛出微小汗珠。

世深顺造鞠躬："宗家，我不该问。"

平地重锄向郝未真示意，二人放弃对峙，双双起身，取走各自镰刀。

世深顺造劈出一刀。"噹"的一声，镰刀尖绕过刀锷，切在柄上。郝未真曾切下十一人大拇指。

刀柄上溅起血色，是柄缠的红线，用途为吸汗、增加握力。想起世深顺造右手只有四指……肋骨里多了一样滚烫的东西，为何刀刺入身体，不是凉的？

郝未真捂左肋，单腿跪地。

世深顺造："千叶虎彻是不祥之刀，常杀无辜之人。"

脑内闪过道绿光，郝未真后仰倒地，跪姿的脚来不及调整位置，脚踝折裂。他是晕厥，肋部并无血迹。

平地重锄："你没用刀？"

世深顺造："他伤于刀意。"

平地重锄："意可伤人？"

世深顺造："是的，我脱离一刀流，才懂此理。一刀流，阻碍真理。"

平地重锄怒吼："放肆！"随即感到自己掉了样东西。

掉在地上的是根小指。

未觉疼痛。

世深顺造语调柔缓："你的。"

平地重锄感到第三根肋骨和第四根肋骨间，灌入股凉水。低头，是淡青的刀色。

死亡，是比女人更好的感觉，平地重锄双膝跪地："为何用刀？我想领教您的刀意。"

世深顺造："不用刀，是杀不死人的。"

平地重锄叹声"有理"，脑袋失控，敲在膝盖上，就此死去。

世深顺造眼呈灰色，似乎瞳孔融解在眼白里，道声："宗家。"

郝未真醒来时，右脚封进石膏，躺在床上。窗外是黑色松树，床侧坐两位老绅士。

他俩自称李大和王二，银灰色西装，近乎全白的头发梳得根根齐整，虽然一个高鼻深目一个脸型平扁，给人感觉却像是双胞胎。

李大："中统是国家机关，从不惊扰百姓，我们只杀间谍。"

王二："今天，在法租界明园跑狗场甲三十六号门前，我们死了四个孩子，失踪一个。多出了一位死者，据查是日本一刀流宗家。你也是多出来的人，来自雪花山，对么？"

雪花山是清朝历史上一个谜，乾隆年间，名叫"八卦门"的反清组织以镰刀技训练农民，势力一度北达辽宁南至安徽，嘉庆年间才被剿灭，但其老巢"雪花山"始终未被查到。有人说是安徽的九华山，有人说是四川的峨眉山。

郝未真淡笑："雪花山，在哪？"

李大："北平市怀柔县红障寺。"

郝未真强忍惊愕，王二补充："乾隆、嘉庆找不到，因为想不到就在京城边上。人，总是舍近求远，心比眼盲。"

李大取出个牛皮口袋，放在床边："你的镰刀。"

拿错了，是平地重锄的那柄。

我怎么配用这么好的东西？许多年来，我是一个令自己厌恶的人……

李大："雪花山为何要保护俞上泉？"泛起笑容，眼角皱纹顺延到嘴角，如树的年轮。郝未真也笑了，感到李大的皱纹生在自己脸上，无比愉悦。

俞上泉的父亲是世家子弟，聪慧多才，十二岁留学日本，学过戏剧、美术、围棋、诗歌。二十五岁家族败落，他自日本归来，家族只能为他在北平政府谋得一个小小闲职。

他混不了官场，郁郁寡欢，三十一岁时，在宣武门集市遇到个拔牙先生。拔牙先生是雪花山长老，在祖师生日，下山择徒。

俞父入了雪花山，但他体弱，又年过三十，未能习武，传承雪花山天文、历数、地理、兵法。其时雪花山会众凋零，仅剩二十余位老人，得此聪慧之材，将其封为"十七天"，有意要他做下一代门主。

乾隆年间是雪花山鼎盛时期，势力达十七省，各省头目共称为十七天。现在俞父一人承担"十七天"名号，是老人们期望他兴旺本门的寓意。不料俞父三十四岁病逝，俞母带孩子回了上海，住在娘家一栋旧房里，明园跑狗场甲三十六号。

俞家与雪花山的渊源，令郝未真赶来上海相救。

雪花山仅剩一些待死的老人，早脱离时代，日本棋界要在上海刺杀俞上泉，在淞沪战争时期，是个过于边缘的消息，他们怎么知道？

郝未真："消息来自日本，是俞上泉的师父顿木乡拙发的急电。报纸上说，俞上泉去日本前，顿木跟俞母经过了一年谈判。其实，不是跟俞母，是跟雪花山谈判。"

李大："明白。他毕竟是'十七天'的儿子。"

王二："你怎么入的雪花山？"

郝未真太阳穴作痛，与俞上泉不同，他没有显赫家世，甚至没有母亲，他是被一头猪带大的。

他是北平郊区怀柔县的农家孩子，生而不知其母，他的父亲肮脏颓废，整日躺在家里。家中还有个生命，一年产六个猪崽的老母猪，它支撑着这个家。

他两岁开始，就不睡在父亲身边，睡在猪圈里。儿童本能要求强者保护，与父亲瘦如枯柴的臂腿相比，老猪的身躯更为可靠。

此生最初记忆，是爬到猪圈，挨着老猪躺下。老猪似乎恼火地瞪了他一眼，之后瞳孔扩散，像是认可了他……

六岁，老猪被送到屠宰场，惨叫声达十里。他麻木看着，父亲的手第一次握上他的手。屠宰场熬猪皮汤，他和父亲都分了一碗。之后，他的头上就生出很多脓包，被村里人称为"小癞子"。

九岁，从村里老妇口中，知道自己是父亲和姑姑乱伦所生。姑姑失踪多年，有说嫁到东北，有说被土匪抢进山里……即便认猪为母，他也食了母肉，他是天地间最不洁的东西。

头上癞子有四季变化，春夏化脓，秋冬结疤。十一岁时，他在村头遇到一个过路的拔牙先生。先生用拔牙的止痛水涂在他头顶，治好了癞子，带他上了雪花山。

很多年后，他问做了他师父的拔牙先生："治牙的药，为什么能治好皮肤病？"

"治不好，是你的缘分到了。医者，缘也。缘分到了，往你头上撒把土，也能治好你的病。孩子，你受的苦够了。"

离开师父，回到自己小屋，把头埋在被子里，号啕大哭——那时，他三十岁。

郝未真腮部痉挛，强力控制不说出自己的过去。李大戴上眼镜："我们已查明你是乱伦之子，民间说法，乱伦之子的肉煮熟了，是臭的。请说出俞上泉下落，否则，我们会验证这个说法。"

面对威胁，他毕竟是一个武者，自小受到的艰苦训练起了作用。郝未真扬起镰刀，是雪花山镰刀技的第一式"老鸡刨食"。王二退到李大的身后，细声说："你感觉一下，石膏里面到底有没有你的右脚？"

李大拍掌，进来位青年军官，捧个砂锅，摆上床头柜，敬军礼出去。王二："你可以验证一下，你的肉是不是臭的。"

砂锅里是我的右脚？

石膏里没有感觉。砂锅飘出肉香，炖了多久？

郝未真掀开砂锅，看到翅膀——里面是一只完整的鸽子。

王二："喝一口吧，补补营养。"郝未真脸上挂着泪，将嘴凑在砂锅边沿，深吸了一口。

李大："现在，你可以说了吧？"

郝未真泣不成声："我被打晕，后面的事，完全不知道。"

李大："你怎么证明自己的话？"

郝未真："我可以剁下一只手。"

王二："不用，指头就够了，只是我不喊停，你就不要停，可以做到么？"

郝未真爽快叫声"行"，左手按墙，一脸媚笑："您说是从大拇指开始砍，还是从小拇指开始砍？"

李大和王二对视一眼，李大皱着眉，似乎这个问题难倒了他。"嗯，从大到小吧。"

郝未真赞道："我也是这么想的！"举起镰刀。

李大和王二的手都伸入衣中，握住手枪。虽然知道郝未真已神志不清，仍要防止任何突变。

此刻门开，送汤的军官进来："上海支部第三组组长王大水来报到，说查明了俞上泉下落。"

李大："叫他进来。"

郝未真："我什么时候开始？"

王二："等着！"

郝未真镰刀举在空中，全神贯注盯着自己的左手。王大水似腰部扭伤，一个戴草帽的便衣将他扶进。

王二："派去俞家的杀手，怎么就你活着？"

王大水不说话，便衣摘帽："鄙人彭十三。"

李大、王二迅速贴上，手枪抵在他胸口、后心。彭十三："我曾混进南京特务训练班，上过二位开的格斗课，二位的武功比你们讲的要高出许多。"

李大："惭愧。要知道有你这样的学生，我会讲得深一点。"

彭十三："中统从来不骚扰道观，因为中统的高手多为还俗的道士，所以留情面。你俩来自哪个道观？"

李大："过去的事情，不想谈了。"

彭十三："不谈也好，我对你们的过去不感兴趣，只对你们的官位感兴趣，官位越高，越值得我杀。"

王二笑了："值得。"

李大也发出低微笑声。突然，彭十三泥鳅般滑出，李大和王二撞在一起，枪顶上对方，两人互推一把。

李大听到自己第三节腰椎骨折声。王二瘫在地上，嘴角泛出黑血。两人情急之下，互推时用上全力，击伤彼此。

彭十三以掌在王二胸口长长捋下，像一个孝顺的晚辈给气喘的老人顺气。王二死去，李大叹道："太极拳的借力打力，原来是这样的。"彭十三也在他的胸口捋一把，李大觉得这口气顺得很舒服，满意而亡。

彭十三让王大水留下传话："自这两人开始，要杀尽中统高官。"王大水答应得豪迈："您的事，就是我的事，一定传到！"被一脚踢晕。

彭十三抄郝未真胳膊，要旋身背他，惹郝未真怒斥："别碍事！我在等命令。"

彭十三："听朋友的话！"

"朋友？"郝未真陷入迷惘，被彭十三背出门。

囚禁郝未真的楼房，是虹口区乍浦路景林里二十四号，上海第一批"吃角子老虎机"赌具便是在这里发明的，改装自美国第一水果公司的自动售货机。

此楼在战时被征用，成了中统一个半公开机关，白日办公者约二十人，夜晚达五十人。彭十三背郝未真走出，走廊遇人，并没受盘查，楼内所行的均为机密，不问他人之事，是特务守则。

在楼门，彭十三出示证件，趴在他背上的郝未真看到，证件上的署名和照片都是王大水。楼门的守卫核对照片，递还证件。出楼门后，郝未真问："怎么会认不准照片？"

彭十三："我污染了他的心念。"

恢复理智后，郝未真无法摆脱砍手指的执念，像被蚊子咬出包，禁不住要挠。彭十三分析李大、王二的武功修为，如自己般，已可污染他人心念。

到条僻静小巷，彭十三卸下郝未真："你我分开后，也许几分钟，也许几十年，你还是会砍掉自己手指。与其这样，不如你现在砍。"

郝未真"啪"的一声，将手拍在地上，举起镰刀。彭十三大喊："砍！"

镰刀劈下。

彭十三大喊："停！"

刀刃顿住，与大拇指仅隔一线。郝未真抬头，直愣的眼神逐渐灵活，终于笑出声，化解邪念。

彭十三露出笑容，煞气极重的人却是张娃娃脸。郝未真说他要追寻俞上泉一家，完成雪花山使命。

彭十三："你刚逃过一个命令……"

郝未真："在山泉水清，出山泉水浊。听命于人，是人间常态。"

六 唐密

"现今上海，能帮助我们的，只有松华和尚。"入夜后，世深顺造带俞家人赶往圣仙慈寺。白天，他们躲在明园跑狗场甲二十二号——国民药房，位于俞家斜对面，整日看到便衣特务在俞家出入。

再一次验证了"舍近求远"是人的天性，特务们封锁整条街，却不搜相邻的房。在他们的思维里，离家三十米，怎能算逃亡？

国民药房卖平价药物，在市民中饮誉颇多。人所不知的是，它自一九二六年起，就秘密从英国进口海洛因。加工海洛因的，是两位高薪聘请的日本技师。淞沪战争打响后，国民药房开辟密室，将两位技师保护起来。

其中一位技师是世深顺造的族人。

世深顺造取得俞母的信任，因为他说自己是受俞上泉的师父顿木乡拙所托。他知道有两个人对自己持怀疑态度，一是林不忘，二是俞上泉。

林不忘露在口罩外的眼睛有着过于机警的眼神，俞上泉则始终垂目低眉。他俩都没有说话，作为一个被定性为汉奸、遭诛杀的家庭，能有人相救就好，顾不上细究因由。

世深顺造很少看俞上泉，莫名其妙有羞愧感。十六岁得到一把正式的太刀时，是此羞愧；拜师学艺时，是此羞愧；在凤凰堂礼佛时，是此羞愧；在爱怨峡观海时，是此羞愧……

这个十七岁青年，是天地间一桩美好的事物，不忍多看。

世深顺造换上中式服装，西园寺春忘刮去仁丹胡。到达圣仙慈寺是晚上九点，寺门在下午六点已关闭。闭门，便断了与尘世的瓜葛。

敲门，守门和尚劝明日再来。世深顺造行礼，掏出一张叠为三角形的纸，展开，纸上是"井"字形折纹："请交给住持。"

和尚变了态度，将纸横在眉前，深鞠一躬。

十分钟后，他们被引到斋房用餐。斋房宽大，摆八张桌子，为明清旧物。椅子则是未刷油漆的长条凳，一元可买四张。

不相配的桌椅，显露此寺虽有历史，但近况不佳。斋饭简单，一人一碗素面，面中蘑菇丁，数量有限。油灯微弱，碗内黑乎乎的，令人食欲全无。

食尽，斋堂和尚收走碗筷，擦净桌面。

一位穿着紫色僧袍的和尚走入，领口插一把竹斑折扇，肩挂红地金花的帮衬，迥异汉地僧服。自报僧号松华，询问送上折纸的是哪位。

世深顺造说自己曾在日本平等院凤凰堂修习密法。折纸，是密宗修行者之间的暗语，有四百多种折法，可构成一个语言系统。松华感慨，说他在三宝院修习密法，归国四年，久不见折纸。

松华年方三十许，上眼皮全无血肉，薄如纸片。瞳孔格外黑亮，似临终病人回光返照的眼光。斋堂和尚奉上茶具，松华抱歉："圣仙慈寺条件简陋，没有客堂，请诸位在此饮茶。"

茶味已失真。西园寺春忘判断，放了四个月以上，在嗜茶的人看来，已不堪入口。茶陈如此，袈裟却艳丽如新，西园寺春忘禁不住问："上人，中日正打仗，您穿着日本僧装，不怕给自己招祸？"

松华脸上的恬淡笑容退去，法官般严肃："这是唐代密宗的僧服，不是日本的。"西园寺春忘尴尬笑笑："我是关心您，怕您的同胞为难您。"

松华："有人为难，我可以讲理。"

唐朝二十二位皇帝，十九位皇帝信佛，六位皇帝修习密法。密法不是权巧方便，是佛的自证境界，其他宗均是由人到佛的渐进修行，密法是佛位上的直达直证，殊胜无比。

密法在印度分为《大日经》和《金刚顶经》两个系统，唐玄宗年间，两系传人到了长安，将两个系统合而为一，名为唐密。

唐顺宗年间，日本僧人空海来汉地学密法，回日本传延至今。日本密宗信徒恪守传统，一千两百年来，小到服饰上一个图案、经文注释的一个词，均不敢改动。所以没有所谓日本密宗，只有在日本的唐密。

西园寺春忘："上人言之有理，但现今是乱世，无人讲理。您的同胞恐怕没有耐心了解历史，唐武宗的灭佛运动，唐密受到的打击最为惨烈，他宗尚能死灰复燃，而唐密在汉地就此断绝。

一千二百年了，汉地久无此服装，您的同胞只会认为您穿的是日本僧袍。"

松华眼中亮光黯淡下来："如我因此被杀，博得世人关注，换来对唐密的认可，我一命，丧之何妨？"

茶杯底边的镏金线条磨损得断断续续。

世深顺造在平等院时便知道松华。说一个中国青年僧人发大愿，要把中国瑰宝从日本请回去，接上千年断脉。

三宝院对此极为重视，由首席传法师牧今晚行教他，一个日本人要取得传法资格，常规需要修习二十二年，而他只用一年，便得到"彻瓶教授"——一个瓶子里的水倒入另一瓶子中，无一滴遗漏。

三宝院做法，遭平等院的指责，说是不合规矩。其实是两院高层间开玩笑，大家起哄，为抬高他名声，利于他回国传法。牧今晚行言，日本密法开山宗师——空海在大唐仅用三个月，便得到了彻瓶教授，他用一年，已是多了。

松华取得传法师资格后，又在牧今晚行身边修习两年。这是他的稳健，日本密教界却盼他能早日归国传法，以了却一段日本对中国的千年亏欠。空海大师之所以在三个月里能学得全部密法，因为他的传法师——惠果阿阇黎预测到法难将至，密法要在汉地灭绝，定下了将法脉移于海外保全的计策，所以尽快传授。

但他毕竟眷顾汉地众生，要空海返日前，在汉地传法四年。不料空海得法后便归国，欠下这四年。世深顺造小时候，听乡间老人说过日本欠了中国四年，但究竟指什么，老人们说不清楚，只说是古代传下的一句话。

一九二五年，日本在东京举办东亚佛教研讨会，日本密教高僧尽数参加，某高僧向印度学者示好，说密宗是你们印度人传给我们的，不料一位英国学者听到，大声呵斥——是印度人传给你们的么？

这位英国学者还查出"欠了四年"的典故，写成论文在大会上宣读。日本密教界感到很不光彩，为赎前愆、不忘中国人恩情，达成共识，要将唐密回传中国。松华上人是应了此机缘。

世深顺造轻声道："上人回国已四年了吧？"

松华："中日开战，唐密势会被当作日本宗教而遭民众抵制，我的一切努力都将白费，可这明明是中国人自己的东西……难道欠四年，便真的只有四年？"摘下领口插的扇子，徐徐展开，看手相般察看。

扇面上的书法，墨色不匀，线条粗豪，像儿童涂鸦，是"悟天地人"四字，落款为"牧今晚行"。

松华："日本人是很含蓄的，我主持一次法会，六套仪式中，做错了一个动作，牧今师父在法会结束后，找我聊了很长时间闲话，才向我指出，说完就走，似乎不好意思的是他。"脸上挂笑，转向世深顺造，"聊了闲话，您的来意，可以说了吧？"

世深顺造鞠躬："求上人安排我们离开上海，北入朝鲜，再去日本。"

松华："淞沪战争开始后，我就断了与日本方面的联系，我毕竟有我的国家，见谅。你们可以暂住一宿，明早离开。"

松华离座，世深顺造追上："我不是密教门人，我潜入平等院，做了七年打扫厕所的义工，偷学了密法。"

松华站住，面色如霜："窃法之罪，当入无间地狱。"

世深顺造："入地狱，我亦甘心。我是为一人，而入地狱。"

松华："何人？"

世深顺造："宫本武藏。"

松华皱眉，显然不知此人。世深顺造："他是日本的剑圣，晚年沉浸在绘画、雕塑中，他曾铸就一尊不动明王的铜像，给予我极大震撼。不动明王是唐密根本修法，我想探究武藏的精神世界，所以偷学唐密。我无向佛之心，只想破解武学的秘密。"

松华："宫本武藏——想起来了，我曾用七日，专程去中流院观看他这尊不动明王。不动明王的制式有典籍记载，自古皆为坐姿，右手持宝剑左手持绳索，而宫本武藏破了佛规，铸就一尊武士临敌般双手持剑、侧身而立的不动明王。"

世深顺造："但是这尊大逆不道的不动明王，并没有被密教界批判，反而多有赞语。"

松华："是破了佛规，但它体现出不动明王特质，这尊大错特错的铜像，我去观拜，还是牧今师父的指示。"

世深顺造："密法仪式繁复、制度严格，却能欣赏不讲规矩的宫本武藏？"

松华："世上没有独行道，万物皆阴阳相配，成双成对。有严谨密法，也必有破格密法。只是严谨密法为常态主流，破格密法为偶尔支脉，宫本武藏不做密法修行，一生行迹却能体现密法真意，这种人百年一出，对修行者是种启迪，密教界管这种人叫作'示迹大士'。"

世深顺造："我们一行人正受到中日两方刺客的追杀。"

松华："怎么闹成这样？"

世深顺造声音低不可闻："因为他是示迹大士。"指向俞上泉。

松华脸形似又瘦了一圈，吟出一个"阿"字之音。此音为胸喉共鸣，舌头弹动，而响在体内，秘不可闻。

世深顺造却听到了。

七　白道

淞沪战争期间，鸦片交易并未减少。黑帮用"黑"字，因为鸦片是黑的，没有不沾毒的黑帮。日本鸦片商出入上海的运输线还在运行。

"白"指的是法力。密宗将法力称为"白业"，某人法力深厚，称为"白业崇高"。白道，是僧人势力。历史上，寺院经济独立，出家便可逃脱朝廷律法制裁。

逃亡之人，不走黑道，便走白道。

松华四年前回国，轰动军界。军界多迷信，修庙捐款之风盛行，无恶不作之人，总是好佛的。接受松华"密宗灌顶"的军阀有朱子峭、张学忠、翟熙任、许克成。

灌顶，是传法师举行仪式，将白业输给信徒，让信徒凭此白业，与佛沟通。松华所作皆为不动明王灌顶，不动明王是佛的凶相，有大威力，为军阀们所喜。

朱子峭部队已赶来上海参战，世深顺造一行人穿过朱子峭阵营，出上海城区，在青浦宝山县乘上一列运货火车。货物是上海囤积的印尼燕窝、辽东海参，淞沪战争令鸦片升值，滋补品贬值，因而转运东北伪满洲国销售。

凌晨三点上的火车，众人扶靠货箱睡去，不改坐姿的只有两人——世深顺造和俞上泉。

两人皆为正坐。

中国现世的坐禅为双盘腿，日本坐禅保持唐风，为双膝跪坐。春秋时代，双盘腿为随便之姿，跪坐是礼仪之姿，上朝、做客皆为此姿。

如能脊椎挺直，衣襟平整，孔子称为"正襟危坐"，言此坐孕育大无畏精神，可迎对人间苦难。儒家在无人时也行跪坐，"不改正坐"是儒家之风。

印度本无跪坐，唐密祖师却赞叹儒家正坐，将其作为唐密修法之姿，将双盘腿称为散坐。宋朝之后，正坐在中国寺院被散坐取代，至今已无正坐。

俞上泉坐姿，似乎身前一尺有棋盘，在凝神思考。世深顺造望来，俞上泉抬眼，瞳孔似玛瑙肌理，大地结出的暗胎："为何救我？"

世深顺造："希望您破解我的困惑。"两颊痛如火烧，"只有您习武，才能破解。"俞上泉："棋道是我一生之志，无暇顾及其他。"世深顺造伏上身，行大礼："请考虑。"

身后响起一声浊重的叹息。

世深顺造立刻直腰，小刀出鞘。货箱空隙中，走出一位黑衣车警，大檐帽遮眼，持一卷报纸。展开，是一尺五寸长的日本刀，接近刀锷的刃上有个明显缺口。

世深顺造："教范师大人，您也来了。"

教范师："护法大人，想不到你杀了宗家。"

世深顺造当一刀流护法时，他是一刀流的教范师，传授入门的基本技法，确立本门风格，一刀流的一切自他开始。

世深顺造："我已老，求悟剑道是我最后一段路，这段路上，无亲无故，魔来斩魔，佛来斩佛，何况是宗家？"

教范师："我也老了，维护一刀流荣誉，是我最后一段路。"

世深顺造："明白您心意。"起身向俞上泉鞠躬，"俞先生，请等我一下。"闪入旁侧货箱后。教范师追入。

没有铁质的磕碰声，没有刀剑反光。一分钟后，世深顺造走回原位，拿着教范师的刀，轻声言："他是个正直的人，是我朋友。"

俞上泉注意到，世深顺造额头有一道渗血刀痕。他按住额头，俯身行礼："请您再考虑一下。"

身形突然凝固。身后出现一人，双手握柄，刀尖对准他后脑。

刀长两尺，弧度优美。

世深顺造端详手中刀的缺口："教范师大人的刀，二十五年前就有缺口了。他对这个缺口，不以为耻，反以为荣，因为这是他徒弟砍出来的，有一个超过自己的徒弟，是师父最欣慰的事。"

背后响起轻微的鼻音，无声的哭腔。

世深顺造："你师父是楷模，我是叛逆，我和他死去后，是非对错归于虚无，一刀流还需你来发扬。"

撩转手中刀，缺口闪出亮光。

身后剑士被这一星亮光所惊，但他的高手素质，令他急速刺下刀。肩臂协调，发力干脆……教范师的刀插在他小腹，他伏在世深顺造肩上，溺水者般发出"咕咕"声。

声止，人亡。

世深顺造叹道："你是好徒弟，不是好剑士。"将尸体背入货箱后，出来时，脑门已绑上布条。布条从左袖撕下，左臂露出的肉枯瘦如腊肠。再次向俞上泉行礼："请考虑一下。"

俞上泉："棋道就是武道，我不必习武。"

世深顺造："道同，技不同。我需要破解的是宫本武藏刀技，你是一个跟他相似的人，我要亲眼看见你习刀、用刀！"

俞上泉："在圣仙慈寺，听过您跟松华上人议论宫本武藏的话。先生，示迹大士显示的本非常理，何必追究？"

世深顺造："本非常理？"额头布条渗出血渍。

火车猛烈停下，震醒众人。几分钟后，车厢门被拉开，车外是湿漉草地，停三辆轿车，站十二人，手拎德国凯文斯基牌鱼竿皮兜。鱼竿皮兜长两尺四寸，可藏下日本刀。

世深顺造站到车厢口："我离开四十五年，想不到一刀流已人才济济。"

车下的领队者言："一刀流子弟服从国家兵役，这一代人已尽数参军，我们这些人是军部特批，从青岛赶来。"

世深顺造"嗯"了声，像上级听取下级汇报。领队者："刺杀俞上泉是军部委托一刀流的，由宗家和天竺护法执行，出动最高级别，为向军部表示诚意。"

世深顺造："明白。"

领队者："不料护法、宗家身亡，教范师和大师兄在山东四十三号兵站教授剑道，他们接到通知后，就赶往上海，不知您可曾遇到？"

世深顺造："他俩现在车厢里，已死。"领队者低叫一声，退后两步："可否先让我们将尸体抬下？"

世深顺造应许，四人上火车抬尸。尸体横置于草地，面部遮上方纸。方纸是熟宣纸，古代武士皆有怀揣方纸的习惯，有人问路，掏方纸画地图，杀了人，用方纸擦刀上血迹。

领队者："世深护法，现在您是一刀流的最尊者了。但我们必须杀死你。"身后人打开鱼竿皮兜，取里面的日本刀。

货箱夹缝走出二人，其中一人右脚打石膏，是彭十三和郝未真，不知何时偷偷上车。彭十三："老头，我帮你，跟他们有一拼。"

俞上泉行到车厢口，依旧低眉，凝视车下草丛，叹一声："草是绿的。"

微风拂过，草青如画。

领队者生出古怪表情，近似喜悦："我失去了杀意。"猛吸口气，"俞先生，世界还在，恩怨未了，我还是要动刀。"

俞上泉："是。"

剑士们列出阵势，向车厢逼近。

林不忘思索是用方刀杀死一个敌人，还是射向俞上泉咽喉，令他免受刀砍之苦？方刀出手后，自己便成了手无缚鸡之力的人，很快会死。回头看眼俞母，她在二儿二女中间，依旧冷冷神情。

要不，先杀她？

腕上方刀颤抖。

剑士们即将跃上车厢，空中响起轰炸机的巨大噪声，众人抬头，见飞机掠过，弹出只黑影。

领队者吼叫："卧倒！"众剑士扑倒在地，半晌，一个人道："不是炸弹。"

空中飘着一蓬白色降落伞。

剑士们起身，均有愧色。跳伞者接近地面，热情大叫："我是军部派的！"落地后罩在伞布里，久久爬不出。

伞布摊开有三十平方米。一名剑士跑去察看，高喊："他小腿骨折了。"

跑去四名剑士，手臂互搭，将他抬过来。伞兵国字形大脸，胸口绑一个黑色文件包，铿锵有力地说："军部急令！"

领队者看了文件，走到车厢下："俞先生，素乃先生不幸中风，半身不遂，他与您的棋战取消了。您的朋友大竹先生，请您早日回日本相聚。"

俞上泉："大竹……他不是在朝鲜服兵役么？"

领队者："他确实在日本。他接替了素乃，现在是日本棋界第一人。"

天亮了，云雾中的太阳是蓝灰色。领队者交代，要俞上泉一家下车，由他们护送去青岛，乘船赴日。

俞母由林不忘扶下火车，两手相握的瞬间，林不忘胸腔内似流过滴泪，恭敬道："小心。"郝未真向俞上泉行礼："我与您父亲有渊源，可以为您去死，但去日本，我就不跟随了。去吧，留在这，活不了。"

待俞上泉下车，领队者跃入车厢，堵住世深顺造："军部的事，已完结。文件上对您没有交代。"世深顺造无声而笑，口中右侧缺的三颗上牙构成的洞，如地狱的入口："我是你的一件私事。"

领队者："我七岁入一刀流，是在大阪住吉神社武道馆。"

世深顺造："噢，那里。"竟有温情。

领队者："道馆正堂上供'稚气、霸气、忍气'六字心诀，浓墨大笔所书，至今深印脑海。"

世深顺造眼光迷惘，似乎在那所武道馆有许多回忆。领队者："年轻时觉得称雄天下的霸气，最难获得，后来发现霸气比忍气容易，霸气是争胜，忍气是不败。不败是比取胜更难的事。"

火车鸣笛，一长两短，重复五次。

领队者："现在，我觉得稚气比忍气难，随着年龄的增长，越来越感到七岁第一次走入武道馆时的单纯之心最为可贵。五年来，我比武四十三次，皆以力量胜，深感不安。"

世深顺造："如遇高手，力量便是拖累。"

领队者："几分钟前，我是无法跟您比武的，心知必被斩杀。现在不同了，俞先生告诉我草是绿的，我已找到我的单纯。"刀鞘抛于草中，表态将舍命相搏。

望俞上泉背影，肩膀略歪，在棋盘前长时间持棋谱造成的肌肉劳损，世深顺造哀叹："他一句话，给我造出个强敌——真想看他拿刀。"反手一抄，将西园寺春忘搡下火车。

西园寺春忘惊叫，两足顿在草上，竟未跌倒。火车缓缓启动，车下剑士皆向车厢内的领队者鞠躬告别。

世深顺造转向郝未真和彭十三，语调客气："一刀流内务，不想有旁观者。"

彭十三："老头，保重。"背郝未真跳下，落草滑行三尺停住。

火车加速，隐约有刀光一闪，便远在天际。

西园寺春忘跟着俞上泉一家上轿车。因座位满了，余下剑士八人，他们排成两行，小跑跟在车后，整整齐齐。

郝未真："剩咱俩了。去哪儿？"

彭十三："上海。"

郝未真："还去杀中统的高官？"

彭十三："错，日本的高官。"跳上轨道，逆向而去。

八　废刀

日本四国岛，一队人由公路行下沙滩，向海而来。他们古代修行者装束，小腿打绑腿，斗笠上书写"两人同行"字样。

与空海大师同行。

一千两百年前，空海从大唐取回密法，在四国岛游历八十八座寺院，留下"八十八寺巡拜"的习俗。礼拜八十八寺，等于周游诸佛世界，累世罪孽得以消解，"两人同行"的字样，表示行者全程受到空海大师的法力加持。

此行共五十七位，半数为六十岁老者，半数是十六岁少年。

八位老者抬顶轿子，不是中国明清以后可以垂腿而坐的高轿，是仅能盘腿坐的唐朝轿子，小如衣箱。明治维新以后，轿子被马车、人力车取代，久不现世。

抬轿的主杠是根粗大木条，两头各搭上六根短横杠，分担重量。轿顶部以宽大皮革为套，悬挂在主杠上。轿两侧为拉门，烙着暗蓝色八朵菊花——本音坊的族徽。

此轿是三世本音坊的旧物，后代本音坊就任，均要举行乘轿仪式。两百年来，此轿未出过本音坊家内院，今日远至四国岛，在五十年前当是惊世大事。现在，只得些路人瞥一眼而已。

带队者叫前多外骨，二十二岁时，与小岸壮河并称"双璧"，预测当如日月般光耀本音坊一门，不料小岸早亡，他也才华殆尽，人未老，艺先衰，近年料理师父素乃的内外事务，形同管家。

轿子至海水前停下，扶出位偏瘫老人，有着大人物的稳重气质，身材短小如十三岁少年，不足五十斤。一位轿夫将他抱到支好的交椅上。

交椅为木质折叠椅，靠背、扶手上刻有龙纹。龙在日本，非皇族象征，位贵者皆可用。他是退位的围棋第一人——素乃。前多外骨赶上前，掏手帕擦去他唾涎。

赶来，是观退潮。

退去的浪，在深处形成两个几十公里的巨大旋涡，远眺，如海里长出双眼——这是濑户内海的"双漩"奇景。

众人聚在素乃身后，循素乃的视线观潮。虽然他病废，仍是他们的王者。素乃："真壮观啊！终于得见！给你们说个典故吧，助助游兴。"

众人一片感恩声。

素乃："两个旋涡好比是空海大师取回来的密教经典——《大日经》和《金刚顶经》。两部经同讲密法，如人双眼。遮左眼，右眼亦明，遮右眼，左眼亦明，虽然左右均可独立成像，但两眼齐看，并不是看到两个世界，而是一个。"

一位十六岁少男问："原本左右眼独立看到的视像，到哪里去了？"

素乃："还在，依然各自存在，并行不谬。"

少男："既然看到的是一个世界，为什么需要两只眼睛呢？两眼合成一只，岂不更合理？"

素乃："人，总是强求统一，一千两百年来，的确有不少高僧想将两部经合而为一，经文上合不成，便想在坛城上合并。"

密宗经本均有图画相配，表达经文之理，甚至是经文未尽之理，这样的图画，称为坛城。素乃抬起变形的左手："想将两经的坛城重组为一个，这个构思称为——两部一具，一千两百年来，从来没有实现过。因为硬性合并，会失去理法，只是无意义的拼凑，按中国的话讲叫——乱套。"

说出"乱套"二字，素乃大笑，身后众人也都开心笑起。他们或许听不懂，但他们的大半生都是以素乃为依靠，素乃的情绪对他们有着不可抑制的感染力。

少男："日本要与中国合为一国，也是乱套么？"

笑声顿止。素乃盯着他，眼有赞许之色："陆军要两部一具，而海军是两部不二。"

少男："不二——不是两个，那不还是一个么？"

素乃："一具和不二有天壤之别。一具，是强求统一，但理法崩溃，不得统一；不二，不是一也不是二，犹如双眼，单看，左右各有一世界，齐看，也是一世界——这便是两部不二，《大日经》和《金刚顶经》如此，海军理解的中日关系，也如此。"

少男望向深海中并列的两个旋涡，被大自然伟力吸引，沿拍岸水线，忘情走远。素乃："我陪他下过十一盘棋，他是院生中最接近小岸壮河的孩子。可惜，我来不及训练他。"

前多外骨俯身，擦去素乃新冒出的垂涎："在中国的问题上，海军比陆军明智。"

素乃身后的老人们均神色失落，有人大吼："本音坊一门从来是受海军支持，新的本音坊却是陆军指定！他的继任，不符合规矩，我要去帝国议事堂申诉！"

前多外骨："大竹减三的岳父虽有陆军背景，但联赛累计胜率，俞上泉是第二位，他才是第一位，如果不是去服兵役，与素乃本音坊决战的该是他。素乃本音坊患病退位，他作为胜率第一人，承当棋界领袖，是顺理成章的。"

二十五年前，素乃取得海军巨资，将棋所扩建，改名为东京棋院，并在海军支持下，令三大围棋世家归附棋院，放弃各自名号，将他们变相吞并。为了让他们放弃名号，素乃故作姿态，率先放弃本音坊名号，将其捐给棋院，作为棋界领袖的名誉头衔。在名义上，本音坊一门已不存在。

战争突起，支持素乃的海军大臣、次官因反对开战，已辞职，顾不上棋界。三大世家联手，得陆军支持，操控了棋院。陆军也无心于棋界，只是要压过海军，才插手进来。

素乃："做了三十年第一人，挨了三十年骂。为保地位，像军事家一样思考、政客一样行事、艺术家一样追求才艺、剑客一样恐惧体能衰退，无一日松懈。等大竹减三尝到其中难处，就不会那么厌恶我了吧？"

前多外骨："他利用陆军的关系，将俞上泉从上海战火里接出，俞上泉是他好友，也是他独霸棋界的最大隐患……唉，如果小岸壮河师兄还活着，一切都不同了。"

少男捧只海螺跑回，大叫："看我捡到了什么！"

素乃撇嘴："无用，又做不了棋子。"

黑子是石头磨的，白子是贝壳磨就。九州向日海岸的贝壳磨出一盒"雪印级"白子，可在繁华市区买七室宅院。

白子有实用、月印、雪印之差。实用级是用贝壳中部打磨，此处最厚，但纹理粗糙，打在棋盘上的音质不佳，练习之用，无法用于比赛，观感、音质都欠品位。

避开中央磨出的棋子，纹理弯如月牙，称为月印级，可上大赛。贝壳边沿磨成的棋子，纹理如雪花晶体，是细密的直纹，称为雪印级。

珍贵在直纹。宁直勿弯——是为人之道，可惜人人做不到，终其一生，会有多少违心事。白子直纹含着大自然对人的警告。

素乃："看看你的力气，能把海螺扔多远？往海里扔。"少男满脸不愿意，但没废话，转身跑向海。素乃低语："他是我的雪印级。"

前多外骨："明白您意愿。日后俞上泉和大竹减三两雄争霸，不管谁胜出，都会由本音坊一门结束他。"

素乃缩进椅里，闭上眼。

海面涌起高楼般白浪，少男扔出手中海螺。

橙黄色的棋盘上，轻晃着一颗白子。日本棋子两面的中心点鼓出，如此造型，为求落子之声。棋盘厚而中空，如琴之共鸣箱。评价棋盘的档次，除了木质、刻工，音质尤为重要。造型精良，而音质不佳，便为俗物，棋士耻于一用。

下棋，要享受如水滴石的音韵。

棋盘前一位马脸老者，岁月令原本丑陋的脸变得庄严，是顿木乡拙。另一人是林不忘，跪坐汇报本音坊一门在四国岛巡拜，为素乃的病患祈祷。

"天道不公，让恶人逃脱。您二十年坚忍，等来俞上泉，终于凑成击败素乃的天时地利人和。不料决战前夕，他竟中风，在棋上，我们永远也无法击败他了！"

顿木乡拙又打下一枚白子，不是下棋，仅为听音："我一生与素乃为敌，年轻时，梦到他的卑鄙，夜里会气醒；进入中年，开始分析他的手段、心理，时常感慨'这是另一种人啊'，令我大开眼界，有时还暗生佩服。"

林不忘"啊"了一声，顿木乡拙浅笑："不是佩服作为棋手的他，是作为枭雄的他。从他的行事里，我总结出对付他的方法，他结交政客、军人，我便结交新闻界，他控制三大世家，我便争取业余爱好者……你最好的老师，是你的敌人。他令我成熟，看懂了世俗。"

林不忘忽感凄凉，庆幸脸上遮了口罩。顿木乡拙："他长我数岁，先一步入了老年，再看他，常起关心之情。怕他生病；怕他受政客军人欺负；子女不孝顺，惹他生气……"

林不忘："我也常祈祷他无病无灾，等我们击败他。"顿木乡拙手伸入棋盒，玩弄一颗棋子："我与你不同，我是真的关心他。"

林不忘惊讶，直腰相看。顿木乡拙嘴角显出一个方形皱纹，那是自嘲的笑容："我和他，都老了。"林不忘再次庆幸戴了口罩，随着年龄的增长，越来越不敢在世上露出表情。

顿木乡拙："俞上泉怎样了？"

林不忘："大竹减三为给他压惊，接到地狱谷温泉去了。"

顿木乡拙："泡温泉是最好的放松，两人真是朋友。"

林不忘眼中显出温情："是啊，他初到日本时才十二岁，本来内向，又语言不通，我担心他孤单寂寞，待不下来，不料棋院里最狂傲的棋童——大竹减三竟然跟他一见投缘，成了好友。"

顿木乡拙："虎豹生来自不同，天才自会识别同类。"

林不忘："大竹十九岁便结婚了，岳父是陆军的百年世家，财力雄厚，甚至地狱谷温泉都是家族私产，大竹入赘望族，早早安定，是想心无旁骛，开创一个'大竹时代'。"

顿木乡拙："独霸时间超过六年，这些年便可以用他的名字命名——这是棋坛惯例。素乃独霸棋坛三十年，未有败绩，但他篡改棋界规矩，打压挑战者，让他们一生争取不到挑战权……"语音停顿，他便是一个被取消挑战权的人。

林不忘："即便应战了，遇到难解之手，就利用特权，暂停比赛，召集一门弟子研究后再下——无人能赢下这么不平等的棋。他的独霸，天下不服，无人称这三十年为素乃时代。"

顿木乡拙用力捶膝盖，似乎捶掉了心内郁气："希望大竹可以有一个自己的时代。"林不忘的盘发垂下，遮蔽右眼："在您的心目中，俞上泉比不过大竹？"

顿木乡拙眯眼："素乃占有欲极强，棋风嗜好拼杀，力量之大，的确是一代强者。俞上泉天性淡泊，棋风轻灵，正可克制素乃，我当初就是看中这一因素，才将他接来日本。我对他所有的训练，都是针对素乃，作为棋手，他没有正常成长，早就偏了——但他本就是我为击败素乃，专门锻造的刀！"

顿木乡拙语气强硬，却下意识弯腰垂头，显出致歉姿势。林不忘："您是说，他一生无法与大竹争雄？"

顿木乡拙："素乃废了，这把刀也就废了。"

想到俞母冷淡自若的脸，林不忘失口喊道："不会！"

顿木乡拙："你看不出来么？一年来，素乃为探俞上泉实力，与他下了两盘指导棋，俞上泉均轻松获胜；但俞上泉在联赛上，只要遇上大竹，不管优势劣势，最终都会输。大竹是棋院正规训练出的棋士，素质全面，正可克制俞上泉这种偏门棋手。"

林不忘："大竹继承素乃棋风，都是嗜好拼杀的力棋！俞上泉能克制素乃，为何会对付不了大竹？"

顿木乡拙："大竹改良了素乃之棋，在拼杀中加入坚实因素。素乃是开局就强压对手一头，早早展开攻杀，大竹的攻杀时机要慢半拍，先坚实自己战线，再出刀——这慢了的半拍，让俞上泉很不适应，偏门训练的弊端就在这儿，他或许一生都无法适应。"

林不忘："啊，他对付别的棋手，战绩都很好！"

顿木乡拙："因为别人跟他不是一个级别，他毕竟是天才。"

林不忘："啊——俞上泉只能做天下第二了？"想到俞母，觉得无脸再见她，"大竹和俞上泉自小是好友，两人在一起就是下棋谈棋，这种高密度的接触，他总会找到大竹的弱点吧？"

顿木乡拙："大竹不是傻子，越嗜好拼杀的人，越精于算计，因为拼杀是险途，差之纤毫，便会自取灭亡。我在培养俞上泉，他也在培养俞上泉。"

林不忘"啊"了一声，顿木乡拙笑道："我培养俞上泉做击败素乃的刀，他培养俞上泉做挡刀的人——为他挡刀。他做了棋界第一人，俞上泉是最理想的第二人，向他挑战的人要先过俞上泉这一关。俞上泉毕竟是天才，可挡住天下棋士，而他自小洞察俞上泉的弊病，可万无一失地击败俞上泉——大竹时代便形成了。"

林不忘："他是素乃的废刀、大竹的盾牌——作为天才，却要这样度过一生。"

顿木乡拙眼中生出恨恨之色，或许联想到自己："关于俞上泉的话，已谈尽。下面谈你，素乃下台，三大家族获得难得发展，林家已找我谈过，希望你重归家门。"

腕上的方刀冰凉依旧，林不忘："不，我留在俞家，保护俞上泉。"

顿木乡拙："棋战取消，素乃已废，无人再伤害他。东京棋院聘请我做理事，我已答应，回来帮我吧。"

脑海中的俞母形象淡去，林不忘挪后半尺，俯身行礼，道了声："啊！这样吧。"遵从了师命。

地狱谷，俞上泉泡在温泉中，身旁一位高额大头的青年，是大竹减三。水面漂着木托盘，盛两只杯、一壶酒。

大竹倒一杯，自饮："我已查明，陆军派人暗杀你，是受素乃门下的前多外骨委托。素乃历来受海军支持、与陆军疏远，前多外骨找到陆军时，军部的人都不敢相信。"

前多外骨与军部做的交易是，军部暗杀俞上泉，保住素乃的不败声誉，五年后，他规劝素乃退位，让大竹继位本音坊，东京棋院剔除海军影响，归附陆军——军部将五年改成三年，双方成交。

大竹减三的岳父是陆军元老，命大竹在朝鲜服兵役，为让他具有陆军渊源，日后好受陆军支持，继任本音坊，入主棋院。岳父大人计划要费十年时间，不料提前成三年。

不想素乃中风，三年又提前成五天。前多外骨被抛弃，大竹岳父直接与棋界三大世家谈判，让大竹即位本音坊。直到岳父办妥了这一切，才告诉大竹军部暗杀俞上泉的事，问大竹是保还是不保。

俞上泉散着眼神，似在水温中沉迷。大竹："当然是保你……近来有领悟，自古围棋开局都下在边角，因为凭借边角，方便围空。守角，最少可以一子，守边最少可以两子，而在中央围地，最少得四子。从效率上讲，开局下在中央，是无理的。"

俞上泉眼里有了精神。大竹笑道："你不感谢我救你，却想偷我的棋技？哈哈，我只是觉得事情过程奇巧，才跟你说说，没想到你完全不感兴趣。"

俞上泉："结果是我活着——知道这么多，就够了。对你，我的确无一点感谢之心。"

大竹："无谢之心，方是朋友。"自饮一杯，"序盘布边角、中盘抢中央、终盘又回到边角进行毫厘之争——我想打破这套千古流程，直落中央！"

古代有"高棋在腹"的说法，下在中央的一枚棋子，与四方棋都发生关系，所以变化多端，常常出奇——但这是序盘结束，边角都有棋子的中盘阶段的情况。大竹的想法是，如果在序盘阶段就高棋在腹，变化岂不是更多？等于把棋盘变大！

俞上泉："你刚才讲直接走中央，难以围空，易成低效之子。"

大竹："素乃有着强过古人的杀力，但世人觉得他只有赢棋的铁腕，而无天才的妙想。我觉得是序盘、中盘、终盘的固定程序阻碍了他，将他的杀力局限在中盘，虽然精彩，毕竟狭隘，如果他的杀力能突破到序盘、终盘，便会出现天才的闪光。"

俞上泉："直落中央，不为围，是为杀？"

大竹："对，这就解决了效率低下的问题，战国时代，武田信玄占据土地小、物产贫瘠的一个小城，其地理位置也不具备攻防周边诸侯的战略意义，每年要损耗巨大财力才能维持，众将皆觉愚蠢，直到他问鼎天下时，才发现这座小城是北伐京都的出口，无用的废地，是黄金大道——直落中央的棋子也如此，在占地的功用上是低效废子，在搏杀的意义上闪闪发光。"

俞上泉："恐怕难以成为革新性的理论，只能成为个人风格。因为要有素乃一般的杀力做后盾，甚至是比素乃更强的杀力，这种下法才可成立。"

大竹笑道："这是一个报纸发达的时代，一个理论不需要实现，在舆论上成立，就成立了。"

　　俞上泉："但总要有一二成功的实践者，才能服众。平心而论，这种下法，我感到吃力。"

　　大竹："不需要你做到，有一个人做到就可以了。"

　　俞上泉："你？"

　　大竹推开酒具木盘，木盘漂远，直抵对面池壁。

九　西园寺家法

西园寺春忘看着面前的拉面，感慨万千。这里是东京浅草公园"来来轩"面馆，汤是鸡骨熬就，配豆芽、玉米、胡萝卜，名为"野菜面"，特别标明是中国扬州口味。

只是加了酱油……回到日本，吃中国拉面，才能吃出日本的乡情。西园寺春忘小心吸进一根面条，细细品味。店员跑来致歉："怎么，味道不好么？"

方想起在日本吃面是要吃出"嗖嗖"的喊嘴声，以表示好吃，而在中国，这是非常失礼的事。西园寺春忘："今天牙痛。"努力喊出些声。

因为俞上泉，他这个打算在上海终老的间谍，回到日本。十七年来，他总怀疑自己被组织遗忘。不会，日本人是认真的民族——他总以这句话安慰自己。

他属于陆军间谍，俞上泉一家被护送到山东日军军营后，他自报身份。间谍档案上，查不到他的记录。报出上线名字，此人也没有记录。

谁骗了他？回到日本后，军部给他的答案是，与你妻子私通的人。来上海的前一年，他五十四岁，新娶了一位二十二岁姑娘。

居委会举办民兵培训，普及救火、电话接线、侦察兵、野战生存、间谍的基础知识。由于个人爱好，他报名间谍班，不料不教暗杀、撬锁，叫文化间谍，从普通公开的大众信息里，分析政界高层的隐秘动向。

经典范例是，从杭州码头的搬运秩序，推论出日本可以侵略朝鲜。八十年来，日本派往中国的文化间谍达四万人。他爱上这课，婚后半年，妻子在后院井台上发现封信，陆军间谍组织"华机关"要对他考核。

考核历经四个月，都是信来信往，他耗尽智力，答对了所有分析，终于被派往上海。临走，妻子哭成泪人。到上海后，还是信来信往，间谍都是单线联系，往往一辈子见不到上级，他有此专业常识……

十七年来，他苦心搜集各种信息，平均每晚写三千字分析。原来华机关是假冒，上级是妻子的情人。他所潜伏的上海日本女子牙医学校，是东京女子牙医学校的分校。偷情者是东京女子牙医学校的训导主任，现已升任校长。

妻子在十七年里生了两个儿子一个女儿，经营着"西园寺钱汤"。钱汤是公共澡堂，他在三十九岁时创下的家业，在偷情者的资助下，由原本的四百平方米扩充至九百平方米。

妻子和偷情者致歉认错，发誓给他养老。他婉言谢绝："把情报还我。"偷情者喜欢他的文笔和思想，等连载小说般，等着每周一寄的情报。情报积累五大木箱，需雇车搬走。

永远离开了西园寺钱汤，他对他俩没有怨恨，怨恨自己是个没有亲戚的人，否则十七年来的家庭巨变，总会有人通知他。

"西园寺"是日本贵族，至近代不衰，曾两次组建内阁。可惜，他是一个远亲，他这支八百年来都是农民……但毕竟是亲戚，他去找他们了。理由是，他是个理论家。他将十七年所写，浓缩为两万字精华，投递给他们。

今天，他们接见他。

存铠园是一八八三年创建的会馆，以做中国昂贵菜肴著名，半个世纪以来，一直是政客私下谈判的场所。

他从没去过那样高级的场所，似乎只有先吃一碗平民的拉面，才能稳住神。他喝净碗中汤。饱，近乎青春。

存铠园门口，两位六十岁的老人等着他，气质高贵，只有自小的严格家教方能培育出这种贵气。西园寺春忘想到自己已七十二岁，论辈分，他俩说不定是自己晚辈，轻松说："今天的天气真好啊。"

今日是阴天，两位老人毫不犹豫地说："好天。宗家在里面。"引他入门。宗家是家族正脉的当家人，西园寺春忘忽然感到拉面吃多了，肠胃不适。

走廊里，西园寺春忘问："你们是？"两位引路人回答："仆人。"西园寺春忘懊恼，猛地就打起嗝来。

嗝打得连绵不绝，两仆人找来杯水，要他弯腰喝下。"我不能这样见宗家，太失礼了。""让宗家等，更失礼。"

他小鸟般叫着，被引入一户单间。日式榻榻米上，摆张中国红木八仙桌，坐着一人，十七八岁模样，玩着柄白鞘小刀。

它是世深顺造的刀。

西园寺春忘左膝、右脚跟同时受踢，身子横旋，重重摔下。

两老人取出毛毯，展开后，铺上塑料布，将他抬到上面。塑料布防止溅出的血污秽毛毯，毛毯可包裹尸体，便于搬运。

青年挪步过来："存铠园是政客谈判的地方，谈不成，就是暗杀的地方。你的尸体按这里的传统处理，你的家人可得到骨灰。"

两老人不是西园寺家族仆人，是存铠园职员。西园寺春忘："你是一刀流的？"

青年："你是世深顺造的作家？"

西园寺春忘用力点头："他死了？请把骨灰寄到我家，让他也能受香火。"

青年："他活着。他在火车上杀了我哥哥，天津海关给的消息是——他回了日本。"

西园寺春忘："我是他的作家，当然知道他的藏身处，但绝不会告诉你。"青年转向两位老人："存铠园有逼供业务么？"

两位老人："有。"

遍体鳞伤后，西园寺春忘没想到自己是一条硬汉。与被妻子耍弄相比，被西园寺家族耍弄，令他更受刺激。这伙从没有见过的人，如此深地伤害了他。

他在求死，世深顺造没找过他。

两老人精确掌握轻伤到重伤之间的微妙界限，在二十分钟的连续殴打中，很容易越界。重伤令人昏厥，轻伤使人疼痛。

两老人的技艺可以连续殴打两小时，令人以轻伤的痛感，重伤地死去。青年建议一刀毙命："反正问不出来。他死了，世深顺造会主动找我。"

一老人建议将他的尸体投海，警察打捞后，会登报。另一老人认为他的家人将看到尸体，如此刺激死者家属，违反存铠园传统，还是只让家属看到骨灰为好。

经过争执，两老人想出第三种方法，建议在报纸上登寻人启事。失踪是死亡的婉转表达，世深顺造是老江湖，该看得出。

青年采纳。相机取来，两老人布置灯光，为西园寺春忘梳发、擦粉……转眼过去两个半小时，青年催促，两老人回答："请尊重我们的职业。"青年道歉。

之后，西园寺春忘换上另一款式的西装外套，换装是因为此款适于打领结，打领结，为掩盖衬衣上的小块血迹。

青年提出抗议，认为应该直接换件衬衣，两老人解释，他上身伤口较多，血与布黏合，换衬衣所耗的时间会超过换外套。

青年屈服，但还是回一句："日本历史上被暗杀的政客多了，都死得这么麻烦么？"两老人："无一例外。"

四小时后，一切完美，闪光灯亮起的瞬间，西园寺春忘生出解脱的快感。照完相，一老人持匕首，选择刺入心脏的最佳点。

单间门打开，走入位和服妇女，不是传统的日式盘头，西方妇女发髻，四十余岁，眼角的皱纹隐于脂粉。"对不起，我需要他回答一个问题。"

两老人："他是条硬汉，什么也不会说。"

女人笑起，脂粉挡不住的美艳，向西园寺春忘行日本妇女传统的单腿略屈的欠身礼，问："人类去向何方？"

西园寺春忘挺起脖子，青年人小腿般有力："跟着日本走！"室内人均一怔，西园寺春忘专注在自己的话上："东方是道义的文明，西方是利益的文明。两个文明必有一争，人类将进行三场战争。第一场，是已经打完的日俄战争，日本胜利，确立了日本是东方的代表；第二场是现在欧美各国之间的战争，确立谁是西方的代表；胜出者将与日本决战，以日本的胜利告终，是第三场战争。之后，地球将永久和平，全球日本化，处处有道义。"

女人深吸口气，对青年说："西园寺家族的宗家正在看他的论文。对不起，我要把他带走。"

两老人几乎哭出，他俩将杀人作为艺术，折腾六个半小时，却不能做出终结的一刺，可想心情的悲怆。

青年眼露凶光："你们已经答应把这个人交给一刀流。"女人笑起，十六岁姑娘般可爱，青年脸色红，不自觉后退。

女人不再理他，吩咐两老人将西园寺春忘裤子上的血迹弄干净，以便见宗家。两老人说需要四小时，女人上前一人给了记耳光，呵斥："别把自己看得太重要！"

两老人回话："五分钟。"彼此对望一眼，面容惨烈至极。

宗家的庭院为"枯山水"，以石头和沙子模拟大自然，不用草木，所以名为"枯"。石块为山，白沙为江。

西园寺春忘躺于室外环廊，换了新西装。他头部前方三尺处，坐着位五十岁的人，低头看文稿——是西园寺家族的宗家。

宗家两腿垂在环廊木板外，西园寺春忘视线里只有这两条腿。宗家发出感叹，是柔和的男中音："不愧是西园寺家的人，你写的不单是政论，还是艺术！"

西园寺春忘眼眶湿润："你说我是西园寺家的？"

宗家："当然，我派人到警备厅查了你家档案，你父亲是一八五〇年从北海道小樽地区迁到东京来的，一八〇二年西园寺家走失了一个智障幼儿，传说他长大后，在小樽出现过，据此分析，你的确是西园寺家的直系亲属。"

西园寺春忘脖子挺起，竭力上望："智障？"

仍看不到宗家的脸，仅能听到他柔和的声音："西园寺家族的每一个人都有明确的家谱记录，只有这个智障儿下落不明。你也知道，幕府时代中期，一大批虚荣的平民仰慕这个姓氏，改姓了西园寺。"

西园寺春忘垂头："我的祖上绝不会是这样的平民。"

宗家发出满意的笑声："虽然智障，但血统的力量巨大，遇上好女人，三代就矫正过来。你在政治理论上的天赋，正是西园寺祖先的遗传，确凿无疑！那位智障儿的名字叫西园寺秀三郎，我希望由你来承接他这一支，在家谱上尽快登记你的名字！"

西园寺春忘大喝一声："嗨。"士兵遵令的叫喊。

经过三星期调养，西园寺春忘可以坐起身，终于正视到宗家。这是一张和自己迥然不同的脸，骨相之清逸，如中国宋代绢画上的王公。

西园寺家族文采已衰，两代不出能写政论的子弟。西园寺春忘对中日关系、世界大战的设想，令家族长老们极度兴奋。卧床期间，名贵滋补品不断，并有一位二十五岁女佣照顾起居。望着女佣的婀娜身姿，他常感慨："男人，七十二岁才刚刚开始啊！"

他向宗家宣誓，要没日没夜地写下去，他的文章将为西园寺家族赢得光荣，在家族内部，令智障儿"西园寺秀三郎"的名字受到尊敬……

宗家柔和地说："不要再动笔。你写不过他们。"

因为自认为是单线联系的间谍，西园寺春忘在上海十七年的生活是自我封闭式的，对日本本土的思想潮流完全隔绝。日本已有一大批理论家，如北一辉、蓑田胸喜、德富苏峰、大川周明……

西园寺论文提出的"大东亚共荣圈""解放亚洲论""日本国土膨胀论""大东亚战争"等概念，均被他们写过。西园寺春忘："宗家，相信我，我写的都是我的原创，没有抄袭！"

宗家慈祥一笑："我相信，英雄所见略同。唉，你要是早回来几年就好了。"

西园寺春忘："我一定能想出更新更大胆的理论！"

宗家："更新更大胆的会脱离时代。每一个时代都有其理论的极限，现在的已够用。"

西园寺春忘坐姿崩溃，斜在榻榻米上。歪对宗家是失礼的事，他两臂用力撑地，想端正自己，但腰软如断，再难直起。

宗家："别急，你的天赋是西园寺家的珍宝，我不会浪费它。"

在女佣搀扶下，西园寺春忘走过两百米环廊，跟宗家入后花园。园中有塔，刷成猩红色，像一颗掏出的心脏。

女佣递给他一朵铁片花蕾，以黑巾蒙住他双眼。握着宗家的手，他被带入塔，脚下似是水池，没有水声，感到什么在流淌。

宗家诵起密教真言，低不可辨，宫廷雅乐般贵不可言，忽然喝道："扔出手中花！"西园寺春忘吓得脱手。

摘下黑巾，见面前"水池"是幅铺地绢画，工笔重彩技法。画面中央是朵八瓣红莲，每瓣均有佛端坐。以红莲为中心，向四方扩展，形成十二院，布列四百一十四尊佛菩萨金刚护法。

宗家："你投中的是大日如来！"西园寺春忘忙跪拜。

绢上所画的是大日坛城，绘制《大日经》中诸佛境界。投花名为"投华"，随手而丢，却是冥冥定数。以投中的佛菩萨为依靠，择法修行。

宗家解释，大唐而来的密法在日本繁衍出七十余派，并落入俗家。西园寺家族每一代宗家也是阿阇黎（传法师），在族内传法。

西园寺春忘讲述，刚才蒙眼站在大日坛城前，觉得似站在水池前。宗家："不是水流，是法流，法流是诸佛之力。"

接通诸佛法流，便是密宗灌顶。灌顶之后，方能修法。宗家："其实诸佛法流，亘古常在，无物不具，可惜世人被贪嗔痴蒙蔽，身处法流中，却不能接通，只好借阿阇黎之力。"

贪嗔痴难以斩断，抽刀断水水更流，密宗用的是转法，将贪嗔痴转化为戒定慧，鱼和龙是一样的鳞，但龙和鱼已不同。

要借物而转。密法以众宝来转众生，有许多塑像、仪式，核心是三密——手印、真言、观想，等于佛菩萨的身、语、意，三密齐作，便与佛菩萨融为一体。

宗家："你的理论天赋，要放在宣扬密法上。西园寺家族的政运已衰，但一场大战，必产生信仰真空，西园寺家族的密法要在此时抢占民众，在日本人的精神里打上永不褪色的西园寺家的烙印。好好准备吧！"

西园寺春忘大叫一声："嗨！"士兵领命的庄严。

十　菊花台

日本四国岛太龙岳，一行灰衣斗笠的人在山道行走，是本音坊门徒。素乃坐在竹背椅上，由两名强壮山民轮流背负。

竹背椅是僧人背经书、父母背小孩所用，十分窄小，素乃却坐得恰好。前多外骨压着喘息，递给素乃盛水的竹筒。

素乃拒绝，偏瘫令他大小便失禁，裤裆塞的棉絮已满是尿。此刻风起，山中雾阵撕开道裂口，露出一垒红褐色峰头，隐约有一尊坐姿人影。扔海螺的少男轻声问："那是什么？"

素乃："广泽之柱，你是有心人，那里叫舍心崖。"广泽之柱瞳孔黑亮，似是没受过半点世俗污染的婴儿之眼。

公元七九三年，空海大师到太龙岳修行，十九岁来，三十岁离开，共度十一年。其间他陷入虚无，从红褐色峰头跳下，被峭壁上松树接住，身心震撼，完成由"空"到"有"的过渡。后世弟子为纪念，在跳崖处立一尊他的青铜坐像。

广泽之柱："跳崖自杀是舍身，此处为何叫舍心崖呢？"

素乃："身就是心啊。空海大师在此山修的是虚空藏菩萨求闻持真言，虚空无尽，含藏无尽佛法，持此真言，可满足修行者的求法之愿。空海大师持真言十一年，是为去中国。"

广泽之柱："中国？"

素乃："对，他想求的是大唐密法。"眼光一扫，见前多外骨面容古怪，便道："你想说什么？"

前多外骨："还是不去中国的好，我听闻陆军攻下南京后，犯下屠城血案，奸污妇女连老太婆和小女孩都不放过，被国际斥责为禽兽之师。"

旁边的老人们怒吼："你说什么呢？日本的青年温和规矩，我们绝不相信孩子们能做出那样的事情。"

"我看了报纸，南京房屋失火，是我们的士兵把中国老太太从火里背出来的，我们的士兵节省自己的午饭，救济南京饥民，都是有照片的！"

前多外骨低头，肺病令他一激动便脸色绯红，似是羞愧。老人们的斥责声更重，叫嚣不让他再当领队。

素乃做手势让广泽之柱大吼，广泽之柱大喝一声，童男子的音质亮如铜锣，众人骤然静下。素乃："前多外骨的话，可能是事实。我相信，约束下才有道德。"

众人低头，如果日军真在异国犯下禽兽恶行，实在难受。前多外骨："本音坊，请您讲空海大师去中国的事吧。"

素乃："空海大师念求闻持真言，是为看懂《大日经》。他曾看过传到日本的《大日经》残卷，日本无人能解答，他便入深山修法十一年，为求自悟。但自悟不成，所以去中国求法。"

求闻持真言可获得强大记忆力，十一年苦修并非白费，唐朝密法有着繁复制式、仪式、口诀、暗语，需二十二年方能学完，而他用了三个月，便成为传法阿阇黎。这等奇迹，不能不说是求闻持真言之功。

素乃二十六岁时长期失眠，下完棋与对手复盘研讨，常搞乱行棋次序。输棋不可耻，忘记自己下过的棋，便不配当一个棋士！

"为了恢复记忆力，我开始念求闻持真言。"素乃浮现出孩子调皮的笑，"此真言让我变得专注，不会忘棋。"看向广泽之柱，"你想学么？拿牟，阿加舍、揭颇耶；嗡，阿立、加么立、慕立，梭哈。"

广泽之柱："空海大师因此真言而得唐朝密法，能否可以这样理解，此真言是唐密的入门之法？"

素乃："入门有多途，只可算一门。"

广泽之柱："究竟有多少门？"

素乃："下棋也是一门。"

广泽之柱："您说围棋也是唐密？"

素乃："唐密的大日坛城分十二宫，围棋的棋盘也是十二块区域。大日坛城的中央是八瓣红莲，棋盘中央叫天元。只不过大日坛城是由八瓣红莲向四周扩展，而下棋是从边角向中央进发，进程相反。"

前多外骨："听闻大竹减三和俞上泉在研究一种由天元向四边扩展的棋。"

素乃诧异："直取天元——不符合棋理啊，真有这样的事？"前多外骨从背包里取出报纸，是大竹减三在本音坊就职仪式上，和俞上泉下的表演对局。

素乃接过报纸，久不抬头。

前多外骨愤怒："这是对本音坊称号的最大侮辱！完全是哗众取宠，他们这盘棋没有下完，说是表演对局不必下完，其实这样的棋根本下不完，因为不符合棋理，再下就露丑了！"

素乃将报纸递给广泽之柱："你看看，下得完么？"广泽之柱蹲身，将报纸铺在腿上，渐渐额头冒汗，小声言："下不完。"

素乃笑道："广泽说对了。"

众人上路，走出一小时后，散成三五人一簇，彼此有较大距离，素乃问前多外骨："你的棋技真衰退了，看不出那盘棋是可以下完的么？"

前多外骨喘一声，眼角似裂。素乃："看出能下完的人，除了我，只有广泽之柱。"

前多外骨："他？他不是说下不完么？"

素乃："他心里明白，但迫于集体压力不敢说。唉，他有大棋士的才华，没有大棋士特立独行的风骨，离我的期望差了点。本音坊一门的重振，会比预想的晚。"

前多外骨："不，不，我来磨炼他。"

素乃眼光黯淡："他已是潜质最好的小孩，拜托你了。"

前多外骨鞠躬领命，抬头，见素乃晃晃悠悠任人背着，已闭上眼。瞬间，觉得素乃已死去，疾赶上两步，道声："本音坊！"

素乃哼一声作答，前多外骨回应："无事。"大走几步，拭去泪水。

大竹减三摆着击球姿势，定如雕像。台球室角落坐一位持杆的陆军军官，服务生送来杯水："大竹先生成了围棋第一人后，打台球的速度也没有快起来呀。"

军官："你懂什么，只有时时处心积虑，才会成为第一人。他是把任何事都当作棋下。"

大竹减三终于动杆，球入洞。军官站起："我输了。"

大竹减三："再来一局。"

军官："我可能没时间了。"

大竹减三语调不变："再来一局。"

军官屈服。大竹减三："你刚才说得不对，我没把台球当作棋下，打台球对我是放松。打台球，无论输多少盘，下一次还是平等对局。围棋要定尊卑，江户时代出现的十番棋，谁先累计输了四盘，便被降格为下手，一生耻辱。"

军官："古人残酷。"

大竹减三："人间要分贵贱，贵者有尊严，贱者守贱位，天下便太平了。日本的等级制度是最科学的人际关系。"

军官："您在本音坊就职仪式上所下的表演棋，陆军高官们极为赏识，认为契合他们的战略。"

陆军新策是直取天下，占据南京后，展开东战美国、西攻国民党、北抗苏联、南侵东南亚诸国的圆周作战，大竹的新式围棋直取天元、扩向四方、契合陆军大格局作战思想。

军官："新的围棋观和新的军事观高度相符，说明民族气魄的壮大！"

大竹减三："那只是表演对局的玩耍，直取天元的棋技尚在摸索中，未到可以实战的程度。"

军官两手撑上台桌："陆军希望您下这种棋！并且是十番棋，以俞上泉为对手。"

大竹沉吟："俞上泉？"

军官："对！一个中国人被日本人降格，与中日战争的进程一致。围棋是日本的国技，就让它成为国运的缩影吧！"

大竹减三："陆军太浪漫了。"

军官："请不要辜负陆军的期望！"

大竹减三摆出雕塑般的击球姿势，又不动了。

听到大竹减三邀请俞上泉下十番棋的消息，顿木乡拙便双手缩入袖内，闭眼沉思，直至夕阳上脸，艳如鬼面。

吓慌林不忘。此刻是偶然光效，还是上天向自己展示师父真容？

顿木乡拙的手从袖里伸出，林不忘感到丝恶心，联想到蜕皮而出的蛇。顿木乡拙："顿木一门终于等来出头之日。"

林不忘："大竹减三一贯克制俞上泉，下十番棋，俞上泉必被降格，永远低人一等，无颜留在棋界，我们请来的天才就此毁灭，怎么说是出头之日？"

顿木乡拙："如果是正常较量，俞上泉必输无疑，但大竹迫于陆军压力，要用直取天元的新式下法，俞上泉就有争胜的可能。"

林不忘："这种下法是大竹发明的，他会更有把握。"

顿木乡拙："大竹没把新下法研究透彻，就公之于众，占独创名誉，结果引来陆军下十番棋的指令。新下法，令他以前克制俞上泉的技法都用不上了。对于他，对于俞上泉，新下法都是陌生领域，他不占优势。"

林不忘："大竹聪明反被聪明误。"

顿木乡拙呵呵而笑，纯真似婴儿。

四国岛石手寺中有八十八石柱，象征八十八寺，是对无力走完全程的人开的慈悲方便，巡拜八十八柱，等于拜了八十八寺。

慈悲方便，还有菊花台。台上铺层层菊花，一日一换，永远新鲜犹如金。菊花正中是空海大师青铜像，大师之手系绳子延到菊花台外，参拜者碰触绳头，便等于接通法流，得到空海大师灌顶。

前多外骨将素乃挽到菊花台前，素乃低诵二十一遍"南无遍照金刚（空海大师的密号）"，以中风蜷缩的左手摸向绳头。

如果碰到绳头，变形的手能舒展开……奇迹总是令人心醉。

响起声笑，凄惨悲凉，近乎哭音。菊花台深处走出一人，戴破斗笠，斜挂的旅行布兜脏成暗红色，隐约见绣着八朵蓝色菊花——本音坊的标志。

素乃不知从哪里来的精力，发声洪亮威严："炎净一行！你私自佩戴本音坊徽章，大逆不道！"

听到"炎净一行"的名字，本音坊门徒中有人本能要恭敬行礼。炎净一行是素乃师弟，原是十二世本音坊指定继任人，因十二世本音坊过早病逝，素乃以"本音坊本应由棋力最强者担当"的理由，联合门内长老，逼炎净一行以一盘棋来赌本音坊之位。

炎净一行小素乃十岁，虽具天才，棋艺尚不成熟。在天才与功力的对决中，被素乃击败，从此退隐，潜心学佛，已经三十年无消息。

前多外骨知道上一代内情，不敢以冒犯本音坊名位来训斥，低喝："你以凡人之躯，登菊花台，践踏佛地，太不应该！"

炎净一行："空海大师一生修行，显示即身成佛，泯灭人佛差距，佛非木泥铜铁，是团肉！菊花台是盛肉的地方，我为何不能站上？"

前多外骨提高音量："你入了魔！"

素乃却道："入魔的话，不是随便说的。"炎净一行跳下菊花台，将素乃左手从绳头放下，随之蹲身，道声："师兄。"

两人对视，眼中没有仇恨，只有好奇。三十年相貌差异，令两人都在仔细辨认。素乃："你当年可是一位美少年啊！"

炎净一行："你没那么丑了，毕竟做了三十年本音坊，有了气派。"素乃嘴唇哆嗦，眼泛泪花，小孩受委屈的神情："我的病……不是你诅咒的吧？"

炎净一行失去表情："不是。我是来看你的。"

泪落在素乃膝盖，炎净一行："我做了三十年修行人，会作法，可治你病。"素乃转为威严，没有丝毫哭过的迹象："我拒绝。我已经接受了我的病，请你不要破坏它。"

前多外骨和几位老人过来，将素乃从蒲团上搀起，安放在轮椅上，推离菊花台。在此过程中，素乃一直拽着炎净一行的布兜。

至过道，轮椅停下。佛堂中不许说话，此处可以长谈。素乃："取代我的人叫大竹减三，他要和一位来自中国的天才——俞上泉争战十番棋。"

炎净一行："十番棋！十盘定一生贵贱，对于棋手过于残酷，我和你当年也未下。"

素乃："前多外骨！你带广泽之柱回东京，动用一切关系，让他成为棋战的记录员，哪怕只是一局棋的记录员！"前多外骨鞠躬："明日就去，容我交托一下领队事务。"

素乃："现在就走！"

前多外骨摘下背囊，交给身边老人，拉广泽之柱向外走，行出二十米，返身跪拜，大吼："炎净师叔，师父就拜托给您了！"

石手寺还有名胜，为石手碑，碑上凹现空海大师手形，一千两百年前在泥模印下，翻刻于碑。据说将自己的手按入石手印里，便可穿越千年与空海大师相互感应，名为"千古瑜伽"。

炎净一行替下推轮椅的人，推素乃到碑前。素乃以变形左手按入，一按便收回，丝毫没有祈祷治愈之意，转向炎净说："你也按一下。"

不忍违他的意，炎净一行上前按入。盯着他的手，素乃喝道："别管我了，你下山观战吧。"

炎净一行："棋，我已忘了。"

素乃："不，你没忘。食指背上的茧还在，三十年来你还在打子！"

按入石印中的手上，中指第一节卧着块银灰色的茧，棋子便是夹在这里，打到棋盘上的。炎净一行："我来时已许愿，陪你走完八十八寺。"

素乃："我不接受。没有输赢，就不是棋了。不要化解你我的恩怨，让它像一盘棋一样保留吧。"

炎净一行："棋是我在山中消减寂寞的玩耍，早已不能像棋士般下棋了。"

素乃："大竹、俞上泉的十番棋，必将载入棋史。在这种天下大战时，有资格进入棋室内作为观战者，是一门地位的象征。我不想让后人看到，在观战者中只有三大世家，而无本音坊一门。"

似被石印灼伤，炎净一行撒手。

素乃语调严厉："我已残废，现在你是本音坊一门的最尊者，你有责任下山观战！"

炎净一行不由自主地应一声，黑白混杂的长须晃动。

十一　直取天下

三大世家占据东京棋院要职，但受压三十年，人才不足，棋院学员主要还是本音坊子弟，棋院后勤人员也还是本音坊一门的人。前多外骨回来，看似一切照旧。

十番棋记录员名额，被三大世家子弟分摊。前多外骨找上门，每家大吵一架，方争到一个名额。

回棋院的路上，有位老者在桥下卖刀，草帽压住整张脸。前多外骨想起孩童时听过的传说——虾妖蟹鬼会变成人形，在桥底下卖从龙宫里偷出的宝物。

恶作剧的心态，令前多外骨上前。刀柄缠线脱线，鞘上漆剥落，露着陈腐木色。抽刀，满是锈斑。老人说是三百年前战国时代的工艺。

前多外骨："可惜生锈了。"

老人："一把好刀的锈是可以磨掉的。"

前多外骨："你为何不磨？可卖价高点。"

老人："我只卖给识货的人。"

买下此刀，像白日梦，回想老人递刀，右手犹如虾爪，没有作为人类特征的拇指……真是虾妖蟹鬼？

价格倒便宜，掏尽随身的钱便够。或许是名惯偷，卖的是赃物。如此安慰自己，走入棋院三号对局室。棋院初立时，为妇女下棋修建，采用传统茶室样式。因其典雅，长期为素乃专用，没入过妇女。

广泽之柱在里面，左手捧棋谱，右手打棋子。小臂超出他年龄地粗壮，这是一个有力的少男，复兴本音坊需要强者。

前多外骨喘着气，在棋盘旁坐下："棋战的记录员，我为你争取到了。"

广泽之柱："我不做记录员，他俩中的一个肯定是我将来的对手，我不能自降身份。"脖颈血管偾起。

年轻血液有着晨时的草木之香……

前多外骨："一把真正的好刀，生了锈是可以磨掉的。本音坊一门正如这把刀。"旋指打开刀鞘暗扣，刀弹出半分，犹如人眼。

前多外骨："如果你将俞上泉和大竹当作你将来的对手，就不要对他们有敌意。你要将他们当作你最亲的人，关心他们。"

广泽之柱："关心？"

前多外骨："对，素乃师父指导过你多盘棋，但他不是你最好的老师。你最好的老师是你最强的敌人。"

广泽之柱："我想我不能平静地坐在他俩身边。"

前多外骨："刀的真意，在于隐藏。你只有先平静地坐在他俩身边，才能在日后击败他俩。"刀放于广泽之柱腿旁。

前多外骨出了对局室，院中是片翠竹，有根破土而出的笋，笋头浅白。想起杜甫《兵车行》中的诗句："生女犹得嫁比邻，生男埋没随百草。"肺病令自己避过中日之战，否则正在中国某处行军吧？

战时，女人尚能找个残疾的男人出嫁，健康的男人只能死在战场，如果不是倒在野草里，而是秀丽的竹下，便是幸运吧？

滑下颗泪，肺病之人总是容易流泪——"凉风起天末，君子意如何。鸿雁几时到，江湖秋水多"——杜甫怀念李白的诗句，正合自己怀念小岸壮河的心境。

自己与小岸才华横溢，凌驾于一代棋士之上，不料数月间便一亡一病。天给了才华，又匆匆收走。所有的春风得意，皆为不祥之兆。

白润的竹笋，令人无端起恨。

前多外骨抄起园丁留下的铁铲，奔至竹笋前，要将其拍烂。铁铲抡起，停在半空。前多外骨自语："我是棋士。"向竹笋作礼致歉，将铲子立回墙边。

林不忘蹲在茶室外的洗手池前，装束未改，仍是蒙面盘头。顿木乡拙在茶室内与三大世家磋商大竹、俞上泉的棋战。三大世家是村上家、川井家、林家，这是林家茶室。

茶室是幽秘之地，空间狭小，两张半的榻榻米上，紧紧坐着四位老人。一面为泥墙，三面拉门，仅开小方天窗，垂光在茶炉上。

泥墙前卧放刀支架，支架上无刀，横置截枯枝。顿木乡拙：

"将供刀的支架，供奉大自然，真是雅致。"

林家长老浅笑："是我十年前旧作，现在觉得刻意。企图用一截枯枝代表自然，真是狂妄。如果是今日，我会空着支架。支架之形，已十足美感。"

他开始涮茶，竹刷划在陶碗上的音质，不知触动哪一丛神经，血液里似有无数雨伞撑开。日本的饮茶延续大唐，不是沏茶，而是打碎茶叶，以热水涮之。茶碗内一片纯绿，如夏季池塘。

林家长老："棋品就是茶品，能下出脱俗之棋的人，茶道必非等闲，如果是俞上泉，他该如何摆设？"

茶室内的摆设，是茶道重要部分，饮茶者常在摆设上比拼品位高下。顿木乡拙："看我另一位弟子的创意吧。"

林不忘被唤入茶室，背贴纸门坐定。他的进入，令空间紧促，也令人紧张。室内坐着林家长老，林不忘是林家叛逆，棋界均知他拜入顿木门下，是为了给自己家族难堪。

顿木乡拙："林不忘，看刀架。"

林不忘："俗不可耐。"

顿木乡拙："是林家长老十年前创作，现今他有了新意，去掉枯枝，仅剩支架。支架之形，本已完美，不需再添一厘一毫。"

林不忘："俗气更重。"

林家长老低喝："不要在众人面前，羞辱你的长辈。"

林不忘："茶室内没有长辈，只有主客。"

顿木乡拙："他便是茶室主人。讲出你的道理，否则便违反了主客之道。"

林不忘："自然之道，是万物共生共长，相互契合。枯枝不能与刀架契合，两者都成丑物。空置刀架，更无契合——尤显人为造作。"

林家长老喝道："拿出你的创意！"

林不忘："刀架，是要放刀的。"

林家长老叹服，将竹刷递给身旁的村上家长老："拜托您照顾大家，我先走了。"

村上家长老："您不用这样，我们在这里的正事是谈棋，不是茶道。"

茶室门低矮，不及人高，林家长老矮身出室。川井家长老叫道："这等大事，不能少了林家。"室外回应："林家已有一个人在。"

会议开始，村上家长老发言："俞上泉和大竹以十番棋定一生荣辱，正像古代悬崖决斗的剑客——为配合这样的意境，该在高山上、大海旁吧？"

川井家长老赞同："嗯，应该是这样的吧。林家长老走前的意思，是让林不忘代表林家谈，请他表态。"顿木乡拙应许。

林不忘："棋在中国是文人雅士的余兴游戏，在日本是武道。武道最高经典，宫本武藏的《五轮书》、柳生旦马守的《兵法家传书》均引入佛理，宫本武藏以唐朝密法的'地水火风空'的名词立章节，柳生旦马守以禅法解释剑术。"

村上家长老："明白您心思。俞上泉和大竹下棋的地方，该在佛门古寺。"川井家长老应和，此事定下。饮罢茶，散席出门。

行出三十多步，顿木乡拙回望茶室，对林不忘言："茶室暗光、低门的设计，是为与庞大纷乱的世界区别，坐入棋室，便是回归内心……但内心是多么可怕。"

林不忘面无表情地点头回应，腕上的方刀受惊女人般颤抖。

三个月后，日军南入武汉，北近西安。日本廉仓县建长寺，俞上泉与大竹减三开始十番棋。

对局大殿原供奉药师佛，木雕移走，改为棋室。大殿东西各开一间禅房做休息室，俞上泉和大竹减三分居，为避免平日相遇，决斗者只应出现在决斗地。

引领俞上泉入对局室的是位十五岁棋院生，环廊之路练习走过百次。走至拐角处，被林不忘拦下："退下吧，由我引导。"

棋院生止步，脸色通红。

林不忘低语："师父怕影响你备战，有些话要我现在告诉你。从中央向四面进展的新布局法，尚不成熟，但大竹为维护第一人尊严，一定会用新下法。你将如何应对？"

俞上泉："我和他有约定，十番棋都用新布局法。我会遵守约定。"

林不忘："新布局是他发明，这个约定，置你于必败之地。"

俞上泉微笑："下传统布局，我也赢不了他。我和他以前的对局纪录，是三胜十二负。"

林不忘摘下口罩，鼻梁挺秀，狭细双眼："让他用不成熟的新布局，你用成熟的传统布局！临阵变招，是师父制定的取胜之道。"

院中，两位黑色袈裟的和尚拎水桶走过，有水溅出，落在灰白土路上，如婴儿身上的胎记。俞上泉："胜负如此重要？"

林不忘语音严厉："此战不是你一人荣辱，是顿木一门的荣辱，请您遵从师命。不要忘记师父多年来对你家人的照顾。"

俞上泉目光渐暗，继续前行。林不忘没跟，遥望他进对局室，感到上午充沛的阳光变得阴寒。

对局室内横坐一排人，为三大世家长老、报社记者、两位军界人物，广泽之柱作为记录员也在其中。俞上泉用手帕擦棋盘，棋盘干净，本不必擦，是向对手表示敬意。

大竹减三闭目诵佛经，腿旁放十把竹骨折扇。下棋时他有边思考边掰扇子的怪癖，一局棋往往会坏三四把扇子。备下十把，说明对此局的重视。

顿木乡拙任裁判长，轻走到棋盘前，以护士对卧床病人的口吻，柔声说："时候到了。"

事先约定，第一局大竹减三执黑棋。四十二分钟后他才张眼，在棋盘右上角打下一子。棋子轻晃，如低飞的蝙蝠。

坐回裁判席的顿木乡拙变脸。出乎意料，大竹减三不用直取天元的新布局，用从角部发展的传统下法，黑子落于低位，远离中央。

两位陆军人物面面相觑，陆军策划十番棋，是要以直取天元的新布局迎合陆军在中国大陆"直取天下"的战略，大竹采用传统布局，令十番棋失去宣传意义。

棋室内禁止对话，备有笔谈字条。两位陆军人物互递字条，上写："大竹甘愿对军部违约，看来对于他，胜负更重要。"

横席末端坐着位僧袍老者，是素乃的师弟炎净一行，代表本音坊一门观战。没人给他递字条。三大世家长老间互传字条："大竹采取他最能掌握的下法，看来新布局是华而不实的把戏，经不起胜负考验。"

广泽之柱发现棋盘中央多出颗白子，不知何时，俞上泉已落子。

众人目光回到棋盘，两位陆军人物面色稍缓。棋盘上有了新布局，总算对总部能做出交代。他俩同时想到什么，彼此对视，眼神略苦——下出新布局的是中国人，还是配合不上陆军的宣传。

顿木乡拙断了指望。大竹用成熟的传统技法，俞上泉用不成熟的新布局，正与自己的谋划相反，是最坏情况。

大竹减三神色坦荡，无一丝违约的愧疚之色。炎净一行暗中称奇，想起三十年前素乃夺去自己本音坊名位时，也是这股坦荡神色，虽对其恨之入骨，每次面对，却觉得理亏的是自己。

大竹减三掰着扇面，连响七下，突然一记脆响，扇骨折断。

第一天棋局下到下午六点四十分。大竹减三的下一手棋未落棋盘，写在纸上，封入纸袋——此规矩，为避免对手利用暂停时间思考。

下了八十余手，黑棋守住三个角，中央则是广阔白阵。黑棋虽大局落后，但在白阵中打入一子后，便显出白阵弱点。这颗黑子有多条退路，难以围杀。如杀不死，黑子发展起来，可割去一半白地。

落于棋盘上的最后一手棋是俞上泉的白子，虚虚的一手，距离打入的黑子相隔较远，看不出是要驱赶还是要封杀。

广泽之柱交出对局记录本后，高烧病倒，前多外骨指挥人将他抬出寺院，送往医院。寺院外，搭了片帐篷，他们是围棋爱好者，不求入寺，也不向棋赛工作人员打探棋局内容，觉得与自己心仪的棋手共度对局时间，便满足了。

帐篷面上绣上各自心仪的棋手名，写大竹减三的有九人，写俞上泉的达三十人。来自异国的丧父少年，自小得大众关心，战争也未能改变。

前多外骨从山下医院归来，发现卖刀老人自一顶帐篷走出，行进树林。前多外骨暗叫："水怪！一定不能受蛊惑！"还是禁不住好奇，小跑跟上。

树林深处有片空场，悬五只灯笼，站着位矮小老头，拎五尺二寸长刀，长过他身高。卖刀老人嘿嘿笑道："老妖精，是你呀。"矮小老人回应："世深顺造，又能见你，真太好了。"年少玩伴的亲切。

卖刀老人叫世深顺造！前多外骨感到被女人从身后抱住，咽喉压上刀。

五只灯笼有着节日的喜庆，世深顺造掏出匕首："你的身材不适合用长刀，你的刀拔不出来，我的刀就不短了。"

身材矮小的人总爱用长大东西，潜意识补偿。矮小老人："开始吧。"话音未止，世深顺造跌出，左腿裤子破散，裂口延伸到小腹。

矮小老人的刀鞘终端镶一片刀刃。他找到了最简捷的拔刀方式——不拔刀。

伤口的深度，令世深顺造不敢起身，手捂小腹，后背蹭地，退出三尺。矮小老人刀扛上肩，手抓刀柄，整个人向前跳去，像悬崖上振翅起飞的老鹰，拔刀出鞘。

世深顺造翻身，滚向长刀。

长刀抡圆。

匕首插入矮小老人右肋。

抵在前多外骨咽喉处的"刀"移开，身后的女人走到身前，将"刀"安入发髻，原是把木梳。梳齿细锐，令人产生刀锋的错觉。

和服的花饰，表明是已婚妇女。她边走边发出动听的语音："老妖精，你还活着么？"长刀拄地，矮小老人缩在刀上，不倒而亡。

世深顺造艰难翻身："不出我所料，你嫁给了他。"

女人嬉笑："世无英雄，不嫁他，又能嫁谁？你么？"

世深顺造："我太老了……"

女人："不老。"展臂抱来。

世深顺造任她搂上脖子："我看你出生，不想再看你死。"女人手上现出支尖锥："知道你厉害，但我想试试。"

世深顺造："我一日老似一日，精神越来越难以集中，你会有很多机会。"

女人："现在不是机会？"

世深顺造："流血，让人清醒。"

锥尖缩回袖中，女人起身，摘下只灯笼离去。对于前多外骨，她始终是背面。

世深顺造叹道："买刀的人，你看不出我不能动么？"前多外骨忙跑出，致歉："我以为您没事。"

世深顺造："愚蠢，你又不是女人！"

世深顺造拒绝去医院，前多外骨背他回建长寺，安置在自己房间。躺上床，世深顺造即睡去。

刚晚上八点，前多外骨远未困，为不扰他，拉门出屋，想寻个可聊天的和尚消磨时光。四下无人，行至第三重院，听见人说话。

"广泽之柱看了一天棋，能把自己看病了，这样的人据说还是本音坊一门的希望。"

"广泽君不是弱，而是超乎想象的强。看棋看病了，说明他领悟到什么，生完病，他会变个人。"

是三大世家的子弟在闲谈，前多外骨现身，他们便住了嘴，知道慑于自己的权威，有一丝酸楚的得意。

第三重院主殿供文殊菩萨，侧殿是藏经楼，积放历代经书古董，传说存有黄金丝线的唐朝袈裟。藏经楼一层开着扇窗。前多外骨忽生恶念，想入楼窃袈裟。

自嘲愚蠢，脚却行到窗前。

上到二楼，环廊里立着一人，无五官，一片白。看到这张脸，前多外骨反而镇定，是戴口罩的林不忘，呵斥："你到此做什么？"

林不忘："你又来做什么？"口罩后泛起笑容。楼梯响，走上第三个人，是本音坊一门的最尊者炎净一行，见已有二人，叹声："犯禁之心，是雅兴。"

三人撬门入室。金丝袈裟是唐朝末代皇帝哀帝旧物，以黄金为线，绣出七条长方框，每一框内绣两大一小方格，共二十一块，称为"七条二十一区间"，是最高级别的袈裟样式。

每一方格绣一朵折枝莲花，黄金光彩沁入胸骨，似能治愈肺病。前多外骨的父亲教育他重义轻利。观念里总觉得黄金恶俗，没想到这般美！父亲不该欺瞒真相，让他对世界产生误解。

乡下老人认为，一个东西用过四十年，便有灵魂。一尊瓷壶、一方糠皮枕头，都会神灵般保佑子孙。林不忘："我不信万物有灵……黄金或许例外。"

楼梯又响，走上一人，高额大头，竟是大竹减三。他行到金丝袈裟前，合十行礼，念诵："嗡，所瓦坡瓦、舒陀，洒瓦达磨，所瓦坡瓦、舒陀，憾！"向诸人作礼，不待回礼，转身而去。

炎净一行："他诵的是忏悔真言，看来他对自己骗俞上泉使新布局的做法，也有愧疚，夜里不安宁。"随即否定自己，"他有着我师兄的特质，这种人决定了，便永不后悔。如果是忏悔，也不是为了俞上泉，是为自己的封手之棋。"

落在棋盘上的最后一手棋是俞上泉的白子，而大竹减三封入纸袋的，才是今日真正的最后一手。设定此制度，为避免对方利用休息时间思考，明日打开纸袋，字条上写的招法不可更改，必须按照记录打棋。

前多外骨："俞上泉的最后一手过于软弱，大竹的封手应该不会有难度吧？"

炎净一行："他在白阵里深深打入一颗黑子，是做好了遇到最强攻击的准备，但俞上泉没有压迫力的一手，反而令他很不舒服。他的杀力天下一品，对俞上泉这手弱棋，难免失控！"

林不忘："你是说大竹意识到自己的封棋之手，过分了！"

前多外骨："俞上泉的坏棋，反而是好棋？"

林不忘："观棋和对局是两样事。观棋是绝对的技术标准，对局则有个性和心理，俞上泉这手棋的确是坏棋，但它能引发对手更坏的棋，便是好棋！炎净先生，我的理解对么？"

炎净一行："还要考虑到一个因素——新布局还不成熟，或许这手弱棋，并没有那么深的心计，只是俞上泉不成熟的表现。棋，从来是三分人算，七分天意。"

三十年前，他败于素乃，失去本音坊继承权，从此隐遁山林，心里明明已放弃一切，却失眠半年……

炎净一行的沉默，令前多外骨感到必须说点什么，多年来跟随在素乃身边的场面化生活，令他养成不能忍受冷场的习惯，问："既然没有绝对的好坏，下棋岂不是失去意义？"

等了许久，听到炎净一行回答："是，这便是我不下棋的原因。"

俞上泉未眠，在盘腿静坐。静坐之法是五岁时父亲所教，双手置膝，拇指横于掌内，如倒置母腹的胎儿。

其余四指代表四季，指头的高矮，正是春夏秋冬的盈亏变化。食指为春季；中指为夏季，夏季阳气充足，所以最长；无名指为秋季，万物在秋季成熟，毕竟有收获，所以略高于食指；小拇指为冬季，因而最短。

四季循环的关键，在于冬季转为春季，两季之间有个奇妙的变化，便是大拇指。大拇指缩于掌内，表示这个关键的季节不能形成一个明显的时间段落，是隐秘的第五季。

雪花山的理论，将这个隐秘季节称为"人"。"人"字一撇一捺，正是左右两个朝向，表示交汇分化。"人"是冬春之变，人生也是乍寒乍暖。

十一岁时，父亲死去。当时理解的死亡，是父亲像缩在掌心的大拇指一样，缩入家里某个角落。从此，俞上泉开始静坐。

在异地谋生，与强手对决，是极易崩溃的人生，处乱不惊的镇定，来自静坐。每当双手抚膝，直腰正对前方，他总是心存感激。这个坐姿，便是父亲……

响起轻叩窗棂声，两手大拇指从掌下展出，俞上泉张眼，窗外是师父。

顿木乡拙眼中常年有血丝，或许血丝也会老化。棋赛规矩，为避嫌受支招，对局者不能与人接触交谈。

顿木乡拙是发呆神情，自俞上泉的第一手棋开始，他就是这副神情。必败的预感击溃了他，所输不是这一盘棋，是他接俞上泉来日本的全盘计划，耗尽心机的五年，还有他与素乃抗争的二十年……

俞上泉："师父？"

许久，顿木乡拙说："打下去。"转头离去。

第二日上午九点，装封手的纸袋用刀裁开。作为裁判长的顿木乡拙，对照纸上记录，将一颗黑子打在棋盘上，道："时间到了。"

新打上的棋子，是大竹减三昨日最后一手，对此众人已猜了一夜。

不出所料，大竹减三下得过分了。炎净一行感到身旁射来视线，转头见顿木乡拙看着自己，两人从未有过交往，但都以对抗素乃而闻名天下，早互知其人。

作为被篡位的本音坊，自己在棋上有权威。回视顿木乡拙的眼，他点了下头。顿木乡拙流露欣慰。

距离对局室三百米，一间抄经堂开辟成议棋室，不够级别入对局室观战的棋士在那里观棋，对局室内每下一手，便由服务人员抄在纸上，快跑送来。

能入议棋室，也是高级棋士，不过二十人，室内有十副棋具，供他们摆棋研究。对局室内禁语，此处人声鼎沸。前多外骨和林不忘在这里。

有人评说，大竹减三的封棋之手是爆发杀力的前兆，按以往战绩，到比拼杀力时，俞上泉的灵巧棋风总会在大竹减三的执着追杀下，渐露疲态，终被击溃——局势已步入大竹步调。

前多外骨："明知种种不利，俞上泉为何还要用新布局？"

林不忘："或许为了气势，放弃新布局的大竹，看到俞上泉用新布局，内心多少会有些震撼吧？"继而自嘲，"我的想法太滑稽了。棋士的第一素质便是不受情绪影响……但真想不出其他理由。"

前多外骨："或许俞上泉已找到新布局的秘技，之前和大竹下棋，故意隐瞒？"

林不忘："他俩之前的几盘棋，俞上泉思维连贯，没有故意输棋的迹象。一个出乎意料的冷僻招法，可带来一时扭转，但棋的进程很长，凭借的还是综合素质。俞上泉明显差大竹一筹，不是输在一两招上。"

前多外骨浅笑："我的想法，也很滑稽。嗯，反正现在，俞上泉以一招占据优势。"

棋盘上，在白棋封锁线内的黑棋反攻，吃下六颗白子，白阵的范围缩小一半。大竹减三显出的杀力，令两位陆军人士绽放笑容，他俩得到军部最新批示，虽然不是大竹下新布局，但日本棋士赢中国棋士，仍有宣传价值。

大竹减三开口："阳光太亮。还是夜里下棋好啊。"

工作人员在十五分钟办妥：以两寸厚的黑绒封住窗户，架起三盏灯，达到夜间下棋的效果。

大竹减三掏出墨镜戴上，开始长考。

他是以长考闻名的棋士，最高的纪录是一手棋考虑了三小时四十一分钟。长考时戴墨镜是他的习惯，是德国军用墨镜，乘摩托车时戴。

十二 妖气

下午五点五十三分，大竹减三仍未落子，前多外骨离开议棋室，赶去打斋饭，回奔自己房间。

世深顺造皮肤的愈合能力等同少年，伤口已长出白色薄膜。素乃中风后，对前多外骨的服侍，总是严厉呵斥，似将病患罪过算在他头上，世深顺造则是坦然接受，令人惬意。

前多外骨详细讲述棋局进程，获得"如同亲见"的赞誉。在素乃门下十五年，几乎没得过一句赞语。这位疑似水怪的老人……可能正是目睹他杀人，才有了亲近他的愿望。

长久以来，便想杀人。素乃门下的棋风都是嗜杀的，前多外骨患病退出一线后，杀的欲望反而更强烈。

棋，本凶险。

棋，是修罗道。

修罗是不平等之心。佛教认为宇宙有六道，天、人、畜生、地狱、饿鬼、修罗。修罗是嫉妒、自毁，学棋第一天起，前多外骨便被这两种情绪折磨，虽然外表日渐文雅。

我已经很难再赢一盘棋，或许杀一个人，方能平息我所有的不快……前多外骨想杀的人，便是世深顺造。杀死一位杀人者，更有成就感。

前多外骨袖中藏刀。刀长七寸，弯如羊角，渔民割鲨鱼肉的刀，早年游历北海道所获，此刀涵盖他的青春。

佛门疏于管理，寺院后山是浓密松林，挖个坑，尸体便消失。即便尸体被发现，受法律制裁，也甘心承受。似乎神已向他许诺，杀死这老人，便可重获健康。

弯刀出袖，刺入世深顺造后腰。刀入肉的感觉，令手臂泛酸，同类相残的震撼……没有血，刀刺入的是枕头，黑色糠皮无声流出。

世深顺造取下刀，艰难抬起眼皮："我重伤，身边不能留敌人。只能杀死你。"

前多外骨："同意……"

世深顺造："你有什么未了之事，尽力帮你办。"

前多外骨想了许久，竟然没有可牵挂的人事，做了十五年棋士，生活过于单纯。他的生活圈子里强者如林，无人需要他帮忙。

临终方知自己的软弱，前多外骨遗憾摇头："仅有一个疑问，你为什么要卖给我一把生锈的刀？"

世深顺造："为了俞上泉。"

回国后，他潜入一刀流总部，窃取第一代祖师佩刀。祖师遗言，让此刀自然生锈，后世必有天才宗家出现，磨去锈迹，那时一刀流将广传天下。

只要磨去锈，他便成了预言中的天才宗家，一刀流成员不能杀自己宗家。于是双方达成默契，他不磨锈，一刀流停止暗杀，以正式比武的方式挑战他。他的压力顿减，有了观俞上泉下棋的余暇。

来建长寺观棋，刀携带不便，卖给前多外骨，等于找个存放处，他随时可取回。前多外骨："棋士很多，为何单卖给我？"

世深顺造："你会善待此刀。"

被人看重的感觉，如此美妙。前多外骨："我无憾了！等等……还有一个疑问，俞上泉为何要用新布局？"

让一个杀人者解答围棋玄妙，多么荒诞！但确实是他此生最后疑问。

世深顺造："习剑之初，师父教给我三种心，自我保护之心、与敌共死之心、我死之心。我死心让人彻底自由，绝对劣势下会逼出全新的可能。"

用传统布局，俞上泉与大竹减三是一线之差。这一线之差，是双方多年形成，看似一线，却难以突破。用新布局，俞上泉处于全然劣势，会输得没有底线。但没有底线，便突破了两人惯性，可能从大差中反转出大优。

前多外骨长舒口气，觉得可以死了。

纸门上映出握刀的人影。

一刀流的比武者赶到？前多外骨反应迅速，将被子罩在世深顺造身上，盖住伤口，喝道："谁在门外鬼鬼祟祟？"

"是我，广泽之柱！前多老师，我的病已好，特来向您报到。"

"知道了。你去议棋室吧，我马上到。"

广泽之柱"嗨"一声，行几步，又转回："我把您送我的刀磨好了，您说得对，好刀的锈是可以磨掉的！"

世深顺造使眼色，前多外骨忙问："锈一点都没有了？"

广泽之柱："都磨掉啦！"

磨掉刀锈的人是一刀流的天才宗家。

世深顺造苦笑："我想见见这位少年。"前多外骨令广泽之柱入房。一日不见，相貌突变。颧部深陷、眉弓突出，一位十六岁少男有了饱经忧患的中年之脸。

广泽之柱抽出刀。刀面反光切在世深顺造脖上……毁了一刀流一代精华人物，就当是祖师显灵，对自己劈下的一刀吧。

广泽之柱汇报，前多外骨将锈刀说成是本音坊一门复兴的象征，他不敢离身，带去医院。后半夜仍未退烧，他拎刀入水房，开始磨刀，刀的寒气逼走了体内寒气。凌晨四点，退了烧。

刀磨得细密，老手方能磨出的效果。磨刀名匠的价格，高过锻刀名匠。世深顺造："真是你磨的？医院中哪有磨刀石？"

广泽之柱："棋子。"

日本的棋子称为乌鹭，乌鸦为黑，鹭鸶为白色。黑子用石，白子用贝壳。熊野地区的那智石为黑子首选，向日海岸的蛤贝为白子首选。先以那智石粗磨，再以蛤贝细磨。

前多外骨说："他是本音坊新一代天才。"

世深顺造："也是一刀流新一代宗家。备纸笔，我要写信。"

前多外骨执笔，世深顺造口述，信寄往京都长者町的一刀流总部，详述广泽之柱磨刀经过。写下重誓，表明的确是契合祖师预言的奇妙缘分，自己对此倍感敬畏，希望一刀流予以重视。

信送出后，世深顺造缩进被窝，如寻常老人般，满是无聊与厌倦，吩咐前多外骨："观棋去吧，回来给我讲讲。"

前多外骨出门，知道自己与他达成新的关系，成了他的依靠。

下午六点，大竹减三结束长考，打下一子，之后便是四十秒一手的超快频率。至一百三十五手，大竹减三要求点蜡烛。

运来两个古代蜡烛铜支架。大竹减三满意："俞君，我们今晚便把棋下完吧？"晚上九点二十三分，对局停止，共计二百四十手，大竹减三输两目半。

棋局结束后，双方要进行复盘，探讨胜负之因。此规矩，表示输赢不是最终结果，探索棋道才是下棋本意。惯例是由输者提议，言："辛苦了，请复盘。"

俞上泉静等大竹减三发言。大竹减三仰头，天窗中群星灿烂："星光比烛光更美，你我拘于室内，实在无趣。"

俞上泉赞同。两人同时起身，并肩走出对局室。

观棋横席子上的众人面面相觑，虽然棋痛快下完，却倍感压抑。两位陆军人士离席，三大世家的长老随后起身，瞬间剩下顿木乡拙和炎净一行两人。

顿木乡拙："您还在啊。"

炎净一行："您的弟子获胜，恭喜。"

顿木乡拙："在我的心中，您才是上一代本音坊。想听您对棋局的评价。"

炎净一行："是盘可以流传后世的名局。但俞上泉的赢棋之法，非围棋正道。开始我希望俞上泉赢，后来越来越希望大竹赢，虽然我不喜欢这个人，但他的下法毕竟是我们这一代人的延续。"

顿木乡拙："俞上泉的胜利，将我一生追求都否定了。棋与书画一样，杰作均气质高雅，我追求堂堂正正的行棋，他今日下出的棋散发妖魅之气，令人厌恶。"

棋盘下，散着六七把折扇，破损断裂，是大竹减三对局时弄坏的。

院中，月照如烛。

大竹减三："月，很亮。"俞上泉："很亮。"二人不再有对话，散步四十分钟后，各自回房。

前多外骨带回棋谱，向世深顺造汇报："俞上泉用一手弱棋引发大竹减三用强，吃去白阵一条六子壁垒，看似白阵破裂，其实白阵原本广大，有限地缩减后，目数落实，不再受攻。"

大竹的杀力确是天下一品，终于在一个细微处找到攻击点，俞上泉不得不正面作战，拼杀的结果是大竹杀力奏效，呈现胜三目的局势。

议棋室内，均觉大竹胜势不可逆转，而俞上泉早先被吃的六颗白子死灰复燃，反要吃七颗黑子，其实六个白子最终难逃被吃厄运，但黑阵回缩去吃这六颗白子，白阵边沿便涨出一线。

一缩一涨间，黑棋大亏，白棋反败为胜。

前多外骨补充："议棋室中，对俞上泉的下法评价很低。"

众人受的围棋教育，都是逢难而上的正面作战。俞上泉以退让得利，近乎商人诡诈，失去武士磊落。世深顺造："你的意见呢？"

前多外骨回答，看这样的棋，生理上不舒服。世深顺造嘿嘿笑了："或许宫本武藏的对手们，也是这种感觉吧！"

众人在寺院歇息，明早有车接。当晚离去的仅两人，一是大竹减三，二是广泽之柱。大竹减三的妻子对局期间生下一个女儿，还未谋面。广泽之柱说要效仿古代剑士游历四方。

晚饭后，顿木乡拙携林不忘，来到俞上泉房间，没谈棋风问题，谈的是战局。日本掀起华侨返国风潮，对局期间，俞上泉的哥哥妹妹办理了退学手续，看来俞母决心离去。

中国没有围棋比赛，回国将断送棋士生涯。顿木乡拙取出捆钱，是从主办方预支出俞上泉一半对局费，建议家人可先走，作为棋士，请将十番棋下完。

七日后，俞母带两儿两女乘飞机离开日本，是大竹减三找的陆军关系，搭乘一架飞往上海的货运飞机。顿木乡拙和林不忘送行，飞机升空后，一片亮光追上天，旋即消失。

是林不忘扔出的方刀，方刀失去，腕上依旧冰凉。

俞上泉与大竹减三下到第五局，大竹二胜，俞上泉三胜。十番棋规矩，一方先胜四盘，便将对手降级。

第六局决定大竹减三一生荣辱，下午一点才开始，推迟四小时，因为寺庙发生盗窃。

藏经楼中的金丝袈裟被盗，清晨六点，和尚们清扫庭院，在观音殿台阶上，发现一个披着金丝袈裟、甜蜜酣睡的贼。

他夜晚偷到袈裟，即将翻墙出寺，想到日后的富贵生活，升起巨大幸福感，便坐下歇了歇，不料睡着。

金丝袈裟在历史上曾被窃十一次，每次窃贼都未能走出寺院。警察到来后，对每一位棋赛工作人员都进行审问，地毯式搜索寺院每一角落。和尚们提醒警察："袈裟已找到。"警察领队回答："请不要影响我们的工作。"

调查在中午十二点结束，每一位警察都很疲劳，对他们的辛苦付出，和尚们表示要向报社投稿，表扬他们。警察领队表示："请不要这样，我们只是尽职。如果连尽职都要表扬，世上就没了常理。"

和尚们千恩万谢将他们送出寺门，宣布棋局可以开始。大竹减三抗议，说他完全没了下棋的兴致，对俞上泉说："一块剃个光头吧？"

请来专职剃发的和尚。两人坐回棋盘，头型俊朗，如古代高僧。此时，下午一点。

下到第三日下午四点，记录员的蘸水钢笔碰倒墨水瓶，红墨水喷溅如血。大竹减三将一颗棋子轻放在棋盘边沿，道："我输了。"

大竹被降级。

对局室内一片寂静，仅有相机快门响了有限的几声，记者们没多照，自觉退出。横席上的观战者都没有动，等待对局者先离去。十番棋，大竹减三还没有一局棋复盘，都是当即出门、下山。

大竹减三眼光旺盛，全无大战后的疲态："想复盘，可以么？"俞上泉应许，两人收盘上的黑子白子，重新打下。

复盘缓慢，不觉入夜。横席上的观战者仍保持正坐之姿，如观正式对局。俞上泉摆上一百六十九手，之后是精确捕杀，直至杀死大竹减三十七子大棋。

大竹减三："你已胜势，为何要冒险杀棋？"

俞上泉："今日之棋，决定你我荣辱。我想，在你的强项上比你强，才是真正击败你。"

大竹减三浮笑："嗯，不错。我一贯认为只有超强的杀力，才能运用新布局。你验证了我的观点。"

俞上泉："新布局本是你的创意。"

大竹减三："之前几盘，你化解我杀力的战术，是早就研究出来，专门留在十番棋里对付我的吧？"

俞上泉："不，是第一局临场悟到。"

大竹减三："很好，十番棋有了价值！"起身出门。

黑暗庭院，响起苍狼夜嚎的笑声。

十三 我不老

俞上泉令大竹降级的第六局，大杀三十七个子，却并未引起赞誉。只是俞上泉单方面屠杀，全局压抑，没有豪情。

唯一说好的，是炎净一行："俞上泉以最简单的杀法，像个棋院初等生般，杀了'杀力天下一品'的大竹之棋——妙在此处。俞上泉不是杀棋，是杀了大竹减三的才华。正如剑道，让对手怯场，方是高手。"

离开对局室，炎净一行回房，见门口候着前多外骨，奉上颗白子，说受本音坊素乃嘱托，十番棋结束后，将棋子送他。

职业棋手一望便知，是爱知县产的哈马古力石，顶级棋子。炎净一行："名贵。怎样呢？"

前多外骨："啊，您已经忘记它了么？本音坊说，三十年前，他与您争位，第一百六十手令他扭转局势战胜了您。一百六十手，便是它。"

炎净一行眼中，这颗白子周围顺延出两百余颗棋子……笑道："素乃一生地位因它赌得，他应该保留。给我干吗？"

前多外骨："本音坊说自己不配保留它。三十年来，他把它当作荣耀来收藏、当作命运之神的垂迹来供奉，直到偏瘫，再不能下棋，才意识到——它是他的杰作。"

白子装入绒袋。

前多外骨双手递上："本音坊说，他辜负了它许多年，所以要把它送给您。"

炎净一行伸手，将摸上绒袋又停住。这颗棋子令他失去尊位，山野放逐三十年，虽然自觉早已释然，但真的碰触到它，仍是心绪难平。

终于接过绒袋，在手内团紧，隔着绒布握实了它。脊椎如弓，全身肌肉都在握这颗棋子。

许久，抬头："明白了，虽然素乃用卑鄙的手段逼我赌棋，但我并不是败给了卑鄙，是败给了它。它是手好棋。"

前多外骨离去，给素乃回信：炎净一行将挑战俞上泉，做十番棋之争，因为他渴求一个自己的杰作。

俞上泉和大竹减三的第一局后，世深顺造便离开建长寺，转住山下农家。农家有鸡有鱼，刀伤痊愈，要食众生肉。

前多外骨来农舍告辞，说要回东京棋院。世深顺造躺在榻榻米上，背身睡去。

武士的离别往往冷漠，没有市民阶层的温情。本音坊一门沿袭武士传统，本是冰冷寡情的世界，前多外骨对此习以为常，默默走了。

对生存在组织内的人，世深顺造历来厌恶，曾对留在一刀流内的老友们说："你们是蚂蚁。"前多外骨是只蚂蚁……

蚂蚁离去，竟有不舍。其实早已痊愈，一直躺着，是贪恋别人的关心。宫本武藏一生不近女色，不把得意之徒留在身边，因为他的人生是一柄柄迎面砍来的刀……

听到声短音，世深顺造判断，百米内有一人被杀，刀刺入的同时，杀手将块布塞入被杀者嘴中。二十秒后，这样的短音又响了一次。

世深顺造坐起。照顾自己的农家夫妇，男的二十二岁，女的十八岁，听过他俩在隔壁造爱的呻吟，正处在享受身体的最好年纪。

农家稻草房，陈着农具，世深顺造推门而入，农家夫妇的尸体旁，站着那晚的女人。农家夫妇面无痛苦，一种"来了"的坦然，雪来了、雨来了、风暴来了，农民都这样坦然。

杀他俩，为乱我心神……

"你爷爷是我尊重的剑士。你长成后，出众地漂亮，我们都觉得你可嫁入军政世家，即便高攀不上，喜欢时髦的艺术家，也是一般女孩的天性，可你一直与落魄的老剑士鬼混，好奇怪啊。"

女人笑起："你是唯一拒绝我的人，想问一句，你真的对我不动心？"

"动心。让我动心之物，都是剑道障碍，我必斩杀。为保你性命，我离开了京都。"

女人："哈哈，原以为你是正人君子，在爷爷的朋友里，你是唯一不睡他孙女的。"

"你错了，你十四岁的时候，我就想夺去你的贞操。当时我六十一岁，体力未衰。"

女人："唉，真为你感到可惜。"手中尖锥闪着蓝光。她家祖传古代战场长枪术，为适应都市狭隘街道，取消枪杆，化为近战的尖锥。

世深顺造左眼眨动，尖锥扎入肋下。她倒在世深顺造怀里，像私奔的女人见到情人后，绷紧的神经突然放松后发生的虚脱。

尖锥未能入肉，夹在他腋下。没掐断她咽喉，只是让她窒息晕厥。但她身体猛地冷却，世深顺造大惊，抬起她右手。

脉搏正常。

她挣脱而起，如跳出水面的鱼，袖中还藏着枚短锥。世深顺造的剑士本能，令他折下短锥，刺入她后腰。

她脖颈扭动，眼现爱慕之色。世深顺造仰望横梁："你的体温是怎么变冷的？"

她："我睡过的男人，都指点过我武技。"

"是啊，年老落魄的人被你这样的美女眷顾，还能隐藏什么？"短锥刺破肾脏，她活不成了。世深顺造忽起共死之心，好奇怪啊，和她一起……

门口进了人，世深顺造睁眼。来者戴斗笠扎绑腿，深灰色修行者布衫，是建长寺见过的老辈棋士炎净一行。他指向女人："她是三昧耶曼荼罗，可助我修法，请交给我。"

三昧耶曼荼罗是"宝物"之意，诸佛手持的宝物，隐喻诸佛度化众生的种种誓言。世深顺造潜伏密教寺庙多年，知此名词，决定待女人死后即将他杀死，平静说道："她马上死了，对你没用。"

炎净一行："大威德明王的三昧耶曼荼罗是一具女尸，或许她会转而不死。"

打动了他。

在炎净一行指导下，他平整出块三米地面，均匀洒水，四角各立一棍，拉系一根五色丝线，抱女人坐于其中。

炎净一行念诵真言"嗡，涩直，迦搂鲁勃，哄岂梭哈"。世深顺造忘却女人将死的现实，只是呆呆地抱着她。

周边丝线是黄、白、红、黑、绿五色，象征构成万物的五大元素地、水、火、风、空。太阳是五大构成，她也是五大构成，太阳有无尽之寿，她却片刻便死。平等的元素，为何有不平的结果？

有泪滑下，世深顺造抬手抹，却无泪，是哭意。四十五年没有伤心之感，剑士的世界无畏无悲……她冷却的身体在回暖，泛起一层如露的汗珠。

女人叫千夜子，被搬到房舍，盖上被子。一根蓝色丝线横在颈上，表示她已回魂。

世深顺造和炎净一行返回稻草房，挖坑掩埋农家夫妇。明治维新之前，剑士有斩杀农民的特权，农民是不洁的。

千夜子杀死这对夫妇，便是此观念，那些落魄老剑士教的。那些老家伙，不剩几个了，或许我是最后一个。年轻时脱离一刀流，想创立自己的流派，四十五年过去，理想格外遥远……用尽一切手段活下去！伟大之业，需要时间。

挖出二米深坑，世深顺造停手："我在平等院潜伏多年，看到的作法，都是铺金布银，想不到你挂点彩线便作了法。"

炎净一行："你是偷学，看的外观，不知深意。空海大师到大唐求法时，密法仅为宫廷服务，严禁流入民间，所以大师学到皇家气派，但密宗不止于此。"

三昧耶曼荼罗是法器，如莲花、宝剑、宝珠；法曼荼罗是梵文字母，不同的字母代表不同的佛菩萨；羯磨曼荼罗是作法的各种动作；大曼荼罗是一切物质，以五彩丝线代表。

四曼相合，是作法时四曼齐备；四曼相含，是一种曼荼罗里含另三种曼荼罗，作一种曼荼罗，在外观上不足，但专诚至念，便等于四曼完全。

炎净一行："日月山河也是大曼荼罗，强过五彩丝线，空手也可修密法。"

世深顺造："不必铺金布银，贫寒人家岂不是可修密法？"

炎净一行："曾有高僧做过让密法流入民间的尝试，均因沾染民间迷信而变质，自取灭亡，从未成功。"

世深顺造："密宗脱离了大唐皇室样式，便不能生存？"

炎净一行："千年如此。"

农民夫妇的尸体在坑底并列，地面平整后，散沙布草，泯灭痕迹。

罪恶，是人间常态。

世深顺造："人心大坏，日军在中国的暴行，有愧佛教各派在日本的千年教化。让老人们感到满意的乖顺儿孙，出了国门，立刻嗜血奸淫，究竟是为什么？"

炎净一行："你相信英美报纸？"

世深顺造："我相信人性本恶。"

两人止语，转去房舍。被子散开，千夜子已不在。搜查室内痕迹，断定无人劫持，是她自己走的。蓝色丝线摊在榻榻米上，水纹一般。

宫本武藏的《五轮书》，以"地、水、火、风、空"确立章节，五大之外还有识大，蓝色代表识大，识是灵知，万物有灵。

蓝色，让她活了。

蓝色，像是忧伤。

想着她离去的现实，世深顺造眼现冷光："你为何来到农舍？是跟踪她而来吧？"

炎净一行眼如平湖："你对了。"

清晨，炎净一行随棋战观战者下山，受素乃委托，要回东京棋院住一段时间。凭借陆军势力，三大世家掌控棋院实权，群龙无首的本音坊弟子惶恐不安，作为本音坊一门的最尊者，他的入住有安抚作用。

众人上车时，一位过路女子蹲在路边，系木屐带子。炎净一行闻到遥远而熟悉的气味，十五岁时他第一次闻到这味道——是自己的少男体臭，在二十三岁时变淡，三十一岁时消失，却在五十八岁重现。

炎净一行撤下登车的脚，女子敏感抬头，炎净一行迎上目光，她面色顿红，右手护在胸前、左手摸在腰际，像极了大日坛城顶端的"守城天女"。

炎净一行现在明白，她的姿态是对自己警惕，本能要掏兵器。而在当时看来，她的姿势是多么美妙。近乎舞蹈的姿态，令自己以为她是名艺人。

守城天女所守的是生死之门。他的身体与她发生了乐器与乐器的共鸣。理论上，每个人都有自己的守城天女，遇到便可恢复青春。

炎净一行找借口不随众回棋院，追踪而来。以此女子为三昧耶曼荼罗，作一场守城天女法事，可延缓衰老。

世深顺造："可惜我刺死了她，只能用她作大威德明王法，坏了你好事。"

炎净一行："法法平等，大威德明王法与守城天女法在终极意义上没有区别，我已收守城天女法之效，有了重新下棋的精力。"

世深顺造略惊："为了下棋？"

炎净一行："俞上泉的胜利将引起邪道横行。棋之正道，是本音坊一门两百年确立，作为本音坊的最尊者……嗯，要下棋了。"

两人离去时，没有烧农舍。以火来毁尸灭迹，是杀人者常规思维。两人均饱经世故，明白一场火会招来注意，让房屋存在着，被淡忘即好。

房子需要人气，无人居住，房屋三年便会自行坍塌。失踪是人间常态，附近的人会忘记这对青年夫妇，或许不久，便会有一对他方迁徙而来的小夫妇，入住这所农舍，稻草房地下的尸体并不妨碍他们的生活。

上天有好生之德，天地之间，活人最大。活人的生活，鬼神也回避。

农田尽处有条河，依稀可闻流水声。炎净一行作礼告别，世深顺造却不走，炎净一行再次作礼，让他先行。

世深顺造舔下嘴唇："她真的延缓了你的衰老？怎么做到的？告诉我！"露出匕首。

不说便斩杀。

看着世深顺造手背的棕色老人斑，炎净一行语音悲悯："你我都是老人了，但我们身体里有一个不老的东西，她让我认识到此物。不是她延缓我的衰老，而是我本来不老。"

世深顺造："不要骗我。"

炎净一行："河水在响。你几岁听到河水声？"

世深顺造："我是低贱的船户人家孩子，自小活在河上。"

炎净一行："你小时候的河，跟今日比，有什么变化？"

世深顺造："全变了，河水变窄变浑了，水声没有以前好听。"

炎净一行："但有一个东西没变！能听见水声的你！小时候和八十岁，听见水声的你是一个，不是两个！"

世深顺造脸色骤变。

炎净一行："作大威德明王法时，她复苏的喘息，像极了我年轻时第一次听到的女性呻吟。那时我二十二岁，女人是酒吧侍者。"

炎净一行浮现些许甜蜜，世深顺造放松下来，"嗯"了一声，表示有相同经历。炎净一行："身体老了，发声的女人也不同。但听声而震撼的'我'，是一样的……所以，我不老。"

匕首隐入袖中，世深顺造："我不老？"

炎净一行："如果身体老了，那么听声的'我'也会老，如果'我'没老，身体也不会老——这便是我的领悟，想通此点，便有了年轻时的精力。"

世深顺造沉思良久，摇头："这是你的领悟，不是我的机缘，或许刀剑劈身时，我会获得跟你一样的领悟。但你让我明白一点，密宗的法事不是制造产品的工序，而是一个比喻。"

炎净一行面露赞许。

世深顺造回首遥望农舍，转而仰望苍天："天生万物以养人，人无一物以报天。人是不知报恩的生灵，不老，没有天理。人，是该老的。"

水声依旧，两人辞别。

十四　最尊者

棋战后便回中国的计划，搁浅了，因为他成为日本棋界第一人。

日本民众崇拜强者，战胜大竹减三，并没有因为是中国人而引起日本大众的屈辱感，相反，在东京七所中学的调查报告显示，俞上泉受欢迎程度，仅次于日本首相近卫文麿。

近卫家是悠久贵族，十二世纪的镰仓幕府时代，为摄政五豪族之一，五豪族为近卫、九条、二条、一条、鹰司。正是他当政期间发动了中日战争。

为预防万一，顿木乡拙还是让俞上泉入住自己家。素乃退位后，他以棋院理事的身份，接触到军政高层，其爽快的作风、睿智的谈吐，获得"有外交官的风度、内阁大臣之才"的赞誉，交了多位军政界好友。

他的家是安全的。

日本陆军向顿木乡拙婉转表示，俞上泉最好不要离开日本，因为他是棋界第一人，如果要走，也得等到日本棋手打败他。如何对俞母交代？

顿木运用外交技巧，先给在上海的俞母写信，说如果俞上泉与一位日本女子恋爱，并准备结婚，俞母会怎么处理？并一再强调是个假设。

俞母回信，说她不同意俞上泉与日本女子结婚，因为中日开战，携一位日本女子回国，会遭抵触；如果阻拦不住，真结婚了，就先留在日本。俞母字里行间的语气，已认为俞上泉恋爱是事实，"假设"是托词。

鉴于俞上泉受中学生崇拜，顿木乡拙在受调查的七所中学里选择贵族子弟较多的东京大学附属中学，在校门外酒馆坐了两日，看中一位女生。

向校方询问后，这位容貌娟秀、气质文静的女生叫井伊平子，十六岁，高中二年级。井伊家族是德川幕府时代重臣，明治维新后退出政坛，做生意获得雄厚资产。她爷爷是围棋爱好者，参加过几次顿木乡拙为商界举办的围棋讲座。

顿木乡拙主动造访，询问是否愿意孙女与俞上泉结婚，老人回答："何乐而不为。"

平时不看报纸杂志的俞上泉，近日喜欢读一位叫矢内远忠雄写的社评。他本是东京大学教授，中日开战后，自办杂志《通信》，谴责日军侵略，说出"埋葬日本"的名言——今天，在虚伪的世道里，日本的理想被埋葬。

他的杂志被封杀，遭东京大学辞退。他将《通信》改名为《嘉信》，继续办杂志，被封杀后，又办新杂志《会报》。

《会报》被查封后，顿木乡拙问俞上泉："矢内先生在自己家里举办'星期六学校'，每周六的晚上评论时事，他的家欢迎任何人，你想不想去做客？"

在矢内家中，顿木乡拙遇到一位朋友，是位鹤发童颜的老人。老人是携孙女来的，演讲结束，走出矢内家门，老人请顿木喝咖啡，俞上泉跟着去了。俞上泉和老人的孙女只是静坐，彼此没有交谈。

次日午饭，顿木乡拙询问俞上泉对女孩的观感，俞上泉说"好"。下午，顿木赶到中学，从教室叫出井伊平子，问："如果做俞先生的妻子，照顾他生活，你就不能读完中学了，可以么？"

平子说："好。"

五天后，平子办理退学手续。

三个月后，俞上泉与平子举行婚礼。婚礼筹备期，顿木乡拙拿出俞母的信给俞上泉，表明俞母早有指示，婚后要留在日本。

婚礼上午举行，晚上酒宴后，顿木乡拙回家便躲入书房。平日他经常看书至天明，顿木夫人养成习惯，每晚九点睡觉，凌晨一点醒来给做夜宵，送去后继续睡觉。

晚上酒宴，顿木夫人喝了几杯酒，回家后便睡了，凌晨四点惊醒，想到还没给丈夫做夜宵，立刻起身到厨房热了三根红薯，切成小块，配西式点心，拼作一盘，端至书房外，听到门内有哭声。

开门，见顿木乡拙上身倾伏在榻榻米上。夫人绕到身前，顿木擦去泪水："没事……他留在日本了。"

炎净一行人住东京棋院，被授予八段。棋界传统，棋士分为九段，世上只能有一位九段，九段等于第一人。素乃是三十年来唯一九段，大竹减三与俞上泉为七段，如果大竹胜利，便会在五年内升为九段。

炎净一行三十年前退出棋界时是六段，素乃逼迫炎净一行以本音坊名位做赌注下棋，三大世家均施加压力。如果三大世家支持炎净一行，他便可拒绝素乃赌约，不会因一局棋而输掉一生。

三大世家对炎净一行有愧疚，也看出陆军的用心。日本棋界的第一人是一个中国人，与日军在中国战场的大胜很不协调。俞上泉是七段，立一个日本人做八段棋士，在段位上压过俞上泉。

于是，炎净一行从本音坊一门的最尊者，成为整个棋界的最尊者。当年的落拓山野，与今日荣耀相比，真如梦幻。

炎净一行在八段授予仪式上，发言表示，八段是现今棋界最高段位，不能只是个荣誉称号，为让八段名副其实，决定与俞上泉下十番棋。

授段仪式尴尬地结束。

顿木乡拙代表棋界和军政界劝说炎净一行，希望不要再提十番棋。八段是民众、棋界、军政界的平衡点，并不需要证明实力。

炎净一行表示，他将辞去八段。

一个月后，东京棋院成立"元老团"，安排六段以上老棋手去热海旅行，作为对老棋手的福利。素乃为避免顿木乡拙挑战，永不准他升段，顿木乡拙至今还是五段，但棋界普遍认为他有六段实力，所以让他以旅行团领队的身份参加。

当世六段老棋手仅有两位。到达热海后，没有游玩，直接入住别墅，开始快棋循环赛。循环赛是众人以各种组合方式下棋，直至每一个人跟所有人都下过两盘。

循环赛没有进行完，炎净一行跟每人下过两盘后，便结束了。说是循环赛，其实是对炎净一行的车轮战。其间，不断有日本军政界、商界人物来观棋，出现鸠杉一郎、永业护、藤津兵务等巨头。

炎净一行取得压倒优势，为五胜一负，一负是输给顿木乡拙，但两人二次交锋，炎净一行以九十七手迅速击溃顿木，显出泣鬼神的杀力。

顿木乡拙给军政、商界巨头们讲解棋局，得出的结论是：炎净一行的棋是本音坊一门正面作战的极致，与素乃相比，他的近距离缠斗技巧更加复杂凶险，如果素乃没患病，两人像三十年前一样再做一场豪赌，败者将是素乃。

棋赛结束后，元老们享受了诸多娱乐，等到第十二天，顿木乡拙接到军部电报，是两个字："可战。"

八月酷暑，神奈川的腰越山上，有两位清晨的登山者。一位胡须及胸，一位时而咳喘，是炎净一行和前多外骨。

炎净一行："这里的景物一点没变，只是没了当年的杀气。真是宁静呀。"

前多外骨："壮观。"

一阵风，吹起松涛。

炎净一行："三十年前的松涛也该这么美吧？可是当年一点也看不出来。"

三十年前，素乃与炎净一行的赌棋之地正是这里。炎净一行与俞上泉下十番棋的消息轰动天下，在四国岛朝圣的素乃给前多外骨发来电报，是"舍命相助"四字。

前多外骨向炎净一行恳求做他的助理，照顾棋战期间的生活起居。两人相处几日后，前多外骨的周到得体，让炎净一行倍感满意，暗赞素乃会调理手下。

做了两月助理，前多外骨的思维不自觉转到炎净一行立场，这种情况在服侍世深顺造时也出现过，他对此习性十分厌恶，痛骂自己奴性，而且是奴性中最坏的一种——不忠于旧主。

他还是不自觉张口说："如果先生不出现那手失误，就不会有素乃三十年的天下。"言罢，想剖腹。

炎净一行："我要告诉你个秘密，从来就没有失招、漏算，只有实际水平的差距。我失误，素乃没有失误，就是他比我强。"

前多外骨："先生！"

炎净一行："哈哈！只有承认别人强，你才会变得更强。素乃师兄患病，我也年近花甲，世上出现一个新的强者——俞上泉，他会令本音坊一门变强。"

东方山道，顿木乡拙和俞上泉在登山，在山的另一个角度，看到炎净一行看到的松涛。

顿木乡拙："炎净一行隐遁深山三十年，棋力未退反进，斩杀我二十九子大棋的手法，奇招迭出，其中三手令我倍感意外，局后研究，却发现他的奇招不是随机应变，而是经过周密铺垫，怎能不让人生畏？"

各路山道的汇集处，有一座供歇脚的木亭。两人坐入亭内，顿木乡拙道："三十年前，炎净一行便是在这座山上输掉本音坊名位，输掉一生。他选择这里跟你下十番棋。"

俞上泉略显惊诧。顿木乡拙泛起老于世故的笑："人老了，难免斗志不足，这个他曾经惨败的地点，可以把他的斗志最大限度激发出来。"

俞上泉："炎净先生的意志令人钦佩。"

顿木乡拙："令人钦佩的是他的谋略，选择这里，会令所有参与者都产生怀旧心理，倾向于他，众人的心理一定会影响你。当年的败兵之地，恰成了今日的风水宝地。"

他止住话，左眼的余光，见南路山道升上炎净一行和前多外骨。双方都没有想到对方也在山上，均一怔。一怔之后，顿木乡拙和炎净一行泛起友好笑容，挥手打招呼几乎同时。

顿木乡拙对俞上泉低语："注意他走路的姿势，不再是僧人步态，有了王者风范。他已进入决战状态。"

炎净一行对前多外骨低语："俞上泉体弱，站姿歪斜，但他的神态却如此沉着。他是个随时可以坐下来下棋的人。"

双方走近，说笑半晌，炎净一行道："我们只评说风景，没有提到棋。这不是很奇怪么？"

顿木乡拙："是很奇怪呀，多么奇怪呀！炎净先生，记得在我入段之前，您已是六段强手。现今您是唯一八段，没有人可以跟您平等交手。近来我常想，日本的段位制度，是对成功者的保护制度，有着浓郁的人情味，毕竟身居高位者都曾历尽艰辛，但人的鼎盛时期又如此短暂，段位制可以让荣誉保持得长久些。"

高段位者对低段位者下棋，采取让棋的方式，八段跟七段下棋，虽不让子，但采取"先相先"制度，在三局棋里，让七段两局棋持黑。

围棋是黑子先走，白棋后下，"先招之利"十分明显，不单先占据目数，而且领导棋局进程，白棋要奋力追赶，有时不得不下无理之招，而无理之招又很容易受攻击，所以持白棋会陷入被动。

虽然当代棋赛已经尝试实行贴目制度，在终局结算时，少给黑棋算四目半，以作为对白棋的补偿。但十番棋是古代制度，为遵循传统，不实行贴目。

在不贴目的情况下，黑棋的优势有多大？逝世于一八六二年的日本棋圣秀策论断，双方均是最佳应手的情况下，黑棋将三目获胜。在后世的实践中，甚至有人认为是七目以上。

按照先相先的方式下十番棋，俞上泉十局中会有六局持黑棋，在不贴目的情况下，占据优势。从身份地位的角度讲，这是炎净一行作为高段，故意对低段出让的利益，俞上泉获胜本在情理之中，而炎净一行虽败犹荣，八段名誉不会受损。

这样的棋战，已失去十番棋定一生荣辱的意义，而炎净一行获胜，俞上泉便万劫不复，所以俞上泉先相先的优势，其实是他的劣势，胜则无意义，输则毁一生。这是棋界、军政界、商界共同商议出的计策，作为棋院理事的顿木也参与了讨论。

顿木乡拙的弦外之音，炎净一行自然明白，显露怒色："八段与七段对局，分先也可以。只有平等交手，才是真正较量！"

顿木乡拙："先相先是棋赛前的协议，每人轮流持黑棋的分先，有损八段身份。"

炎净一行："不要说了，不给对手平等交手的机会，才有损八段身份。"

顿木乡拙："后天就开始对局了，临时更改交手规则，恐怕众人不能同意。"

炎净一行："不同意，我就回东京。"狠瞪前多外骨，"还站着干吗，下山！"前多外骨委屈地跟下台阶。

炎净一行走路的动作幅度很大，显得余怒未消。俞上泉道："师父，先相早先的安排，我已认了。您何苦刺激他？"

顿木乡拙："你在棋上是高手，在人事上是低手。他已人老成精，刚才是故意发火。他是一代豪杰，早有心与你做一场真正的较量。"

俞上泉："为何不在棋战筹备期提出？"

顿木乡拙："筹备期长达五个月，这么长时间，人们总要寻找万全之策，提出了也不会被主办方通过。他只有在赛前两天里提出，逼得主办方没退路，才有实现的可能——这是本音坊一门的杀法。"

时值早上八点，阳光转烈，黑蓝色的松叶变为绿色。

下山道上，炎净一行神态轻松："这次登山太好了，跟主办方费口舌的事，扔给顿木了。"前多外骨忙恭敬赞叹。

腰越山修建了一座茶室，作为对局地。茶室按照传统制式，造型典雅，临窗是宁静如湖的腰越之海。

第一局棋，在正午时分结束，炎净一行认输，所有人均看出他手法生硬，未调整好状态。

退回住所后，炎净一行打开箱子，将一幅三米绢画挂于墙壁。画中是一座城的平面图，有十二城区，分布着数百位菩萨、明王、护法，中央是红色莲花，坐着九位佛。

作为自小参拜寺院的日本人，前多外骨知道是密宗的大日坛城。炎净一行没有用香烛花束供奉，也未陈列香瓶宝珠作法，只是静坐观看。

炎净一行："今日开局。天未亮，我就醒了，梦中很想看它。起床后，又想到这幅画有两百年了，传到我手二十六年，打开一次，便损一次，又不忍心看它，就这么犹豫着坐到天明。"

前多外骨："俞上泉在早晨用盐洗澡，是打扫房间的用人发现了地上的盐粒。消息散布，许多人感到心忪，民间传说中，鬼怪在盐里藏身，难道俞上泉是修妖法的人？"

炎净一行闭眼。

前多外骨："先生，今日的棋并未达到您应有的水平，您在下棋时是否感到心神恍惚？是不是受了妖法蛊惑？"

炎净一行张眼，仰望绢画："我是故意输给他的，以引出他的杀力。"

炎净一行的棋风以刀技比喻，是刺。正面对攻，穿越对方刀法的缝隙，不做躲闪。三十年前，他以"百密一疏"作为自己的理论，正面的防守是最严密的，正面的攻击是最强烈的，但百密必有一疏，严密、强烈处的漏洞是致命的，因为已达饱和，无法调整。

能在瞬间找到对方纰漏的剑士不屑迂回作战，宁可立判生死，也不闪避半步。俞上泉是迂回作战，将胜负扩展到全局范围，炎净一行是将对手逼在局部对决。

一人将棋盘变大，一人将棋盘变小。截然相反的两种战法，双方均谨慎避免落入对方路数。经过四十手僵持，炎净一行在俞上泉阵势中落下三颗子，三子出路不明，又难以就地做活，终于引出俞上泉的杀力。

延续六十多手后，俞上泉杀棋成功，炎净一行投子认输。观局者皆认为炎净一行的挑衅极不明智。

炎净一行："人下棋是有惯性的，俞上泉的杀力被引出，即便他不想，在第二局，也会不由自主地下出杀棋手段。他杀我，我才有机会杀他。"

前多外骨感到胸腔里有什么冻结了。

绢画中央的红色莲花以金线勾边，金线闪光如人眼般眨了一下。

任何事物都可产生邪恶，过热的温度，令阳光也有邪恶之感。俞上泉以粗盐洗澡的事，引起主办方不安，顿木乡拙解释，古代剑士有用粗盐洗澡的记载，是一项被遗忘的习俗。

但俞上泉为何知道此习俗？顿木乡拙回答，俞上泉一家刚到日本时，自己在闲聊时讲的。这是他从古书上看到的，他可以派人去家里取书，以做证明。

三名主办方代表表示不必取书——他们的反应，在顿木的预计中，他们不会做如此失礼的事。

林不忘探明了实情。俞上泉小时候看过父亲用粗盐洗澡，是雪花山上传的健身法。与妖魔在盐中隐身的日本民俗不同，在中国北方，盐是纯净之物，纯净如神。

五十九岁的炎净一行展现出决战者的强悍气息，令俞上泉感到自己的体弱，用粗盐洗澡是一个即兴的行为，粗盐是临时向厨房要的。以粗盐洗澡，有愉快感，随着皮肤麻热，来自炎净一行的压力消失。

林不忘对此有独到认识，颓废自卑时，回忆父亲，有镇定效果。虽然自己的父亲待自己冷淡，但忆想父亲容貌，仍可产生积极力量……俞上泉以粗盐洗澡，不是粗盐能健身，而是此法是他父亲所教，决战前夕的乏力感，令他要借助血缘。

第二局如期举行，俞上泉手持松油瓶。松油抹在太阳穴，可祛暑清神。他并不涂抹，只是指尖在松油表面一圈圈转。

炎净一行持红杉木折扇，一遍遍开合扇子的第一叶。工作人员抬入两米高冰柱，放于角落。炎净一行："这是做什么？"

一名主办方："天太热，降温。"

炎净一行："心静自然凉。这东西摆进来，下棋的格调就破坏了。"

冰柱撤下。

俞上泉额头有层细汗。炎净一行看到，言："冰柱还是搬进来吧。"

冰柱搬入。

作为裁判长的顿木乡拙行到棋盘前："时间到，拜托了。"俞上泉和炎净一行相互行礼，俞上泉打下一子。

三颗水珠自冰柱顶端滑下。

棋至第三日深夜，俞上泉胜。

炎净一行回到住房，大叫"点灯"，前多外骨拉亮电灯。炎净一行走到大日坛城绢画前："纵观全局，俞上泉始终不能摆脱我的纠缠，多少有些狼狈吧？"

前多外骨："您刺透他防线的一手，是绝难想到的选点，天下棋士皆服。"

炎净一行仰望绢画："哪里是北？"

按照惯例，上北下南。前多外骨指向绢画上方。

炎净一行："错。图的四方，以王者的坐位为准。大日坛城延续上古礼法，王者坐西朝东。"以此定位，则图为上东、下西、左北、右南。

炎净一行面现慈祥："棋盘也是此方位。"

棋盘前的两人不是南北对坐，是东西相向，尊者坐于西侧。炎净一行："我就是误在了东南。"

言罢，失神。

第三局棋在五十六天后举行，已值秋时。下午六点二十分，棋盘映出淡红色。送茶的工作人员进入，纸门开合间，展现夕阳中的腰越海面，赤如女子初夜之血。

俞上泉在微晃脊椎。体弱之人，不耐久坐，在缓解疲劳。炎净一行手中扇子仅开一叶，指扣这一叶，已十三分钟。

"咔"的一声轻响，此叶归位，炎净一行抖开右臂袖子，露出瘦如刀柄的小臂，将一颗白子打下。

俞上泉止住摇晃。

炎净一行的抖袖之态，是年轻便有的习惯，是他杀棋的前兆。

黑白棋子交织成几缕长线，与上盘一样，再次延伸向棋盘东南角。开始，一块黑棋与一块白棋近距离互攻，双方均不能成活，只能贴在一起前行，如两个紧紧贴在一起的相扑手，稍一错开，都会摔倒。

后来，白棋撞上另一条黑棋，将其也引向东南。观棋者均觉得白棋裹在两条黑棋中，自陷凶险。但随着棋局进程，发现两条黑棋并不能形成对白棋的合攻，反而相互妨碍，在重围中的白棋呈现自由姿态。

棋在晚上七点暂停，炎净一行提议，晚饭后继续下棋。他离开茶室时，扇子插腰，如古代武士插刀。

俞上泉由正坐改为散坐，急揉胫骨。正坐之姿，胫骨要抵在榻榻米上，久坐生茧。

炎净一行没吃晚饭，去登山，下山时捡了片落叶，赞美叶脉纹路清晰细密，是名匠也达不到的工艺。

晚上九点，棋局重开，炎净一行捻着落叶，未至两小时，俞上泉认输。

棋盘东南，一条黑棋被白棋斩杀。

棋界元老皆为此局棋振奋，顿木乡拙夸赞炎净一行坚持正面作战，不惜以弱击强，为本音坊风格再现，棋之正道的楷模。

林不忘与顿木乡拙独处时询问："您在诸元老面前贬低自己弟子，是交际韬略？"

顿木乡拙："是真话。我已老，俞上泉的棋如果是对的，那么我一生的追求便错了。"

主办方摆出名贵折扇，请棋界元老在扇面题字，一位元老写的是"柳受边风叶未成"，诸元老相视一笑，皆明其意。

化为人形的妖精总在柳树下出现。边风是北方寒流，边风令柳叶不生，妖精无处藏匿。

元老们冷静后，评估俞上泉处于竞技状态顶峰期，继续下去，炎净一行有连输危险。如果棋界最尊者被降级，棋之邪道便扼杀了正道。

十五 乱言者斩

俞上泉的对局费涨到三万日元一局，他和平子搬入新居。新居面积四百平方米，处于东京黄金地段。大竹减三退出棋坛，生了第二个孩子，十番棋后，他和俞上泉便少有联系。

素乃完成第一次四国岛八十八寺巡拜，开始第二次巡拜，跟随他的本音坊徒众剩余小半，多数人回了东京，战时经济困顿，需要照顾家庭。

效仿古代武士游历四方的广泽之柱失踪，他最后出现的地方是关东小田原城。民间有"小田原评定"的谚语，一五九〇年，丰臣秀吉攻打小田原城时，守城的北条父子开会商量对策，久议未决，结果在会议期间城被攻破。

小田原评定，是优柔寡断之意。本音坊一门分析广泽之柱到小田原城，是观仰古之教训，鞭策自己，培养刚毅果断的精神。作为本音坊新秀，他的失踪令棋界震惊。

俞上泉与炎净一行的第四局推迟，东京棋院选派俞上泉和大竹减三去上海、南京、满洲，与当地日军高官下棋，慰问军界。俞上泉不能拒绝，因为他现在是日本棋界第一人，代表棋界。此活动不是东京棋院提议，是陆军军部指派。

西园寺春忘来到俞上泉家，送上《大日经疏演奥钞》。他了解到，一年前上海脱险，受松华上人影响，俞上泉回到日本即买了密教根本经典《大日经》。去寺庙求法，要专修二十二年，此生恐永无此时间，买书拜读，聊做安慰。

《演奥钞》是对《大日经》的注解，六百年前一位密教传法师担忧日本的密教会像中国般断绝，将从不落纸上的口传内容笔录，写了些即病逝，后世两位传法师受其感动，接棒续写，也都病逝。这部未完之书，落在西园寺家族，四百年私藏。

是西园寺家族的翻印版，书达六十卷，装于木箱。俞上泉感恩，开箱，发现横陈一本宫本武藏的《五轮书》。西园寺春忘红脸，转达世深顺造的话，不管您看不看这本书，中国之行，他都会在您附近。

俞上泉将《五轮书》撤出，递还："我不会习武。他老了，断了此念，是对他好吧？"西园寺春忘表示，俞先生考虑得是，我来归还。

让一个中国人去慰问攻打中国的日军——西园寺春忘对此恼火，念叨数遍："太粗鲁了。"在他的概念里，这场战争对于日本是灾难性的，毁了日本的千年优雅。

日本文化的本质是贵族式、僧侣式的，模拟唐朝皇室和宋朝寺院。明治维新后，贵族阶层萎缩，被压抑千年的町人纷纷发家致富，成为社会新贵，泛滥低劣。

町人，小商小贩。小商贩习性刻薄、唯利是图、幸灾乐祸。与多数日本人不同，西园寺春忘相信日军在南京的暴行，说这是町人习性的必然。町人——俞上泉吟着这两个字，见到庭院中，一只蜻蜓立在水桶边沿。

院门铃声响起，闯入一位大头高额的青年，气象厚重。是二十六岁的大竹减三，他已开始脱发。

俞上泉站起，大竹减三做手势示意他不必说话："我来，是想说，军部让你去中国下慰问棋，不是我提议的。"

俞上泉："我知道，不是你。"大竹减三眼光凶狠，哼一声，转身便走。皮鞋踏得地板爆响，入室不脱鞋，是对主人的大不敬。

西园寺春忘："出坏主意的，一定是他！他是用蛮横掩饰心虚。"

俞上泉："他掩饰的是友谊。"

大竹减三在棋上欺骗过俞上泉，也在棋上被俞上泉毁掉一生名誉。友谊败坏后，曾经是朋友的人，惧怕朋友把自己的坏事想得更坏。

十五天后，慰问棋士团登机。慰问达七十天，顿木乡拙送行，低语："如你在中国逃了，战争结束后，我会像你十一岁时一样去找你。"

与屠杀同胞的日军高官下棋，将成为俞上泉一生污点，中国报纸已将他评为汉奸。

飞机降落上海，未及探视家人，直接被送往静安路的宏济善堂。宏济善堂是一所商铺，商铺后为几栋日式别墅，有五位日本军官在此等候，均未穿军装，为首的是位少将级军官，姓楠山，对俞上泉谦恭解释：

司令官明日才有空，他们几个人有幸，先接受先生的指导。中日毕竟在开战，为避免先生反感，没有安排先生去司令部下棋，选择了民居。是日本商人在上海开办的福利机构，筹集善款、救济中国灾民的地方。

饮茶后，楠山少将引俞上泉到一具棋盘前："请指教了。"先坐在棋盘一方。俞上泉站在棋盘前，闭眼如老僧入定。

楠山又道"请指教"，俞上泉仍没坐下。楠山的殷勤之色褪去，两腮泛白，另几位军官皆知这是他发怒的预兆。

楠山："怎么，不愿和我下棋？俞先生，我不对您隐瞒，我的手上有中国人的血。你是日本棋界的第一人，有责任慰问日本的战士，请坐下。"

俞上泉眼睁一线，依旧站立。

楠山："如果您不把自己当作日本棋界第一人，我只好将你当作一个中国人，对付中国人，我有各种办法。毕竟你明天要跟司令官下棋，我有责任将你调理好。说实话，正是怕你在司令官面前有失礼的举动，才安排我们先跟你下棋。"

大竹减三走到楠山身前，威严大喝："站起来！"

音调如军部长官。楠山本能地迅速站起，大竹减三在他的位置坐下。楠山愣了两秒，喝道："这是做什么？"

大竹减三扭过头，像看着不懂事的棋院初等生一般，半训斥半怜爱的口气："围棋是日本的国技，等级森严，你们是没有资格跟俞先生下棋的。下慰问棋，不是俞先生陪你们下，而是我和俞先生下，你们在旁边看着，这就是对你们的慰问了。"

楠山："什么！"

大竹减三更加威严："慰问棋的性质，一定要清楚转达给你们的司令官，以免他明天不懂规矩，做出不自重的事，让人耻笑——这是你们的责任！"

在日本社会，不怕被杀，怕不懂规矩被人轻视。

"啊，既然是规矩……"楠山脸色和缓下来，跪坐在棋盘侧面，另几位军官也围坐过来。

大竹减三："离棋盘远一点，干扰棋士的视线，是很失礼的事，町人习性！"军官们纷纷应声，挪后一尺。

俞上泉落座："我们下一盘雪崩定式的棋吧。"

大竹减三："嗯！雪崩定式吧。"

雪崩定式，最早是业余棋手下出来的，开始为专业棋手所不齿，因为黑子白子紧贴着行棋，显得笨拙，后发现变化复杂，蔓延半个棋盘也不能穷尽，正如雪崩，势不可止。

大竹减三心知，俞上泉以紧贴的雪崩棋形，比喻两人曾经的亲密无间。

一小时十三分后，观棋的楠山少将自语："真厉害啊！"正要往棋盘打下一子的大竹减三收回手臂，严厉瞪他："楠山少将，棋盘底面有一个菱形切口，你知道是何用途？"

楠山茫然，大竹减三："乱言者斩——围棋的规矩是，下棋时，如有人在旁边乱言，棋士有杀死他的权力。这个切口，是用来存乱言者之血的。"

楠山："你不会真要杀死我吧？"

大竹减三："拿刀来。"

一军官喝道："大竹君！羞辱皇军军官，你实在太放肆了！"大竹减三端正如碑："日本的强大，在于日本有规矩，不守规矩，便没人瞧得起我们。围棋是日本的国技，请尊重自己的国家。"

军官们无语，十分钟后，见大竹减三仍不发话原谅，于是劝楠山少将："看来他是认真的，楠山君！"

刀很快取来，是柄军刀。他们的军官服就放在隔壁。

一军官代楠山询问："大竹先生，是出血就可以，还是非要杀死他？"

大竹减三："杀死他。"

军官"啊"了一声，表示明白，跪行到楠山跟前："大竹先生的意见，是杀死你。"

近在咫尺，大竹的话所有人均听到，向楠山转述，是表示准备实施。一位军官褪下楠山的外衣，将楠山的衬衣衣领内叠，露出脖根，一位军官站在楠山身后，举起军刀。

他们的果断快速，令大竹减三惊愕："下棋的人是我和俞先生，你们只询问我，而不询问俞先生，是非常失礼的事。"

举刀军官忙放刀，跪行到俞上泉面前："俞先生，杀死他么？"俞上泉"啊"了一声，没有想好，军官则道："明白了。"返回原位，手起刀落，楠山的人头沿榻榻米，滚到外廊木板上。

无头的身体挣扎欲起，似要追自己的头颅，军官们将其抱住，奋力按下，一军官大叫："楠山君！自重！"

外廊上的头颅轻晃，眼对室内，似乎说了一句："嗯，这样吧。"眼皮垂下。无头的身体也瘫软下来。

大竹减三和俞上泉呆住。军官们仍忙碌，将棋子收入棋盒，倒置棋盘，找出底面切口，用手帕蘸血，滴入其中。

狭小切口装五克血后，还有余地。一军官询问："大竹先生，一定要装满么？"

大竹减三："已经可以了。"

军官们将尸体抬走，撤换榻榻米、擦外廊血迹。

俞上泉："大竹兄，我们离开吧。"大竹减三起身，一下未能站起，身为资深棋手，竟坐麻了腿。

俞上泉将大竹减三扶起，低语："楠山少将得罪了这几人，借你一句话杀了他。"

大竹减三："你在日本待了那么久，仍不了解日本人，没有阴谋，他们只是对规矩产生了热情。"

十六　静安寺

楠山少将之死，震惊日本陆军大本营。数年后有多种版本，有说是韩国义士所杀，有说是国民党中统特务所杀……楠山少将非泛泛之辈，他是日军在上海销售毒品的代理人，宏济善堂是毒贩们的休闲俱乐部。

他的死，并未影响对陆军司令官土肥莺的慰问棋。司令官严守规矩，观看俞上泉与大竹减三对局，在旁边跪坐四小时，始终未发一言。

慰问棋结束后，司令官问："日本的古董棋盘，有几个底下有乱言者的血？"大竹减三回答："从一千一百年来的记载看，昨日宏济善堂的棋盘，是历史上第一个。"

司令官："这个规矩，从来没有实行过？"

大竹减三惭愧点头，司令官："那么，这个棋盘具历史价值，我要收藏。"

俞上泉未能去看望家人，日军以安全为由，不许他走出宏济善堂。他和大竹减三住在宏济善堂二号别墅，与楠山身亡的一号别墅相隔十五米。

别墅共三栋，有围墙防护，墙顶安铁丝网。围墙外是密密麻麻的土坯房，底层民众消费的烟馆。日军侵占上海后实施毒品倾销，静安路成为毒化之街。

大竹减三在别墅待得烦闷，想出席楠山少将的祭奠仪式，提提精神。宏济善堂人员答应后，大竹减三找俞上泉："不论楠山生前善恶，上天安排你我了结他生命，我们跟他缘分深厚。"俞上泉答应。

静安路上有静安寺，请来三位和尚做法事。为首者穿碧蓝色僧袍，在胸前系一方红地金花的帮衬，是唐代密宗制式。

和尚容貌清逸，眼皮纸薄，正是淞沪战役时帮俞上泉一家逃出上海的松华上人。上人面前立一方八十厘米高、长宽均五十厘米的木块，是价格高昂的上等榧木，宏济善堂代楠山奉献，以雕刻佛像。

灵堂正中供楠山照片，照片上的楠山一脸纯朴笑容，近乎佛面。

亡者总是近佛的。

祭奠仪式结束后，松华上人先行，两位小和尚捧木块跟出。楠山的同僚亲友仍在灵堂守夜，这一夜需要共同念诵"佛顶尊胜真言"，念此真言超度亡灵是唐朝风俗。一位军官将印有尊胜真言的小册子分发众人。

真言是中文写就，以日语的片假名做音标。一千二百年来，日本密教的经本均为汉字，未曾替换为日语。

持诵开始，上下嘴唇余一线未合，保持不动，仅舌头在口内轻弹。废掉唇动，方是持诵。俞上泉向大竹减三低语："我想拜见刚才作法的和尚，他与我有故交。"

经大竹减三交涉，在两名配枪军官的陪同下，俞上泉、大竹减三、西园寺春忘到了松华雕刻佛像的屋外。俞上泉敲门，室内回应："是谁？"

俞上泉："我是——"话却说不下去，是日本棋界第一人？一个丧父无依的人？一个每晚静坐两小时的人？……

室内响起轻叹："知道你。门闩未插，推门即入。"

松华坐在一只蒲团上，身侧摆着宏济善堂供奉的木块，木块上用炭笔画着横纵线，构成方格，状如棋盘。墨线用来确定雕刻比例。一刀不对，便废了整块木头。

对于大竹减三，松华瞥一眼，无意攀谈，转向俞上泉："一别数年，你修了密法？"

俞上泉："何出此言？"

松华一笑："一个人是不是棋士，你能看出来么？"

俞上泉点头，松华："是从他的手势、神态，分析出来的么？"

俞上泉："一望即知。"

松华："我对你也是一望即知。"

俞上泉行礼："未修法，想上了这件事。"解释上次一面之缘，受感染，回日本后看了密教典籍。

松华："想上了，即是修行。"

俞上泉："《大日经》上有'一切智智'一词，劳上人解释。"

松华："一切智智，如地一般、如风一般、如火一般、如水一般，还有一句——如我一般。一切智智便是我，人人有我，凡人可有佛力。"

俞上泉："这个'我'是什么……"

松华："说者便是。"

似降生时的痛楚，此刻在言谈的，原来便是我……室外有响动，如深秋时整座山在落叶。

开门，见押送来的两位配枪军官已死。站着两人，自报叫赵大、钱二，赵大向松华行礼："您给日本人提供日式宗教服务。您是汉奸。"

钱二向俞上泉行礼："虽然我佩服你在棋上打败日本高手，但你的汉奸脑袋值五百光洋，我有一妻一妾，生活开销大，这笔钱我要。"

松华："我的脑袋值多少钱？"

赵大一笑："没给你开价，杀你是个任务。"

松华："唉，让你操劳了。"赵大叹一声，掏烟点火。

钱二看向大竹减三："你是日本人？"

大竹减三："不杀日本人？"

钱二："要杀的。"

一脸威严的大竹减三笑出声，钱二嘴角浮现笑纹，为自己的幽默被人理解而感到惬意。松华苍白的眼皮上浮现血色："密法本是唐时中国传给日本的，我只是取回来。提供宗教服务，只为安顿一个亡者。"

钱二："楠山不是日本人么？"

松华："死人，还有种族么？"

赵大阴下脸，他抽烟的烟气中显出人形，是位身材丰满的印度女子，眼如明珠，脚系银铃。

赵大："松华上人，想不到密法里还有催眠术。一九二九年，中统从德国引进催眠术，作为特别行动人员的必修课。这门课，我拿了高分。"

烟雾女子仍未消失，赵大脸色不变："一九三二年，中统的催眠术已超越德国，因为我们引进了中国人自己的江湖骗术。"

烟雾女子扭动腰肢，脚腕银铃轻响。赵大扔掉烟卷，开始拍手，烟雾女子的舞蹈跟上他掌声节拍。加快掌声，舞蹈频率变快。

赵大笑道："上人，你的催眠术不过如此。"

松华："我不能催眠你，能催眠你的，是你自己的怨恨。"

赵大左眼角跳了下，烟雾女子抖掉肩上斜披的布幔，裸露胸部。舞蹈变得剧烈，掌声跟着舞蹈频率加快。

赵大嘱咐钱二："让我的手停下来。"

钱二抓住他手腕，向松华说："中统是一个严密的组织，任何一个人都是机器上的部件，我俩随着这部机器运转，这就是我俩的天命，我俩早已安于天命，心中没有怨恨。"

松华："安于天命，便是怨恨。"

赵大忽感心痛，被钱二抓着的双手猛然挣脱，拍出连续不断的爆响。松华叹气，食指轻弹，烟雾溃散，不见了跳舞女子。

赵大坐于地上，努力将合在一起的双手分开："我们来刺杀您，真是自不量力。"

松华："我有大事因缘，不能死。"

宗教创立之初，总是以偶像宣教。在佛教，便是确立一个常人无法测度的佛，佛与众生的差异越大，越易受崇拜。说凡人修炼至成佛需要三大阿僧祇劫，阿僧祇是无穷之意，在时间上拉大了人佛距离。

如此说法，为了立教。佛教的真意，却是众生皆佛，凡人与佛没有距离，可在一言一语间成就，禅宗是宣扬此意的宗派，在一千二百年前的唐朝武则天时代显于世。武则天执政五十年，五十七年后，唐玄宗执政，密宗显于世。

两宗接踵而至，本是孪生。禅宗言"此心是佛"，密宗言"此身是佛"。密宗的出现，是为证实禅宗。原本确立的人佛差距，忽然取消，世人必有疑惑，会质疑禅宗："如说凡人之心是佛心，但佛力伟大，我与佛相等，为何没有佛之伟力？"

密宗正是回答此问的，佛力伟大，连菩萨也无法测度，凡人却可以等同，凡人舌诵佛之咒语、手结佛之手印、意想佛之形象，凡人之身便等同于佛身。佛高如月，人低如水，相隔遥远，但通过身口意，佛力可通彻人身，如月映于水面。

密宗以具体的"此身即佛"证明了禅宗的"此心是佛"，先有禅宗顿悟再修习密宗方法，是密宗的正途。如没有较高悟性，则先修密宗方法，逐渐证明，终要证到"此心是佛"之理——不能悟后修法，而以修法来求悟，颠倒了次序，为密宗旁门。不知有一悟，只为求法力而修，是密宗迷途。

《大日经》是正途之法，先言"如实知自心"再论方法，"如实知自心"便是禅宗的"此心是佛"。

松华："密宗与禅宗本是孪生，可惜在唐末灭绝，汉地自此有禅无密，禅宗独撑千载，至清末已败坏，空言无效！"

赵大双手抚在膝盖上："禅宗千年熏陶，已是中华骨髓，禅宗败坏，国人必萎靡。您从日本取回密法，是想以密助禅，振奋国人？"

松华骤然苍老："我尚不能振奋自己。以密宗而言，人与佛没有差距，所以人间与佛境没有差距，充满杀戮愚昧的人间就是十全十美的佛境……我认可这一理论，但面对毒品横行的上海，我无论如何也不能将其等观为佛境。"

赵大鞠躬："您是高僧，回重庆后，我会向上级解释，将您的名字剔出刺杀名单。但国有国法，俞上泉确定是汉奸，请您不要干涉我们的行动。"

松华："他只是个下棋的。他到日本学棋时，中日还没有开战。"

赵大："大众不问因果，只重效果。他是华人，却是日本棋界第一人，不是汉奸也是汉奸了。上人，杀一个汉奸，在亡国之际，对大众十分重要。"

松华："世上还有更大的汉奸。"

赵大："眼前有他。"

钱二抽出匕首："我手快，不会痛苦。"

大竹减三站到俞上泉身侧："与君同死，我该知足。"俞上泉直视钱二，心知：刀刺不下来，世深顺造会现身。

钱二出刀，刀向俞上泉。刀入肉的声音，像石子投入湖面，溅起一柱水花。

世深顺造没有出现。

十七　双身佛

　　刀柄以红绸缠绕，柄头是一个铜环，钱二小指扣在里面。刀刺三下，右肾、肝区、脖颈动脉。

　　血洒向画着方格墨线的木块，中刀者是松华上人。顾忌他的法力，赵大、钱二采取声东击西之法。赵大道歉："上人，我们没有权力在名单上删去您的名字。"

　　松华满身是血："受你骗了。忽然明白，佛未骗我。"仰面瘫倒，临死前嘴唇轻动，似说着什么。

　　钱二俯身倾听，赵大喝道："说了什么？"钱二抬头，一脸诧异："人间即是佛境。"

　　赵大怪笑："他像狗一样给我们杀了，人间怎会是佛境？"看向俞上泉，"妖人已死，轮到你啦。"

　　俞上泉落泪，不是乞求，似被什么感动。顺他视线，赵大扭头，见画着方格墨线的木块在自行剥落。

　　木屑薄如落叶，霎时在地上积了五厘米厚。两尊并列的佛像显现，眉眼的慈悲神态，似经过精雕细刻。

　　是赵大、钱二的五官。

　　赵大如见妖魔，惊惧出屋。钱二如影而去。

经过前院灵堂，二人掏手帕捂口鼻。灵堂内的日本人皆睡倒，堂内有一炷粗香飘着淡青烟气。他两以一炷迷药香，迷倒了整堂人。

扭头见俞上泉跟在后面，赵大："松华显圣，吓住了我。不敢杀您啦，您还要怎么样？"

俞上泉站住。

赵大和钱二奔出寺，不顾忌行人，以屋顶上的夜行速度在街面奔驰，出了静安街口，回头见俞上泉仍在身后。赵大："竟能跟上我们的步子，俞先生您学过武功？"

俞上泉停住："我心有疑问，忘了身体。"

赵大："您疑问什么？"

俞上泉："我是谁？该去哪儿？"

松华上人的尸体在半小时后变为红棕色，又半小时，泛起金色，细看又没有。修为高深之人，方能有此尸变，称为"紫金檀体"。

大竹减三低声诵咒，在自行剥落成的双身木佛前跪拜。室内静寂，不知过去多久，世深顺造瘸脚走入，和服肮脏，挂数道未干的血迹。他受到一刀流新一拨高手挑战，未能及时赶到。

他在双身木佛前坐下："俞上泉……死了？"

大竹减三："未死，走了。"

世深顺造一步一歇地出屋。

天是劣质蜡烛的铅灰色。赵大、钱二送俞上泉至家门口，赵大行礼作别："密法归华是松华上人的使命，杀死他是我俩的使命。是命，便无善恶。但我俩从此不会再杀人，因为木佛长出我俩的脸，看了高兴。"

东方天际有了日出的红兆，如死鱼腹部渗出血色。

家中，母亲和两个妹妹还睡着。大哥二哥去了东北，在日本扶持的伪满洲国就任铁路局局长的秘书，每月有封信来，有笔汇款。

俞上泉无钥匙，去一楼西侧母亲卧室窗外，发现衣上溅有松华血迹，缓了敲窗的手。身后墙影里走出郝未真，道："惹了祸，别带回家。您跟我走吧。"

俞上泉父亲未及上位便病亡，雪花山道门仍追认他为一代道首，尊称为"十七天"。道首的儿子，要保护周全。落脚在上海浦东上南村，接待者叫索叔。

索叔瘦骨嶙峋、眼大无神，无妻，有两个黑壮儿子，一个十七岁一个十五岁，还有个十九岁闺女，白如羊脂，自小娇惯，未做过农活家务。

日军侵占上海后，发动郊区各村成立"民众自卫队"，举报抓捕抗日分子，发枪发月薪，村长报本村自卫队五十人，索家四口也在其中，月薪归村长。村里来了新人，他按例检查，索叔说是远房亲戚，待不了几日。村长抽支烟走了，没做登记。

索叔女儿叫索宝阁，俞上泉出门散步，都是她陪，不让两个弟弟跟着。看女儿背影，索叔感慨她走路向来蹦蹦跳跳，从没走得这么老实。

上南村后面，有片小得称不上"湖"的水洼，村里历代夭折的婴孩扔在那。俞上泉不觉住了两个月，一日散步到积水洼，迎面跑来条叼着人手的野狗。索宝阁说，她从小见多了，漂来的死尸，不单野狗吃，鸭子也吃。

拐过芦苇，见停了辆轿车，一人坐轮椅对着水面，轮椅后站两名保镖。水面漂着具男尸，日本人装束，鹰眉权腮的英雄相，生前当习武。

坐轮椅的人束道士发髻，仙风道骨，戴副咖啡色水晶眼镜。叼人手的野狗跟着俞上泉溜达过来，坐轮椅的人见了，咕咕叫三声，野狗竟受召唤，跑上前。

坐轮椅的人抚狗头，从狗嘴里取人手，野狗似被他养育多年，温顺松嘴，听话地跑远。坐轮椅的人欣赏珠宝般端详人手上的习武痕迹，转交保镖收入皮包，发现俞上泉和索宝阁后，温和说话："以后咱们是一个村的，村里有我房子，没几日便搬过来住。"

索宝阁知道他，叫段远晨，上海政府物资局官员。房子买了许久，派人装修过，本人还没在村里露过面。俞上泉气质样貌，引段远晨注意："先生不是本地人吧？"

俞上泉："也是个养病的。"

段远晨："什么病？"

俞上泉："您什么病？"

段远晨闪过一丝难堪："脑袋里插着半根竹筷子。"

索宝阁大叫："那你还能活？"

段远晨："我的姑娘，科学总是违反常识。一八五三年，美国一个黑人奴隶脑袋里被奴隶主钉入二十八根钉子，活到七十四岁，并不影响劳动思考。"

索宝阁："脑骨最硬，钉子打入我信，竹筷子插不进！"

段远晨笑道："我从不骗女人。"突然变色，转向水面。

水中蹿出二人，一人持镰刀，一人持日本长刀。两保镖未及反应，被长刀割裂咽喉。镰刀撩向段远晨，却一下顿住，其人神情慎重，抖去镰刀上水珠："我是雪花山的郝未真，敢问您是何门高手？"

段远晨眼中寒光退去："我是个残废，同门下的手，我无门派了。"

郝未真指向俞上泉："他是我的事。你到此地，要坏我事？"

段远晨："不关你事。"

杀两保镖的驼背老人，是世深顺造。郝未真指向他："你的事，是他？"

段远晨摇头："我的事，是看房子。身体不好，新鲜空气对我很重要，村里买了房子，还没住过。"

郝未真："为何看水？"

段远晨："要住下了，熟悉熟悉环境。人之常情。"

郝未真："你我可相安无事？"

段远晨点头。

郝未真行礼致歉："误会了，你保镖死了，怎么处理？"

指向水里漂的日本人尸体，段远晨："也是你们杀的吧，一样处理。"

郝未真："很好。"和世深顺造拉保镖尸体入水，连之前的日本人尸体一并淹没。

段远晨："手下死了，我进村找不到我房子。"

索宝阁："我知道。"

段远晨邀两人上轿车，下了轮椅，索宝阁叫道："你能走呀？"

段远晨："我的姑娘，我还有许多能办的事。"

回村路上，段远晨坦言自己当过道士，还曾是个中统特务，淞沪战争前他脱离中统，上海沦陷后，在日军扶持的上海伪政府物资部门任职，利用公职走私赚钱。现在的他，只是个略有污点、热爱生活的小官僚。

见他诚恳，俞上泉报了自己姓名。段远晨："失敬。难怪面熟，报纸上见过您照片。中统特务和日本军部都在找您。"索宝阁笑得灿烂："你为何跟我说话时，总要加上——我的姑娘？"

段远晨："上海教堂多，听神父们这么说。是敬语，不是瞅着你好看，想套近乎。"

索宝阁："你人不错，来我家吃饭吧！"

十八　天道本恶

　　索叔陪段远晨喝酒，两杯后，段远晨头沉桌面，醉倒不动。

　　索宝阁向俞上泉解释，下了迷药"神仙散"，两个时辰内不会醒。郝未真脑筋古板，认为段远晨是高手，高手风度不会多事，但露了相便不好，索家四口跟俞上泉一起离开，两个弟弟已备骡车。

　　一根长柄火柴在桌面上划亮，段远晨坐直，点燃雪茄："随身带的解药，不是专解神仙散的，所以胃有点不舒服，抽口烟缓缓。"

　　索叔大笑："郝未真说对了，您果然是高手。"伸出右手。

　　段远晨展臂搭上，瞬间两人小臂分开，索叔语带赞赏："脑里插根筷子，还能有此功夫，佩服。"段远晨是友谊笑容："佩服这根筷子吧。如果我发力，震动了这根筷子，会疼死。它制约我发出刚劲，逼得我不得不寻找别的发力方式——暗劲。"

　　索叔："能发暗劲者自古寥寥无几。你因祸得福，我不是你对手。"

　　段远晨："我再厉害，也只是一个打手，比不过你是李门的道首。加入李门的人都会起一个姓李的秘名，所谓'有李走遍天下，无李寸步难行'，谁能想到，南方最大势力的道门之首，竟化身为一个乡野粗汉。"

索叔："惭愧。藏于底层，并不高明。"

段远晨："土肥莺司令找了您很久，您如能与日军合作，以李门势力，足以安定浙江、安徽、江西三省。"

索叔："李门有二百二十年历史，确能做到。"

段远晨："日军要建立一个华人特务组织，一把手的人选是丁默邨、李士群——我也看上了这个位子。我现在是个物资部小官，找到您是我的私人行为，想拿来求职。我已是残废之人，世俗享受对我格外重要，能否帮忙？"

索叔眯眼："你是说，知道我在此村的只你一人？"

段远晨："我要独享功劳，怎会泄露？"

索叔两儿子走进屋，握勃朗宁手枪，大儿子将只药袋扔桌上："再吃一袋神仙散吧。"

段远晨："神仙散药效只不过能让人睡四小时。"

大儿子："你是劝我杀你？"

段远晨嘿嘿笑了："不不。"突然离桌，距他最近的索家二儿子皮球般弹起，跌到三米外的西墙上，段远晨搂住索家大儿子，勃朗宁手枪转在他手。

西墙上似挂起一幅泼墨山水画，是索家二儿子的脑浆。

段远晨瞥一眼："我手重了，他是你手下？"

索叔："他真是我小儿子。我从来远离手下，只跟家人在一起。"语调平静，没有哀伤。

段远晨："你还有一个儿子。跟我合作吧。"

索叔："你脑袋里真有根筷子？"

段远晨："一年前插的，是我师叔，要清理门户。"

索叔："淞沪会战已过去一年了。"

段远晨："是啊，改朝换代了。"

索叔叹息："中国人务实，但中国也有不现实的人，一直都有。"

段远晨："一直都有。"索家大儿子跌向西墙，墙面上又多了一摊脑浆白沫。

索叔不看西墙，指向俞上泉："他不是李门的，雪花山托我保护。"

段远晨："嗯，雪花山已衰落，在南方无人。"

索叔："我年轻时，曾受恩于雪花山。江湖事，有施有还。"

段远晨："嗯，我不伤他。"

索叔行礼感谢，转向索宝阁："受人之托，要办到。两个弟弟死了，只有靠你照顾俞先生了。我跟段官员要密谈，为给段官员一个保证，你带俞先生喝神仙散吧。"

索宝阁和俞上泉躺倒晕厥后，段远晨道："呵呵，你用这法子，保住了女儿。"

索叔叹道："儿子也不必死，跟你搭手的时候，我已想归附。你的武功，没大聪明练不出来，没大苦心也练不出来，上了官场，必是厉害人物，丁默邨、李士群斗不过你。"

段远晨："杀了你儿子，你会忠心我？"

索叔："江湖人，子女本是用来牺牲的。"

段远晨眯眼："你图什么？"

索叔："土肥莺司令。"

段远晨的眼神孩子般好奇，索叔："李门道首要隐姓埋名，当得没意思，想世上亮相，换个官当当，我的官会大过你。"

段远晨笑起："我手快，白损了你两个儿子。"

索叔："是我话慢了，他俩的命不好。带我见土肥莺司令，保你做特务总长。"

段远晨和索叔走后，静寂许久，东墙开出道暗门，走出一人，眼蒙纱布，行到西墙，摸索家两子尸体，叹声："暗劲。"

是太极拳传人彭十三，窝在上海暗杀日军军官，几天前眼睛被手榴弹余波炸伤，亦投奔李门，藏在索家。

彭十三警觉立起，屋里进了人。听足音是郝未真，还背着一位，身带血味。郝未真："十三哥，来了高手，我顶不住。"

背的人是世深顺造，右腿刀伤，前所未有的焦躁表情。俞上泉所在，便会有他，他所在，便会有一刀流杀手。到上南村，原以为隐秘，昨夜还是被三位日本剑客访上，顺利击毙后，今日又有访客。

追进门的二人，一人穿日本军服，竟是中将军衔，另一位是十七岁青年，分外老成的脸，是失踪的本音坊新秀广泽之柱。

一年前，他为提高棋艺，仿效古代武士去各地巡游，开阔心胸，不料在小田原城失踪。棋界认为是本音坊一门的损失，武道界认为是一刀流的庆幸，因为他无意中磨了一把锈刀，此刀是一刀流圣物，祖训为"磨刀者是宗家"，让一个不懂武功的人做一门领袖，有损一刀流威名。

有人推测，一刀流为避免尴尬，派人在小田原城将他诛杀。

广泽之柱持刀，四尺二寸，刀鞘漆色已损，露出陈腐木质。它是一刀流圣物，名为"直心镜影"。

它伤了世深顺造。

站在彭十三身旁，世深顺造恢复平静，摆手让广泽之柱退下："你能伤我，全因他在旁边，让我不安。"指向中将，"你我直接对决。"

中将："您忘了一刀流传统，我是个养成师，养成师是不动刀的。"教范师教武艺，养成师解答习武进程中的心灵疑问。他有军队高位，不便比武，改做养成师多年。

一刀流宗家被杀，由他代理宗家。确认广泽之柱为宗家后，他亲自教导，一年前广泽之柱失踪，因随他在中国战场。

他叫山仆数夫，看向彭十三，蒙眼的彭十三同时朝向他。山仆数夫告知广泽之柱："这位先生和我两两抵消，世深顺造不分心，你敌不过他。"

世深顺造的刀绿鞘红柄，是一刀流名刀"千叶虎彻"。山仆数夫卸下腰际军刀，席地正坐，将军刀横置膝上。

世深顺造走来，在两步距离坐下，刀也置膝上。

山仆数夫："你杀了护法、教范师、宗家以及长老七人，新秀三十五人，真是创派以来最大耻辱。"

世深顺造："精华未尽，还有你。"

山仆数夫："你谢罪退隐，断下双脚，一刀流可停下对你的追杀。"

世深顺造："我还没有创出自己的流派，怎可退隐？"

两人不再言语，山仆数夫膝上"叮"的一声响，军刀的铁护手被劈裂。山仆数夫坐姿不变，千叶虎彻安静躺于世深顺造膝盖上，似不曾出鞘。

世深顺造："你不拔刀，可惜了。"

世深顺造起身，一个踉跄，引诱山仆数夫出刀。

山仆数夫静坐不动，世深顺造站稳，遗憾摇头，之后向彭十三行礼："我逃命去了，可以么？"彭十三微笑："远走。不要返回。"世深顺造再次行礼，拎千叶虎彻出门。

广泽之柱："他的刀直接砍向你，会是什么结果？"

山仆数夫："他会死。"

广泽之柱："他踉跄的时候，你出刀，会怎样？"

山仆数夫："我会死。"

广泽之柱指向彭十三："全因此人在，世深顺造才能发挥。他已离此人，咱们去追他。"

山仆数夫苦笑，改口汉语："我感觉到，这位先生不想让我走。"

广泽之柱："你腰里有手枪。他是外人。"

山仆数夫欠身行礼："宗家，我是武士，面对高手，用枪卑鄙。"

郝未真看到山仆数夫军衔，告知彭十三。彭十三笑起，音质清亮，毕竟是刚过二十岁的青年："穷乡僻壤，能有日军中将供我杀，老天厚待！"

山仆数夫行礼："您是何人？"

彭十三："一个人是什么人，看他杀的人，仓永辰治少将、家纳治雄少将、小原一明大佐、长谷川幸造大佐皆死于我手。"

山仆数夫拿过广泽之柱的刀："您看不见了，空着手，杀不了我。"转握刀鞘底部，刀柄向前，递向彭十三。

未见彭十三抽刀，刀已抢出。一声大喝，刀尖歇在山仆数夫帽檐上。

有道两厘米宽、薄如纸的银光刺进彭十三肝区，迅速收回山仆数夫袖中，不及看清是何物。一刀流最神秘的武器叫鬼爪，两百年来只传宗家，无人见过真面。

山仆数夫矮身，头离刀尖，向彭十三跪拜："您手里的刀名直心镜影，是一刀流圣物。请您归还，拜托了！"

彭十三归刀入鞘。

山仆数夫握刀鞘，彭十三放开握刀柄的手，山仆数夫道声谢。广泽之柱呵斥："为何乞求，他已重伤！"

山仆数夫："轻伤。刚才我使全力，他能杀我。"指向一旁的郝未真，"如我死了，你连他都打不过。"郝未真似从梦中醒来，大喊："卑鄙，你用暗器！"

彭十三喝断郝未真："是武功。一步距离，没让我察觉，就是武功。"

山仆数夫向彭十三行礼："今日我去湖北战场，得赶飞机了。我们的事，请等我回来再料理？"

彭十三："去湖北，你会死。"

山仆数夫："你咒我？"

彭十三："天惩恶人。"

山仆数夫蹙眉："天道本恶。"

他三十九岁不再拔刀，下了围棋。十五年来，给他人做精神指导，常用棋理。一年来，这个给他人做精神指导的人，也有了困惑，是以往棋理无法解答的，直到看了俞上泉十番棋。

他向躺地晕厥的俞上泉鞠躬。广泽之柱因而发现了俞上泉，惊叫一声。

山仆数夫："执行屠杀中国平民的命令时，总有一种道德上的不洁感，觉得有辱武士身份。是您解救了我，您展示出前所未有的棋理，不计较局部得失，大规模重新组合——教给我，人要超越眼前之事，认可历史的意义。从此，我下令杀人再无负担。"

再次鞠躬，"您的出走，令人遗憾。请继续为启发日本军人而下棋。"

广泽之柱："带他走？"

山仆数夫瞄一眼彭十三："发现俞上泉，是意外。非你我正缘，还是让军部特务找他吧。"拉广泽之柱快步出屋。

行至门外，广泽之柱批评走得快了，失武士风度。山仆数夫："我们有暗器，别人也会有。"

广泽之柱："你已中暗器，怕了他。"

山仆数夫慨叹："不愧是我的宗家，如此气魄，难怪被本音坊一门视为复兴希望。其实我更想看到您下出流传后世的名局。"将一物按到广泽之柱手中。

似一方普通的铁皮卷尺，一刀流武技中最神秘的"鬼爪"。

次日报纸新闻，湖北省孝感县坠毁一架日军飞机，乘机的日军中将山仆数夫身亡。

头条新闻是日本陆军土肥鸢司令在接见中国民间组织李门的道首时，李门道首突然行刺，被当场击毙，土肥鸢司令受伤，日军查封江南三省的李门堂口。

十九　十三哥

被鬼爪刺中，似一滴雨落在铜钟上。山仆数夫心存顾忌，刺得浅薄，不致命，糟糕的是几日前被手榴弹炸伤的一双眼。彭十三向郝未真言："我眼珠已臭，二日烂到脑里，我必发狂。"

郝未真："背您去医院，做眼球摘除手术。"

彭十三："不当残废。你背我去上海，不是去医院，去日本海军俱乐部，把我放门口，你离开。"郝未真答应，彭十三放松下来，叫他给自己倒杯水。

室外的河水声，如人酣睡的呼吸。

四小时后，彭十三醒来，在上海徐家汇红十字会总医院三楼的一张雪白病床上。郝未真坐在他的床头，道："十三哥，原谅我。"

在索家，给他倒的水里，下了迷药神仙散。

彭十三温和笑道："活下来，也好。"

眼球已摘除，护士进来打消炎药，彭十三嘱咐郝未真："你到豫园的松岳楼给我买六两素包子吧，二两青菜馅、二两冬菇配面筋馅、二两冬笋配五香豆腐馅。配一碗口蘑锅巴汤和一盘炒蟹粉。"

他开了胃口，郝未真欣喜而去。

十分钟后，彭十三出现在医院门口，手拎条黑布腰带，一车夫上前抢活儿，他叫车夫摸这根腰带。摸到截硬块，金条模样。彭十三："知道是什么吧？送我去日本海军俱乐部，它是你的。"

日本海军俱乐部在江湾宝乐荣路，门口墙壁镶块铜牌，宽二十厘米高十三厘米。彭十三摸铜牌凸出的字形，确认是"上海日本海军俱乐部"九字后，腰带扔给车夫，顺墙一路摸进门，快如眨眼，看傻了车夫。

俱乐部大厅空旷，彭十三发出自嘲的笑。

来错了，不是营业时段，大厅里仅有一个擦桌子的服务生。

车夫冲进，怒吼："你的金条！"一块东西砸在彭十三脸上。是医院里固定病床用的铁插销，金条般方棱。

彭十三未躲，额头血流。

大厅深处响起急促军靴声，随后是大声训斥的日语："司令官中午醉酒，还在包间里睡着。不想被枪毙，就快走！"

彭十三已被车夫打倒，挣扎喊道："司令官什么军衔，是上将吧？"亦是日语。两年来刺杀日本军官，学日语是需要。

响起回音："是啊。"

还在踢踹的车夫，断线风筝般飞出。彭十三叹道："老天厚待。"

郝未真赶到海军俱乐部门口时，俱乐部已封查。次日，从报纸看到，死在俱乐部里的是日本海军派遣军司令白川义则，刺客被警卫击毙，主犯是一位人力车夫，上海地下抗日组织的大头目，十日后将在提篮桥监狱处以绞刑。

第九日，允许家人见面。郝未真随车夫的妻子去了，身份是妻子堂哥。日军查彭十三查到医院，线索便断了，手术登记的是假名。日军知道车夫无辜，处死为做新闻，没殃及他亲属。

郝未真按彭十三点的餐单，带来六两素包子、一碗口蘑锅巴汤、一盘炒蟹粉。趁狱卒走神，车夫压低话："你是刺客的同伙？"

郝未真："让你蒙冤了。"

车夫："占了大便宜，全天下都知道是我杀了日军上将——这是日军在中国死的最大的官吧？"抓住郝未真一根手指，"他的名字？"

郝未真缓了几秒，轻声道："你叫十三哥吧。带给你的，是十三哥生前想吃的。"

车夫连念了几句"十三哥"，吃了起来，一脸满足。

当着老婆面，车夫交代郝未真："我老婆腰身棒，最能生小孩的一种女人，可惜跟了我，穷得不敢养孩子。你跟她生一个，算是我后代。我想孩子早点来，你今天就要她吧。"

说得诚恳，不愿违他意，郝未真点了头。

出监狱，车夫妻子说："他死了，我养活不了自己，真跟您了。"

郝未真："妹子，你我今生不会再见。对你说实话，我是姐弟乱伦所生，本为孽种，我生小孩，天理不容。你没法跟我。"

车夫妻子眼圈一红："那我当妓女去了。"

郝未真："比跟着我好。"

奔出十多步，咬牙回头，看她背影。

果然腰身棒，腿壮臀圆。

车夫妻子过马路时，郝未真追上，挽住她胳膊："你摸我袖子，臂弯里缝了根金条。我嫖你。"

车夫家在大洋桥，草顶木板房。车夫妻子坐起穿衣，郝未真递给她一张卡片："孩子畸形或是白痴，扔黄浦江。长到两岁还没出问题，把孩子送到这里，我会再给你三根金条，即便我死了，这里的人也会给。"

车夫妻子："我不识字。"

郝未真："北平市怀柔县红障寺。"

等车夫妻子背下来，郝未真穿衣出门。车夫妻子："糟了！今天日子不对，我怀不上孩子！"

郝未真："什么意思？"

车夫妻子："你还得来。"

没走，留到女性危险期，郝未真买了粽子庆祝。包粽子的竹叶躺在地上，黏黏的好像做爱时遍体汗渍的男女。

郝未真："这回该怀上了吧？"

女人："很难说。"

郝未真："我还要怎么做？"

女人："再来。"

一种可怕的力量，令郝未真将她抄起。两人到达比以往更深的空间，郝未真闪出一念："俞上泉怎么样了？"此念陨落在空中，滑去远方……

凌晨四点，大洋桥木板房中的郝未真惊醒，眼缝如镰刀。

我离开上南村时，俞上泉和索宝阁中迷药晕厥，夫妻一样躺着。索宝阁醒来，会带他远走，不会出事。神仙散药效四小时，四小时里日本特务不至于寻到上南村吧？

镰刀立在床下，触手可及。女人身上泛出汗，大腿蜷上，锁定了他。

二十　李门道首

　　郝未真背彭十三离开索家不久，村长进屋，弯腰察看地上晕厥的索宝阁和俞上泉，屋外响起摩托车声。

　　村长的两个跟班待在院中，看到大簇摩托车蛇型散开，来了日军。一位中国特务应是调兵的人，村长掏出"民众自卫队"证件，说看见索叔乘轿车，觉得蹊跷，便来索家看看，刚进门。

　　特务说命令是封住索家，你在，便要把你封进去。

　　调兵封索家，是段远晨布局，给村里安插的特务留了暗号。天黑透，他归来，不再装瘸，三名日本特务随行监督。

　　他申请单独办理，一人入院。

　　两名村长跟班被封在院中，他俩斜挂日军发给"民众自卫队"的南部十四式手枪，枪盒像水鳖，民间称为"王八盒子"。

　　段远晨经过二人，匕首一晃，两兄弟枪盒裂开，枪盒里没有枪，填充着报纸。

　　段远晨："枪呢？"

　　二人："村长给卖了。钱归他。"

　　呵呵笑起，段远晨进屋。

村长在等待时烧了水，正喝茶。段远晨："索叔让我出丑。他向土肥莺司令偷袭时，我才明白，他不可能是李门道首。"

村长没了底层油滑气，政府官员般庄严："何以见得？"

段远晨："道首绝不会做烈士。"

村长："是这道理。"

段远晨坐下："索叔坏了我事，但土肥莺司令宽厚，让我继续查李门道首。"村长端起茶壶，洒出道白练，落入段远晨面前杯中，未溅一滴。

段远晨赞道："好武功。"

村长："是手熟。早年我在茶馆跑堂，每一个跑堂的都能做到。"

段远晨："跟我见土肥莺司令？"

村长："以茶代酒，碰一杯。"

段远晨举杯相碰。村长身子弹起，似在空中凝定两秒，终以跪姿跌下。村长手中茶杯完好，双膝磕碎。

段远晨："我礼敬你，你却发劲偷袭？"

村长："低估了你。再碰一杯。"

段远晨叹息："我又错了，你非道首。"举酒杯如送老友。村长目光坚定，持杯相碰。微小的碰杯声，悦耳的音质。

村长上身后仰，如合上一本书。

院中的两名跟班被喊进屋，段远晨像看着一对可爱的小猫："回想觉得不对，匕首划破枪盒，你俩事后才做表情，掩饰武功掩饰得过分了。"

二人："是。你手并不快。"

段远晨："地下组织的首领往往是两人，一位出事，一位补上。"指村长尸体，"他是你俩的保镖？"

二人跳起，瞬间到了段远晨左右，勾肩搭背，状如学校里亲密同学。段远晨笑道："我又错了，你俩不救村长，因为道首另有其人。你俩和村长一样，都是保镖？"

二人松开搭在段远晨肩膀上的胳膊，上身伏于膝盖，猫打盹般死去。他俩后腰各插有一柄匕首。

段远晨掏出药瓶，熏醒地上的索宝阁："我的姑娘，你得受苦了，或许你不知李门道首，但按程序，我要安排人糟蹋你、之后打你。"

索宝阁情人撒娇般挑起眼："不许这么对我。"

段远晨"哎呀"一声，脸色大变："我好蠢呀。竟然忘了李门是教门，喇嘛教选男童做教主，李门选处女做道首？"

索宝阁呵呵笑起，栗色的瞳孔魅力非凡。段远晨盯着她："做道首的人，这个时候会跟我谈判。你跟我谈么？"

索宝阁："谈。"递出手。

段远晨扶她起身，她手滑脱，拍在段远晨胸口。几步外响起"叮"一声，半根竹筷子摔在青砖上。段远晨脑中的筷子。

段远晨跌出，小腿抽搐，不能起身，呻吟了一句"暗劲"。

索宝阁含笑："我也练到了，不如你。"走到西墙，鲜血里摸出索家两个儿子用的勃朗宁手枪，向依旧晕厥的俞上泉行礼：

"俞先生，来生再见。"

"我的姑娘，不必如此。"段远晨还没有咽气。

索宝阁笑笑，倚门框开一枪，蹿出门。

门外枪声大作。段远晨躺着，送别的眼神富于人情。

日本报纸新闻，一支在上海郊区执行任务的日军，发现了失踪两月的棋界第一人俞上泉。为祭奠司令官白川义则，俞上泉将为日本海军派遣军下慰问棋，大佐以上军官均来观棋，东京棋院理事顿木乡拙、八段炎净一行来华主持。

两月前，大竹减三离开上海，南下慰问杭州、广州一线日军，与俞上泉对弈的是本音坊一门的新秀广泽之柱。

二十一 精神控制法

上午九点，棋局在日本海军俱乐部举行，大佐级军官在大厅看大盘摆棋，由林不忘和前多外骨讲解，每当话语停顿，都集体鼓掌。

对局室内，寂静无声，仅放进三名少将级军官。广泽之柱周身焕发雄强气势，眼光亮得吓人。棋盘前的俞上泉，以往一般低眉，百岁老人的沉静。

并非料想的俞上泉取得压倒性优势，对弈双方几乎在比赛失误。棋的内容不及初段的棋院生。

三小时后，顿木乡拙给炎净一行写字条："这样的棋谱不要流传出去。"炎净一行在字条上画圈，表示赞同。

午饭休息后再战，俞上泉杀掉广泽之柱一块七个子孤棋，手法笨拙，业余棋手也能想出比他更有效的方式。

顿木乡拙和炎净一行来到大厅，炎净一行宣布俞上泉胜出，顿木乡拙宣布要加重慰问，明日再下一局。意外之喜，大佐们报以热烈掌声。

次日，顿木乡拙未去对局室，歇在俱乐部雪茄屋。棋局两小时后，林不忘来汇报，两人仍业余爱好者般错进错出，俞上泉每下一子，都是响亮地打在棋盘上。

林不忘："他从小下棋，轻拿轻放，没用力打过子。"

顿木乡拙："不管多老的树，春天抽枝后，都有一种能把人胸腔打开的清气。俞上泉也如此，看到他，我便会闻到。哈哈，哪能真闻到什么气味，是俞上泉宁静的心感染了我。"抽口雪茄，"他失去了他的清气。"

此局双方过于谨慎，小块小块占地，没有搏杀。近终局时，双方差距在一两目之间。午饭后，广泽之柱认输，作为裁判长的炎净一行走到大厅，宣布慰问棋改为十番棋，昨日和今日的两盘不计算在内，明日重新开始。

十番棋一局一人用时十三小时，合计二十六小时，长达三日，一局结束后要休息四日。一人率先领先四盘，便可提前结束，如无连胜情况，十盘下满需七十天。

大佐们哗然。

入对局室的三位少将宣布，必须配合，不到场观棋者，记过处分。新任司令官还未到任，海军派遣军里，他们三人是最高长官。

慰问棋是非正式的棋，派遣军做成祭奠白川义则的新闻后，上海和日本报纸均要求登棋谱。宣布下十番棋，之前的两局棋便可忽略，三位少将中有一人是业余五段，是他与顿木乡拙商量出的对策。

少将："没想到俞先生下出这么差的棋，作为日本围棋第一人，公开棋谱，令日本蒙羞。"

顿木乡拙："顶峰之后，必逢低谷。击败大竹减三、激战炎净一行，他心力用尽，需要休养，本不该下棋。"

少将："十番棋，为让他练手。只要下出一张达到刊登水准的棋谱，十番棋即可中止。您预计，得下到第几盘？"

顿木乡拙："不敢想。"

十番棋第一局，广泽之柱平均两分钟下一手，俞上泉如一个被挑起游戏兴致的孩童，见广泽之柱落子，立刻也打一子。

未下满三日，当日黄昏，俞上泉重大失误，广泽之柱胜出。

顿木乡拙仍未去对局室，终局后才看棋谱，棋的质量，仍无法刊登。炎净一行告知："棋局结束时，发生一件事，俞上泉像个经不起输的院生，提出明日即下第二局，但很快反悔，说按十番棋规矩，要休息四天。"

当夜，广泽之柱在黄埔江边，遥对武汉方向，悼念山仆数夫。香烛燃尽，世深顺造沿水走来，身后影子般跟着位黑衣女子。

世深顺造席地坐下，长刀置于膝盖。广泽之柱对坐，衣中鬼爪滑至袖口。世深顺造："我来，为问你与俞上泉对局实情。"

广泽之柱暗呼出一口长气，道："第一局，我坐在他面前，感到棋盘前的他贵如名刀。"

世深顺造："他不习武，是我平生憾事。"

广泽之柱："你四十五年前脱离一刀流，不知一刀流新技，两代养成师发明了精神控制法。山仆数夫让你分心，我做不到，因你杀气重过我，但俞上泉不是武者，下棋的长时间面对，方便我控制他精神。三局棋，俞上泉均无法连贯思考，要求休息四日，是终于有了自觉，觉出不对，要找应对。"

世深顺造哀叹："他缺的只是武功！"

广泽之柱："听说他拒绝跟你习武，这是个机会。"

世深顺造起身，行礼道谢。

广泽之柱："希望你成功。四日后下棋，我将诱使他短暂精神分裂，精神分裂损坏人脑，疯十分钟，俞上泉从此沦为庸才。"

世深顺造："他会习武，我必成功。你的武技还杀不了我，以后偷袭我吧，算是我对你的感谢。"佝偻身子行去，黑衣女子仍影子般跟随。

他俩走远，广泽之柱叹道："可以杀死你。"袖口蹿出银光，长达三尺，一闪即缩回。山仆数夫传下的鬼爪。

为何面对时不出手？

世深顺造精神上制住了他。此情况，如他与俞上泉的对局之理。

黑衣女子是修大威德金刚法续命的千夜子，世深顺造问："俞上泉会拿刀么？"

千夜子："跟在你身后，只为等机会杀你，无责任回答问题。凡事不要想太多，你分神，我就出手啦。"

千夜子的脚踩在他影子咽喉处，世深顺造点头，继续前行。

回上海市区，入旅馆，各住一间。后半夜，有敲门声，世深顺造装睡未开。片刻，千夜子从窗户进来，见世深顺造披被子而坐，鳄鱼般睁着眼。

世深顺造："你我之间有约定，睡觉、吃饭、洗浴、如厕时不出手。"

千夜子："未违反约定，被子潮，没法睡。你被子暖吗？"

世深顺造掀开半扇被子，千夜子缩在他身上。世深顺造："你说，俞上泉会拿刀吗？"

千夜子："会。"

俞上泉未归家，业余五段棋力的少将腾出别墅，留厨师警卫，供他居住。按侍奉贵族的规矩，俞上泉卧室一百八十平方米，距他三十米外，整夜坐着位老女仆，备有糕点饮料、热毛巾、尿壶，俞上泉半夜稍醒，她便幽灵般上前。

老妇面部浓妆，目不转睛，凌晨两点时有了困意，是她职业生涯前所未有之事。"怎么会，怎么会？"她瞪大眼，歪身睡去。

室内站起一双人影，双胞胎的感觉，细看则长相不同。是中统特务赵大、钱二，行至俞上泉处，俯卧说话。

赵大："您失水准，下棋的看不明白，干特务的懂。对弈者给您施了催眠术。"

钱二："催眠术是特务必修课，累计案例，法官最易被催眠，习武人最难被催眠。"

赵大："我俩是自在门的，自在门武学创自清朝嘉庆年间，需要两人不断切磋，一九二四年，中统里有了这种成双成对的人。自在门本是训练刺客的速成法，祖师爷还传下道速成法中的速成法，没人敢信，没人敢练。"

钱二："找片空地走圈，连走四天。走不到一天，人便会累塌了腰，依旧走下去，忍到第四天，真气上升，人又能直起腰来。直起腰，便成了武功。没人试，因为人不可能连走四天。"

赵大："虽是祖师爷妄想，毕竟是自在门秘密，说给了您，请不要再说给别人。"

次日，午休时间，警卫懈怠，世深顺造潜入少将别墅的后花园，见俞上泉一圈圈绕着花坛走。等了一小时，身后响起千夜子声音："他疯了？"

世深顺造："有人抢先，教了他武功。"

四日后，十番棋二局。上午八点，顿木乡拙走入对局室，见窗面上，屋檐映影如起伏的波涛。八点四十分，俞上泉到来，挽着裤角，小腿上血迹斑斑，似遭蚊虫密集叮咬。

九点，炎净一行到棋盘前，说声："时候到了。"

像第一局般快速，未至十二点，已下八十三手。俞上泉数度打盹，未至三分钟即肩膀一抖，回醒过来。下出九十六手，俞上泉再次打盹。

广泽之柱眼底露白，如同古画中被鬼附体的人，不再一手接一手地追着下棋，将手中黑子放回棋盒，倾身于棋盘上方。

大厅中，林不忘做大盘讲解："俞上泉下出妙手，将左边七枚白子救出，还瞄着广泽之柱中央黑棋的薄弱处。"

前多外骨："但他看错了大局，他下方白棋结构欠佳，受不起攻击。"

午饭后再弈，俞上泉的白棋在迂回躲闪中将广泽之柱的五颗中央黑子吞下，是令人赏心悦目的巧技，但也就此让黑棋裹住下方十五子白棋，广泽之柱对之有必杀手段。

对局至黄昏，两位对局者一致要求继续夜战，大厅中看棋的大佐们亦表示不走一人，全力配合。

晚饭后，广泽之柱先回棋室，从不吸烟的他，拿了裁判席上一盒香烟，将一根烟立在棋盘边沿，又抽出一根，立在第一根上。

顿木乡拙第二个回棋室，随后记录员、工作员入室。对局室内禁语，业余五段棋力的少将写张字条给顿木乡拙："广泽君在做什么？"

顿木乡拙写下："缓解紧张。"

少将又写一张："他不是优势么，为何紧张？"

字条没有递到顿木乡拙手中，炎净一行回屋，中途截下，写了还给少将。字为："因为他迎来将俞上泉一举击溃的机会。"

广泽之柱撤去香烟，对局开始。

夜十一点三十五分，广泽之柱杀死俞上泉下方白棋，取得八目优势，却因此落了后手，让俞上泉抢先收官，五手后，广泽之柱仍无法抢回先手，俞上泉在各处占便宜，指缝漏水般无法遏制。

终局，广泽之柱输了一目半。

大厅中，林不忘纠正前多外骨："俞上泉从未看错大局。"

棋局结束后，大佐们出海军俱乐部，遭地下抗日组织伏击，炸死二人。顿木乡拙不敢放俞上泉归家，仍让他住少将别墅。

一百八十平方米的卧室，室内垂着三十几根布条，俞上泉连走四日的第一日夜晚，腰累难耐，以手抓垂布来迈步。将此构想讲给守夜老妇后，她在四十分钟内完工。

不再绕花坛，后三日没出屋。腿上的肿包，不是蚊虫叮咬，是逼出了体内病气。

跪坐整日下棋，血液有瘀堵感，不敢躺卧，俞上泉仍两膀悬在布条里以站姿睡觉。守夜老妇欣赏交响乐般，听着俞上泉沉睡的呼吸声。

她又困了，暗道："不该，不该呀。"

她倾倒后，地面黑影里站起广泽之柱，走到俞上泉跟前，确认还在睡梦，以低不可闻的语音向他说："精神控制法控制了你十日，今日你控制了我。我是位宗家，具备不可一世的气概，方能统领一门。你毁了我气概，令我自卑，觉得你是我一生都无法战胜的人。对不起，不能让你存活于世。"

鬼爪滑至腕部，小指扣动，一道细薄的白光射向俞上泉颈部。

"噹"的一声响，白光扭曲，被打中七寸的蛇般瘫软坠下。

榻榻米落了一块方形刀片。屋角站着一个盘发的人，是林不忘，第一次对人用上祖传方刀。

广泽之柱眼皮抽紧："林家的方刀，还存于世上。"

林不忘："暗杀比你强的人，并不能让你变强，只会更加自卑。恢复气概，有别的方法。"

广泽之柱："什么？"

林不忘："立志！在强者最强的地方，战胜他。"

广泽之柱向窗口退去，骤然加速，未见窗开，人已在窗外。

二十二　花道

日本海军派遣军获得了一张可刊登的棋谱，十番棋以广泽之柱请求退出的方式，体面结束。

林不忘乘上去南京的火车。两月前，大竹减三南下杭州、广州一线下慰问棋，与各地司令官下让九子的指导棋。之后转去南京，就此留下。

炎净一行作为日本围棋最尊者，如输四盘被降级，日本棋界再无颜面，他与俞上泉的十番棋不可继续。日本棋界第一人的位子，无法让一个中国人久居，谁作为俞上泉的下一位对手？

炎净一行赞赏大竹减三承袭了本音坊一门棋风，并演进得更为沉着，是棋之正道，要劝他再战。顿木乡拙认同："大竹君铁腕，我亦想重见。"

大竹减三在南京的住所，中式庭院，日式室内。院中有孩子玩耍，是收养的孤儿。林不忘到来，大竹减三备下花草瓷瓶，请他为小孩们展示花道。

林不忘悄声问："你收养的是中国孤儿？"

大竹减三悄声回应："仇恨太大，中国孤儿养不熟。是日本孤儿，日本人在南京移民三代，不少人已生疏了日语。"

林不忘："你滞留在南京，是为了孩子？"

大竹减三："是为了孩子，这个孩子是我。"

日本崛起，得力于仿效欧美的明治维新。唯利是图的风气泛滥后，大正年间出现"中国风潮"，知识分子普遍认为日本已变质，近代化进程中落后的中国反而保留着日本原有的美好，日本青年作家尤喜欢南京。

谷崎润一郎的小说《鲛人》中表达的心声是"居然没能生在中国，实在是个无法挽回的不幸"。

大竹减三："南京定居，缘于少年时被上一代人的中国游记打动。请插花。"

林不忘转向小孩，取二粗枝插入瓶中，"后面的是山，前面的是原野。"取二细枝插入，"枝条的不同朝向，可比喻万物。纵向为瀑布，横向是溪水。"

拈起一朵花，"瓶中已有远近，还要有古今。花是时间，凋零是过去，盛开是现在，含苞是未来。"

大竹减三欣然认同："围棋也是一株花，棋盘是远近，棋子是古今。"

林不忘手中剪刀"咔"地一响，一截枝条落于几案："你教他们下棋？"

大竹减三："教围棋之外的东西。只是教棋，是教不出一流棋手的。"

林不忘："顿木师父也是这样对我的。"端正坐姿，阐述来意。

大竹减三沉下脸，嘱咐孩子们去院中拔草，室内清静后，道："林君，我想让您看看我家的插花。"打开隔间纸门。

房中空荡，仅摆一棋盘，上有百余枚棋子。林不忘走入："果然是别致的插花……"脸色一变，许多年前全日本围棋联赛中他的一局棋。

此局轻灵，下出两个连环妙手，却在终局阶段犯下低级错误，满盘皆输，他自此有了"天才林不忘"的绰号，讽他基本功不足。

林不忘坐下，平视棋盘，棋子如露珠。

大竹减三走近："您的七十三手和七十七手，令我满室芳香。当黑白双方要形成各自围空的乏味局面时，您出人意料的一靠一点，让死板的棋盘有了峰峦溪水。"

林不忘："可惜，我失误了。"

大竹减三："失误也是围棋的一部分，犹如点在枝间的花。插花要插枯萎的花，没有失误，围棋便少了美感。"

林不忘起身退出房，大竹减三恭敬关门，后撤数步，拉开另一道纸门，可见院里拔草的孩子。大竹减三："他们是我的围棋。我不想再下别的围棋，所以我拒绝您的请求。"

顿木乡拙和炎净一行在上海的暂住所，是位日侨商人提供的别墅，林不忘赶到时，他俩正清理庭院的杂草碎石，满头是汗，一脸满足。林不忘感慨：日本人的生活就是一块抹布、一根扫把呀，追求真理般追求整洁。

林不忘鞠躬："师父，我回来了。"

顿木乡拙花丛里直起腰，眼神惊恐。一个五官模糊、浑身是血的人走入院门，越过林不忘，以高中生的清澈嗓音大喊："父亲大人，您的药，母亲让我带来了！"

血肉和衣服凝在一起，他掏了几把都掏不进衣兜，急得叫唤："药呢？药呢？"

林不忘："是次郎！"

顿木乡拙低哼一声，瘫倒在他刚清理出的草坪上。

顿木乡拙一共两子，小儿子长得最像他。他和母亲乘船来上海，码头上遭遇日军宪兵抓捕抗日分子，扔了手雷，母亲和三名乘客当场死亡。

次郎和父亲派来的司机重伤，被抬上救护车时，次郎恢复知觉，向他从未去过的父亲住所跑去……

次郎之死，在上海日侨中传为灵异事件。说手雷爆炸时，他已死了，但给父亲送药的念头顽固，拖着尸体奔跑。找到顿木乡拙的是次郎的鬼魂，否则便不能解释，不知地址，怎能找到。

次郎尸体火化后，顿木乡拙花十美元去法租界买了瓶洋酒，邀林不忘共饮，倒酒的第一句话是："围棋这东西，学会后要忘掉，比学会还难呀。"

林不忘不敢应话。一杯酒后，顿木乡拙道："为培育花草，园丁整日提心吊胆，自然界稍微一点意外，便能毁了他十年心血。林不忘！你是如此幸运。林不忘！天赐予你下棋的才华，还给了你下棋的机会。不要辜负天的厚意，你要舍命下出好棋。"

林不忘怔住，顿木乡拙吼道："林不忘！由你和俞上泉下十番棋！"

林不忘额骨欲裂，"啊"了一声，沉首领命。

日本四国岛药王山大洼寺外，歇息着素乃的参拜团，素乃坐在轮椅里，一人给他刮胡子，一少年在念报纸。

报道林不忘与俞上泉的十番棋与慰问棋结合，沿济南、沈阳一线北上，一地一局，慰问各大日军占领区。素乃问刮脸人："你知道顿木乡拙为何要安排两个徒弟对决？"

刮脸人回答不知，素乃："各方势力容不得第一人不是日本人，俞上泉已是一枚死子，死子的价值是激活他人。顿木乡拙只有俞上泉、林不忘两个弟子，林不忘棋艺复活，顿木一门不衰。"

棋理上有"死子价值"的命题，一枚棋子将死，不去救，反而加速它的死亡，以收取别处利益。当死的价值超过活的价值时，职业棋手选择死。

刮脸人："林不忘的才华不弱于俞上泉，但学棋太晚，错过了少年训练期，以致常犯轻率，痛失好局。"

素乃："不是基本功，是心病。孤独的小孩长大后，会有很重的自我怜惜心理，畏惧全心投入，不敢追求极致。逢当大棋战，林不忘反而专注力下降，不是欠缺基本功，他欠缺担胜负的气魄。"

刮脸人慨叹："只有俞上泉能改变他，顿木乡拙用药，连药渣子都要用尽啊！"

报纸上登载了二人的第一局，至六十五手，未完。素乃示意少年将报纸举近。此时下午三时，一日中的疏懒时刻，近侧树林时有鸟鸣。

素乃身子前倾，剃刀刮破素乃左脸。素乃没有萎缩的右手抓住报纸，血带着香皂泡沫滴在报纸上。

寺院外墙休息的门人鸟群惊飞般跑来，取毛巾擦脸、消毒、敷药、贴纱布。虽挤在一起，却迅速无声，并不影响素乃看报，处理好刀伤后，退在三步外。

二十分钟后，素乃抬头："收拾东西，去济南。"众人惊呼，素乃："林不忘下得轻妙自在，天才的布局，我要去现场看他。"

下山道上，迎面上来伙青年，为首一人左眉有刀疤，乍看似三条眉毛："半典雄三拜见素乃师祖。"

背素乃的院生退缩，素乃用下巴撞他后脑，让往外走。素乃现身后，半典雄三惊叹："你是素乃？你怎么这样？"

素乃："我该怎样？"

半典雄三："起码得有个大人物的样子吧！我是你的重孙弟子，你这个样子，我都不好意思让我弟子见到！"

素乃："你是我的重孙弟子？你后面的是你弟子？哈哈哈。"前所未有的开心。

半典雄三："别笑啦！小岸壮河是你弟子吧？他是我师爷。"

小岸壮河是素乃最得意弟子，有意让他继承本音坊尊位，可惜英年早逝。素乃突转威严，虎豹咆哮地斥责："住口！小岸没收过弟子！"

外表凶悍的半典雄三竟慌了，结巴说道："声音这么大干吗？小岸师爷有个情人，叫增信渊子，是我老大，她一次为惩罚我，让我学围棋，不料喜欢上了。今日的我是京都鸭川西岸围棋第一人。拜见您为认祖归宗，请在本音坊门人名录上登记我的名字。"

在台阶上沉首行礼，就此不动。

有人惶恐说："小岸师兄沾染黑道女人，我们一直对您隐瞒。"素乃冷了眼，对半典雄三喝道："起来，看棋。"让把报纸给他。

半典雄三背对素乃，看了二十分钟："这是……一位老大下的棋，老大都是拥有鲜明个性的人，无一例外。林不忘是一位外表风度翩翩、内心追求豪赌的老大，会跟你公平地划分地盘，突然在看似没事的地方惹出事来。天下太平到天下大乱，没有过渡，眨眼间你的一切都上了他的赌桌。"

素乃："俞上泉呢？"

半典雄三："不喜欢他的棋，软弱而偷机。"

素乃沉默片刻，道："你脱离黑道，我教你下棋。"

半典雄三愣住。

素乃笑道："我这个样子，不能让你心服么？"示意背人者放下自己，在台阶上摆出棋盘前的正坐之姿，瘦小的身材变得巍峨。

素乃坐姿有"不动如山"的美誉，有人说他的坐姿便是高深棋道。半典雄三生起崇敬之情，沉首行礼："追随您了！"

素乃保持坐姿，对身旁人低语："不去济南了。"

四国岛巡游，又到石手寺。寺门前有株千年柏树，已死去百年，树冠早失，剩截高宽均五米的粗大树干，因香客们往树皮上抹香油的缘故，木质未朽，外观如铁。百年前，紧贴死木种植一株新柏，远观似乎是给补上树冠。

新旧两树可谓"生死一处"。素乃歇息在树下，还有一位紫衫青裙的僧人，从其金丝帮衬的规格看，身份极高。他是密宗阿阇黎牧今晚行，年逾九十，唇上的八字胡依旧粗硬，七十岁已全白的胡子近年常钻出一根黑须。

他原与素乃不认识，树下相遇。死在上海静安寺中的松华上人是其弟子，留日学得密法，未及传播。石手寺前的柏树在密宗信仰里是返魂之树。

听了松华死况，素乃感叹："密法给这位年轻人招致不幸。"

牧今晚行："这是千年因果，密法初传日本时也是血债累累。"

一千二百年前，空海自唐朝学得密法归日，巡游四国岛，至当地财阀卫门三郎家乞食，遭到厌恶佛道的卫门三郎推搡，空海的乞食钵摔在地上裂为八瓣。

第二日卫门的长子身死。八日内，卫门连死八位家人，他追上空海忏悔后亦病亡，临死许愿做空海弟子，空海在一块小石子上写了"卫门三郎再来"字迹，塞入他手中，作为来世相见的凭证。

一年后，空海巡游至此树，遇当地农民抱一婴儿乘凉，婴儿生下右手便不能张开，医生诊断是天生畸形。空海将婴儿抱入怀中，婴儿张开右手，掌心有一块石子，写着"卫门三郎再来"。

如此奇迹，令密法得到民众信仰，终在四国岛立足。

牧今晚行："密法在日本初传，以八条人命为代价。密法归华，不知需几条人命，我徒松华算是一条。"

素乃："一千二百年前，卫门三郎在此树下返还，您今日也会遇到一个婴儿？"牧今说松华归国时，师徒两人皆有不祥预兆，约定了一个隔世相见的暗号——来剃须者，即是松华。

素乃笑言："你的胡子这么硬，婴儿的腕力怎可刮去？"牧今晚行亦笑："众生因缘不可思议，我是洗干净了，看这大好胡须如何失去。"

一位穿俄罗斯式连衣裙的妇女怀抱婴儿自山道行来。此时尚未开寺门，妇女等在台阶下，看样子是有特殊心愿，要烧头香。

头香并非每日香炉中的第一炷香，第一炷香是僧人清晨打扫卫生时烧的，头香是卫生香之后的第一炷，据说福德无量。

牧今晚行招手："夫人，开门还需些时候，不如到树下坐坐。寺未建起时，此树已是名胜。"

妇人走来，烫发淡妆，眼神明媚。素乃："夫人，您是电影明星吗？"夫人笑言："您没怎么看过电影吧？哪有我这个明星，我是个播音员。"

素乃感慨，原来仅闻其声的播音员也如此注重形象。妇人解释："在话筒前，如果不注重仪表，简直没有自信说话。我们与电影明星不同，是打扮给自己的。"

牧今晚行的眼睛一直在瞟妇人怀中婴儿。素乃笑笑，问夫人为何来此寺参拜，妇人说婴儿生下长哭不止，但闻到烧香，便会止哭。

牧今晚行："闻香止哭，说明与我佛有缘。"妇人抱怨近日闻香无效，改成闻火柴的硫黄味才止哭，每日要划五盒火柴，携来拜佛是希望能改此怪癖。

牧今晚行转而赞叹妇人并未因育子而身材受损，妇人笑说婴儿非自己所生，是收养的十和田湖中国侨民区的一名弃婴，其父母可能因战时中国人在日本找不到工作，苦撑几年终于回国。

听闻孩子是中国血统，牧今晚行脸显激动，似乎已认定此婴儿是松华再来。

妇人娘家在石手寺山下，婴儿上山时睡着，额满腮圆，颇具佛相。素乃与牧今晚行交流眼神，彼此皆知对方所想：难道要以划火柴误烧的方式，去掉胡子？这是一个婴儿唯一能办到的剃须方式。

果然，婴儿脑袋后仰，转醒啼哭。夫人从随身皮包里取出火柴，划着，婴儿鼻翼微耸，竟不哭了。盯着火柴余火，牧今晚行向前凑了凑。

妇人优雅地将火摇灭，继而划第二根火柴。

为分散妇人注意力，素乃询问妇人做何广播。划到五根火柴，终于误碰到牧今晚行胡须。

灭火后，夫人愧疚得哭了。寺内响起迎客钟声，牧今晚行劝说妇人进寺，别误了头香。看着妇人走上庙门的婀娜背影，素乃问："松华返还？"

牧今晚行点头，捋尽唇上残须："听说你有个得意之徒小岸壮河也是英年早逝，我会为你祈祷，祝愿他也能返还。"

素乃："不必费事，已经返还，只是他换了粗俗面貌。"

本音坊弟子们在石手寺外墙野营，半典雄三在其中，帮忙支灶做早餐。

二十三　鬼手

济南，俞上泉与林不忘的第一局棋至一百九十六手，林不忘认输；烟台，第二局，至二百一十手，林不忘二目负；天津，第三局，一百零四手，俞上泉胜。

棋局结束，林不忘住进医院，诊断是今年流行的"朝鲜感冒"。顿木乡拙去看望，见窗台摆插海棠的花瓶。顿木乡拙摘下海棠，指瓶子："它可当作花来插么？"

林不忘开窗，揪下把爬山虎叶子，摆在屋角，将瓶放上。

顿木乡拙："瓶插在叶子上。不愧是林家的花道。"指室内脸盆，"它可以做瓶子么？"

林不忘掰下三片海棠花瓣，点在水面。

花瓣浮移，略似游鱼。

顿木乡拙折下块海棠枝干，蠢蠢的如块橡皮："这个也能入花道么？"林不忘随身折扇打开，置于窗台，放上干枝。

顿木乡拙："好像不太相配？"

林不忘拉灭灯，月光显现，扇面的折叠阴影似是海涛，干枝如礁石。

顿木乡拙："光也可插入！花道果然是无物不容。棋道也可容万物，容得下你最好的状态。"

第四局，在大连，是林不忘畅快之局，引诱俞上泉杀入左上角，换得中腹从容布阵，继而下出巧手，将俞上泉下边一团棋断为两截。

两截棋必有一截不及补活。林不忘没有杀棋，转而扩大中腹白阵，任由黑棋补活。白棋大优，但不用简明方式取胜，顿木乡拙略感遗憾，字条递炎净一行："是花道，不是棋道。"

次日，黑子点入中腹白阵，选点刁钻，难以封杀。林不忘无意修复白阵，以白阵内空尽可不要的态度，放任这颗黑子，依托白阵外壁，毅然对右边黑棋展开攻杀……

炎净一行递来字条，"棋道"二字。顿木乡拙画圈肯定。

俞上泉对局时多了个习惯，时常点一下眼药水。对局室配有医生。今日开局，医生问："俞先生，您眼有血丝，感到干涩么？"俞上泉收下药水。

对局场地是大连日军司令官别墅，不愿下级军官进别墅，未开大盘讲解，对局室医生由司令官提供，已为他服务十年的专人医生。

第三日下午四点三十分，林不忘眼光亮起，武士抽刀般从棋盒夹出枚棋子打下。满盘皆晃，邻近这枚子的五六枚棋子滑偏。

俞上泉"啊！啊！"叫两声，快速将震开的棋子一一摆回原位，眼神充满自责，似乎是自己搞乱一切。见此情景，裁判席上的诸位互递字条。炎净一行的字条是："俞上泉过度紧张。林不忘将赢。"

林不忘察觉俞上泉状态不对："师弟，又过去两小时，我们去放水吧！"

"放水"是去小便，俞上泉听了，仰面而笑。笑容开阔，露出上牙龈。在林不忘的记忆里，他从没如此笑过，似是别人的脸。

洗手间为西式，小便池贴墙，隔板是日本做棋盘的榧木。俞上泉告诉林不忘，不做棋盘可惜了，言罢脚踢，要把隔板拆下……

警卫绑上俞上泉双臂双腿，医生汇报：俞上泉是短暂精神分裂，情绪高度紧张造成，不需用药，半日内即可恢复正常。短暂精神分裂伤害人脑，十分钟内，俞上泉未能清醒，思考的连贯性和周密度将不可挽回地降低。

顿木乡拙追问："您的意思是，十分钟后，俞上泉不再是一流棋手？"医生给予肯定的回答。顿木乡拙向炎净一行使个眼色，示意他代替自己主持赛事，出了房。

别墅花园一棵松树下，顿木乡拙解腰带挂上松枝，下端结圈。脖子套上，站过一会儿，将头颅抽出，舒出口长气。

上吊是他多年习惯，每看到一盘精妙好棋出现拙劣之手，便像看到花季少女被流氓玷污。内心的厌恶，只有用虚拟上吊的方式方能缓解。

此局是林不忘好局，轻妙自在！按正常次序了结，将赢三目。但俞上泉脑力受损后，将输得更多。围棋不是赌博，不是赢得越多越好，三目之胜更有价值！原本，可以是艺术品！

响起轻咳，炎净一行走来。看手表，已过去二十七分钟，顿木乡拙："俞上泉醒了？"

炎净一行："你走后，他便醒了，未足十分钟。棋下完了。"

俞上泉和林不忘去厕所前，俞上泉右边被吞下两条黑子，一条五子，一条七子，如一对溺水而亡、陈尸岸边的母子。

炎净一行递上棋谱记录，顿木乡拙表示不必看了。炎净一行："还是看看吧，林不忘被降级。"

清醒后俞上泉下的第一手棋，自损四目，但白阵中已死去的七枚黑子借此还魂，勾连活出。林不忘输三目。

顿木乡拙："这样的棋不是我教出来的。在你们本音坊一门看来，是棋之邪道吧？"

炎净一行："鬼手！"

司令官拷打了医生。医生招认，不愿围棋第一人为中国人占据，送给俞上泉的眼药水，是日军飞行员特供毒品，频繁点滴，可引发短暂精神分裂。

向顿木乡拙道歉后，司令官尚有疑问，以军方药品效力，俞上泉不可能十分钟恢复理智。

顿木乡拙询问俞上泉，回答是："眼前升起一颗黑色圆点，之后又升起一颗红色圆点，二圆点合在一起，双双消失，眼中现实显现，我醒了。"

转述给司令官后，司令官让秘书记录，送交陆军科研所。

被俞上泉降级，林不忘换了身白西装。每当心情沮丧，便穿白衣——这是许多棋士的习惯。

他一人在大连街头的咖啡馆坐着，喝下第六杯咖啡后，听到旁侧说起日语，念的是东京棋院办的《棋道》杂志。比日本人舌音花哨，是两位犹太青年。犹太人在欧洲受迫害，在天津、上海、大连、哈尔滨大批滞留，中国是逃去美国的中转站。

青年甲："他的眼神是胜利者特有的冷淡，他的手指细长洁白，少女一般——日本人竟然这么写他们的围棋霸主。"

那是触觉派小说家丹始凉诚笔下的俞上泉，《棋道》杂志一直聘请作家写观棋散文。青年乙："日本人写一个三百斤的相扑手，也用少女比喻。少女，等于神圣——有趣的思维。"

青年甲："棋类游戏无非是数学公式，我研究了一年围棋，在数学意义上，不如国际象棋。"

林不忘转过身："我是日本最差的围棋棋士，想跟你对局。"青年甲诧异回头："可以……但这里没有围棋。"

林不忘："有纸有笔，便可下棋。"

吧台小姐拿来纸笔，林不忘画出棋盘，横纵间距犹如尺量。青年时代在找不到棋盘的地方，常这样过棋瘾。一人画三角一人画圆圈，代表黑白子，被吃的棋子涂成实心黑。

林不忘："先摆上九个子吧。"

让九个子，是对刚学围棋的小孩才有的事。青年甲抗议："世上不存在让我九子还能赢的人！"

青年乙："他位居世界国际象棋前二十名，五次获得法国公开赛冠军，是哥廷根大学的数学博士！"

青年甲叫拉克斯。林不忘赞许："数学博士……九子！"

拉克斯："如果你坚持，好吧！输了，要接受教训。"画出九个三角。

半小时后，林不忘涂黑纸上三角，连涂十几个，停手问："还涂么？你是博士，该算出死了多少吧？"

拉克斯向柜台喊："再给张纸！"

咖啡馆亮灯时，地上摊了五张纸，均有一行涂黑的三角。林不忘戴上口罩，起身离去。拉克斯追出："围棋是上帝的显现。先生，您有无兴趣到南美教围棋？"

美国新政策拒收犹太人，拉克斯不愿等待，联系了去南美，受聘在智利一所中学当数学老师，同时就任"南美国际象棋联合会"主席。拉克斯向林不忘保证，他会发动南美国际象棋爱好者学围棋，课时费足以生活，甚至小富。

在熙攘街头，林不忘朝大连市内顿木乡拙居所方向行礼："师父，我亦下出了鬼手。"

白光一闪，钉于路边电线杆，是林家的方刀。

二十四　细心

进犯长沙的日军退至新墙河，一张日文报纸上公布中方长沙守军的作战宗旨：精神重于物质、政治重于军事、命令重于生命。

炎净一行向顿木乡拙坦言，自己原认为俞上泉的下法是棋之邪道，随中日战争的进展，渐有不同理解。林不忘被降级的棋，每一个局部战斗都赢了，全局却输了。日军占据大半中国，看似占尽便宜，实则一百六十万日军束缚于占领区，无了扩战余地。

日本陆军最早战略是，攻下洛阳、潼关以封闭西北，攻下武汉以封闭长江，将中国政府军逼至无险可守的上海、杭州。后来寻捷径，看中国财富集中在上海，认为毁灭上海，中国会立刻崩盘。将本应是最后战场的上海，改为首战之地，结果令中国主力部队退入四川腹地，再难追杀。

炎净一行："一角被杀仍可争胜，犯了方向错误，便不可挽回。自西向东的作战，改成自东向西，受围棋千年熏陶，国人还没有养成深谋远虑的习惯。"

顿木乡拙："忽然有了下棋的兴致，请赐教。"

三分钟一手的快棋。两小时后，顿木乡拙一块黑棋在白棋逼迫下，挤成一团。围棋术语，称为愚形。

顿木乡拙："不必下了。被迫成愚形，棋手会冒险争变。但我的棋已有两块愚形，想冒险，亦无余地。"

棋盘上并无第二块愚形。炎净一行知他指的是，一个徒弟不辞而别去了南美，一个徒弟走上必须失败的命运。

炎净一行轻语："收吧。"二人垂头，各取黑白子，"哗哗"入盒。

俞上泉必须失败。可能战胜他的，遍览天下，还是大竹减三一人。代表东京棋院，前多外骨到南京请大竹出山，与俞上泉二战。

大竹减三："那么肯定我能下过他？久未下棋，来盘三分钟一手的快棋吧，您与小岸壮河齐名，我要测试下自己的棋力。"

久未下棋，前多外骨需两日调整，第三日上午八点到来。大竹减三要按正规赛制的九点开始。二人静坐到八点四十五，前多外骨张口："大竹君，多十五分钟下棋，不好么？"

大竹减三应许，抓起折扇，掰断一叶。多年习惯，一局棋会掰坏五六把折扇。前多外骨从随身皮包中取出笔记本，撕下张空白纸，用力揉作一团，扔于膝旁。

二人中午未休息，下午两点，棋局结束，大竹减三去准备午餐，前多外骨依旧坐着，眼不离棋盘。一小时后，大竹减三回来："前多先生？"

前多外骨："不愿此局结束。"

大竹减三："早晨一见，便感到您的斗志，不敢迎击，只想拖延。"

前多外骨："终于下棋了，如武士紧抓刀柄，我的手变得非常有力。"拾起膝边纸团展开，是深刻褶皱。

前多外骨："这些纹理，是我的斗志。"

大竹减三："我想收藏这张纸，镶入镜框，挂于书房。请应许。"

今日对局，前多外骨半目胜，经典的"大搏杀、小胜负"之局，序盘阶段自左下角爆发追杀，衍生出五次激战。前多外骨缰绳般控制着大竹减三的杀力，竟运转至终局，以最小差距定出胜负。此局是前多外骨佳作，结束后贪坐，不愿离去。

用餐时，大竹减三表态："今生已输俞上泉，不想再战。"

前多外骨："收养小孩度日，岂不无聊？"

大竹减三："不单养小孩，我还做别的。"

前多外骨："什么？"

大竹减三："比如，让别的棋手在我身上找到自信。"

前多外骨不再言。

俞上泉接到东京棋院通知，前多外骨将与他下十番棋，首局选在距大连不远的长春城——伪满洲国都城。在上海郊区上南村被日军找到，遗落在宏济善堂的衣物即送回，其中有西园寺春忘送的《大日经疏演奥钞》。

上午打过前多外骨青年时代"大手合"升段赛的棋谱后，抽出《演奥钞》一册观看，碰倒棋盒，撒出几十颗白棋，犹如水渍。

其时，中国腹地的宜春城失陷，四川的第一道大门被打开，中方军队反攻宜春未果，日军在宜春、当阳、荆门、沙市地区构成多角形堡垒网络，建飞机场、公路，修成进攻重庆的据点。

十番棋首局，俞上泉一日劣势。遵从对局双方意愿，晚饭后再下二小时。

对局地是伪满洲皇家警卫队的剑道馆。伪满洲皇帝未进对局室，在议棋室内待过半小时。议棋室内接待伪满洲官员和日军官员，人数有限。

俞上泉未去就餐，在剑道馆花园的假山上歇息。广泽之柱送来热水与饭团，对于他的重新现身，俞上泉略显惊讶。广泽之柱告白，他向东京棋院请求，出任议棋室的大盘讲解，已立下志向，日后棋力增长，与您再做十番棋擂争，所以不会放弃任何一个看您下棋的机会。

落日染红簇簇乌云。

俞上泉仰望："学棋之初，觉得棋技美过天地。今日，盘上已无风景。"

广泽之柱不解，请赐教。

俞上泉："盘上棋技，实是心态。《大日经》言，人有一百六十种心。剃刀心——觉得剃了光头，便能重启人生。如同棋手受自己的新意迷惑，以为创新可造成改变，看不见扭转局势的真正要点。瓦罐心——罐口磕破，便抛弃不用，再买一个。随机应变的棋手，反而会越下越难。战斗需要主旨与连贯。"

广泽之柱暗惊，林不忘之败是此二心。

"泥心——认为自己的风度气势可感染他人，如泥染衣，最终受染的只是自己，风度气势会令你失误；河心——河有左右两岸，总想下出一举两得的高招；鼓心——鼓声震四方，追求惊世骇俗的绝妙一手。追求，是败因。"

想到炎净一行……广泽之柱禁止自己再想，请教："没了风度与追求，当棋手还有何意义？"

俞上泉："你为何当棋手？"

广泽之柱："先是父亲意愿，后是自己喜欢。"

俞上泉："你还能做别的。"

广泽之柱茫然，半晌后言："做别的无趣，这是我最好命运，下棋令我尊严高贵，愿尽我寿命，一直下棋。"

俞上泉："敬业之情，可感动世人，在我看来，是女心与盐心。女人般想重温快乐，吃盐般想一尝再尝。"

广泽之柱蓦然，反问："您为何下棋？"

俞上泉："为知自心。"

晚上七点，重开局。暴雨终至，响如鞭炮。俞上泉追求布局速度，中央遗留下块不安定白棋，大战由此引发。

前多外骨不进攻中央白棋，反而威胁上方富于弹性、不易受攻的白棋，借此布出一片黑阵，杜绝中央白棋向上方逃窜，慢慢创造斩杀时机。

俞上泉被迫在中央白棋里连补两手棋，成不死之形，就此全局落后，让黑棋占据左边大空。至晚九点对局暂停，黑棋实空领先，十三目巨大优势。

次日大雨依旧，下午四点，俞上泉陷入长考，广泽之柱停了大盘讲解。议棋室内，人人在说闲话，走入位湿漉青年，到大盘前歪头，突然叫嚷："这还是俞上泉的棋吗？"

他左眉因刀疤而断，乍看似三条眉毛，是半典雄三。这副底层流氓相，无人接他话茬。他备感无趣，走一圈，喝道："手痒痒了，谁跟我下一盘？"

一名日军军官站起："放肆！没人可以在议棋室下棋！"

半典雄三亮出介绍信，日本特务组织"华机关"首脑——飔团兄喜的签名。见众人气弱，坐到一具棋盘前："谁跟我下？"

广泽之柱坐下。

半典雄三怀里掏出手巾包，展开是烟灰缸、扇子、香烟、打火机、巧克力、手表、招财猫玩偶，一一摆于棋盘旁。

广泽之柱："三十秒一手的快棋，可以么？"

半典雄三："跟我比快？狂妄。"

一小时后，半典雄三认输离去。

众人庆贺："您给了他一个狠狠教训！"广泽之柱脸色凝重：

"他只是不擅长快棋。此人棋风迂回转换，妙趣横生，我几度以为是在跟俞上泉对局。"

俞上泉与前多外骨封棋。长考后，俞上泉未下出奇招，二人均无意晚上加时再战。

长春城内日式酒馆众多，前多外骨在"阿市屋"招待半典雄三。素乃电报告知，自己收了关门弟子，来华看俞上泉下棋，其人轻浮，易惹祸，托了大特务头子作保。

阿市屋提供歌伎表演，前多外骨介绍："日本舞蹈旋转少，总是正面对客。"曲乐变调，歌伎开始表演名剧《过河》，高提裙摆，露出小腿。

半典雄三："你说得不对，未旋转，却做出旋转的暗示。二棋手相互侵入对方领地，形成交换，得失还好判断，怕就怕摆出一副要转换不转换的样子，让可计算的地方变得无法计算——俞上泉擅长这么做。"

前多外骨大笑："看女人小腿，能看出俞上泉的棋。本音坊一门变得如此不正经了？"

半典雄三："职业棋手就是要从任何地方，都能看出棋来！"杯子大力扣在酒瓶上。

歌伎受惊停下。

半典雄三："素乃师父训练我的方法与你不同，让我学俞上泉棋风。以你眼光看，你已锁定胜局，以我眼光看，还有变数！"

前多外骨："噢？"喊餐馆老板送上棋盘，让半典雄三演示。对局棋手请人支招，是作弊行为，前多外骨心知。

一小时后，半典雄三不再摆棋："没办法！俞上泉折腾不出花样。"前多外骨黯然神伤："难道，我真要赢了？"

次日九点开局，十一点二十三分，俞上泉下出一手，前多外骨骤然耳赤。

棋局在下午三点结束，俞上泉胜。晚七点，前多外骨在阿市屋"松海"单间，再次宴请半典雄三。

十一点二十三分俞上泉下出的一手，是为认输而故意下出的错误之手，将招来自身崩溃。前多外骨可拔下两枚白子，造成一片白棋不活，提前结束棋局。

前多外骨过度反应，将认输之手误以为是奇招，竟然退让，没抓住机会拔掉两枚白子，结果七枚黑子遭俞上泉反杀。

前多外骨："嗯，我该警戒自己的粗心。"

半典雄三："你不是粗心，是不敢细心。"

前多外骨"啊"了一声，若有所悟。半典雄三汇报素乃近期研究：

俞上泉棋风，不顾局部薄弱，抢占大场。局部被攻，便把局部搞乱，进而乱及全局，凭着超人一等的综合判断力，乱中取胜。但乱者必自败，诱使他下出更复杂的棋，便是战胜他的方法。

第二局仍在长春，伪满洲皇帝进对局室，坐一小时离去。日本特务组织"华机关"首脑——飚团兄喜代表皇帝完整观棋。

他戴墨镜，留胡须，最大限度遮蔽五官。他曾制造日本学术界"泷川事件"，捉捕大批学者，开了让特务进驻大学的先例。他是位棋迷，传说在等待天皇面见时，还会翻看俞上泉棋谱。

棋局在下午三点结束，未从容布局即展开复杂对杀。前多外骨如大竹减三般，掰折六把扇子，俞上泉负。

复盘，发生争执，俞上泉不求败因，一路肯定自己。前多外骨："虽然你在上方围成超级大空，但你下方棋形薄弱，受攻即大损。"

俞上泉："不，全局未坏。"

前多外骨："没必要复盘了吧？"愤而离去。俞上泉摇头，独自摆棋。

飚团兄喜不动，裁判席其余人不好起身。他点了下身旁的炎净一行："俞上泉不承认失败，有失风度呀。"

炎净一行吓一跳，镇定后说："或许，执着的人是前多外骨，他执着他赢了。"

飚团兄喜笑起，如刀刃擦过砂轮："有理。思考哲理的时候，该有杯咖啡。"裁判席上的众人齐应声，奔出找咖啡。

一小时后，俞上泉复盘完毕。

飚团兄喜放下咖啡："胜负如季节起伏，每个人都有自己的冬季。"吩咐秘书记录。他的秘书是位美丽少妇，烫美国影星海华斯的大波浪发型，边记边赞叹其中的诗意。

伪满洲由日军扶持建国，为表示日满友好，城里种植许多日本樱花树。樱花薄脆，一碰即散。

走在稀冷大街，前多外骨点落一簇樱花，花瓣如雨撒在手上，听到自己的咳声。自从决定复出，体质明显好转，或许是争夺围棋第一人的意志使然，已许久未曾咳。

咳声更烈。

半典雄三跟在身侧，陪着他。前多外骨："如果你我居长春五年，能看到几次樱花？"半典雄三说五年应是五次，前多外骨说恐怕仅此一次。

半典雄三："樱花一年一开。"

前多外骨："人却难有闲情。"

二十五　当战不战

第三局，对局地改在热河的清皇室夏宫。热河没有并入伪满洲，夏宫内驻扎着日军。南下火车中，俞上泉的大哥二哥现身，他俩任伪满洲国铁路局局长秘书。兄弟相见，也说不出什么话，陪坐着。

广泽之柱寻到俞上泉包厢，询问第二局。俞上泉言，棋上无话可谈，犯了自在心。大自在天天主与天地一起成形，目睹星辰显现、生物诞生，误以为自己是造物主。

俞上泉："自在心甘甜美妙，沉溺在自己无所不能的信念里十日，火车鸣笛，方醒觉。"

广泽之柱暗叹，俞先生亦受心态蛊惑，如实知自心，如此之难。

日本在满洲有传教权，在长春城新建的密教寺院，广泽之柱买到《大日经》，对照一百六十种心，自我检验。看到密教宗旨"菩提心为因、大悲为根、方便为究竟"，一二句好理解，"拯救众生之心是修行的起点，对众生的悲悯之情是修行的动力"，惑于第三句"修行的方法等于真理"。

"方法为达到真理，方法怎会是真理本身？"

俞上泉："你一二句即错了。哪里有众生？菩提心是虚无之心，没有苦难与拯救，众生是你的幻相。幻相中的千万变化，令你动情，多么可悲，是为大悲心。密教修行法是，诵真言等同佛语，结手印等同佛身，冥想等同佛意——这个方法告诉你，你即是佛。你即是佛，即是真理。"

闷了半晌，广泽之柱问："俞先生，您是佛么？"

俞上泉："没有我，我是你的幻相。"

难以理解，羞愧于接不上话，广泽之柱告辞。

大哥二哥向俞上泉试着问："你现在这么讲话啊？"

俞上泉："哥哥……"没了话。

清皇室夏宫，二百年来用于招待蒙古贵族和西藏活佛，遍布蒙藏建筑，有座模拟布达拉宫的高楼。对局室设在八楼，在五楼的炮台广场，立大盘讲解，慰劳驻扎日军，选出三百优秀战士，整齐坐于马扎上。

主讲是广泽之柱，照顾素乃锻炼半典雄三之愿，让他做副手，负责摆棋与搭话。广泽之柱："三十分钟了，前多先生还不落子。真是难为讲棋的人呀，说点什么呢？请半典先生再讲个笑话吧。"

战士热烈鼓掌。半典雄三很不高兴。

对局室内，响着前多外骨的咳声。开局后，俞上泉下出新手，让出左上角，左上浮子与左侧早先一子形成搭配，如进一步围空，所得目数将大于左上角。

但俞上泉不落实，转去右边布阵。前多外骨洞穿左侧，占据优势。大盘讲解，半典雄三批评俞上泉作战思路不连贯，广泽之柱心知，俞上泉为破自在心，故意先取劣势。

经二十分钟长考，俞上泉悟出追赶之法，逼迫前多外骨落实左边，趁机在中腹成空，双方持平。但前多外骨先手在握，渗入右边，捞得七目大利，再次占优。奇怪的是，前多外骨不再落子，自此长考。

"他在考虑什么？"

"他在懊悔。"

半典雄三低语，本可多进一线，收九目之利。一经提醒，广泽之柱看出方法，是终盘阶段的收官巧手，在抢夺要点的中盘激战阶段，不易想到。

二人达成共识，照顾战士心理，此变化不在大盘摆出。

前多外骨结束四十七分钟长考，接出一颗落入中腹白阵的黑子，获利二目。广泽之柱宣告，战士们激动鼓掌。见半典雄三瞪眼，广泽之柱低语，自己也看明白了，连接方向有误，从另一侧接，可挤破白阵。

半典雄三："前多君入魔，上一手少得二目，便只想二目了。"

白阵趁机补好，黑棋再无攻击目标。顿时落入终盘阶段，二目之手成全局败招。观棋席上，炎净一行递来字条，顿木乡拙接过，写着："失误，是苍天在下棋。"

下午五点半，大盘讲解处电灯亮起，传来前多外骨认输的消息。广泽之柱遥望八楼对局室窗口，双手合十，感恩佛祖向他展示《大日经》写的绳心——前念捆住后念，前事捆住后事。

前多外骨："再来一盘！"咳声剧烈，近乎嘶叫。

顿木乡拙赶过来，迎面而笑。前多外骨醒悟，手中棋子落于腿上："第四局定在哪里？"早知在北平。

顿木乡拙："啊，您忘了？我的疏忽，在北平。"

前多外骨："没必要，就在这里！明日便下。"

顿木乡拙："北平观棋的，有多方政要……"

前多外骨站起："飐团先生！明日必有好棋，您敢不敢得罪几个政要？"飐团兄喜于裁判席站起："以我今日地位，已不怕得罪任何人。"

嘱咐秘书记录此言，秘书赞了句"大丈夫"，要秘书将这句也记下。

对局者单独用餐。晚饭时，广泽之柱随送餐人员进入俞上泉房间，请教"如实知自心"。

俞上泉："眼前一切，都是你心。"

"啊？那些是外物。"

俞上泉："没有外物。小猫追逐尾巴，误以为是别的动物。种种误会，造出世界。"

"我能看到的您，也是误会？"

俞上泉："你我都是猫尾巴，猫认为我俩不是，于是有了俞上泉和广泽。没有痛苦与解脱，因为我们并不存在，只有一只猫在玩。不管把尾巴想得多么可怕，它也不会受到伤害。不管我们怎样，心都是清净无瑕、圆满无缺。"

广泽之柱默然，片刻再道："清净圆满的心为何要造出错误百出、痛苦不堪的世界？"

"小猫捉尾，为什么？"

"自娱自乐……"

俞上泉："你已知了自心。心造世界，如水生旋涡，水还是水，并没有变出什么。小猫捉尾，闹得再激烈，也没有出现别的动物。没有错误与痛苦，心从未造出什么。"

"也没有佛？"

"即心是佛——没有佛，只有心。佛与众生的差别，万物的品类，皆是心的自娱，本无差别。"

广泽之柱："棋上毕竟有胜负……"

俞上泉："棋盒里的子数未多一颗，未少一颗。"

棋战按"一局三日，休息四日"的频率安排，第三局一日下完，天数宽裕，加赛一局，不会错过北平政要观棋之约。累俞上泉辛苦，飕团兄喜未承担什么。

第四局俞上泉执黑，第三十七手攻向左下角，前多外骨不应，补强中腹白棋。俞上泉四十九手扩张右上角，前多外骨不应，再次补强中腹。

大盘讲解处，半典雄三评说："这是素乃师父的棋。"中腹白棋长如山脉，据此背景，可在各处尽情攻杀。

俞上泉打入下边，落子位置与其说为深入，不如说为逃脱。前多外骨落子，不从上方封杀，从下方逼走黑子，得下边大空，抵消黑棋之前在左下、右上的目数。

观棋席上，顿木乡拙和炎净一行交换字条："逼人交城交地，当战不战，是善战者。"

从下方逃出的黑子，迎着山脉般的中腹白棋，如让它半死不活地待着，成为拖累，致使黑棋在别处不敢用强，又将是白棋当战不战的高招……符合炎净一行的预判，前多外骨置之不理，转去右下角，无条件刮走四目，准备以各处占便宜的方式，锁定胜局。

俞上泉中腹落子，要接引下边逃出的黑子，但位置过于靠近中腹白棋，发生战斗，会吃亏。前多外骨终于开战，阻断接引的黑子和下边逃出的黑子。

俞上泉执迷不悟，仍企图连接，前多外骨痛下杀手，下边逃出的黑子尽死。但杀棋过程中，接引的黑子贴着中腹白棋长起，围出大空。

之前判断局势，广泽之柱和半典雄三一致认为，俞上泉目数落后，白棋满盘坚实，黑棋没有增目可能。不料是在白棋最强的地方成空，俞上泉构思，为专业棋手盲点。

即将入夜，前多外骨封手，结束当日对局。

次日开局，前多外骨四处挑衅，俞上泉全部应战。二人差距不大，如平静收官，等待对手出错，尚有扳回希望。勉强开战，易遭反扑。

五十手后，前多外骨逞强不成，各处吃亏，无可挽回地拉大差距。未至黄昏，棋局结束。顿木乡拙向飓团兄喜汇报，此局含有"当战不战"的哲理，前多外骨虽输了，但兑现向您的许诺，献出盘好棋。

飓团兄喜："棋运即国运，日本如当战不战，此时已做主中华。"

报纸新闻，日军集结兵力七万余人，在新墙河分八路渡河，汇集于捞刀河、浏阳河之间，准备第三次进攻长沙。

二十六　名花开早

　　开往北平的火车上，俞上泉的大哥二哥再次出现，陪坐至终点。下车时，俞上泉未找到装《大日经疏演奥钞》的小木箱，以为遗落在长春。

　　抵达后休息两日，开始第四局。前多外骨持白，攻击左下角不成，轻灵逃脱，转向中腹。黑棋追击，七十一手后，蔓延到黑棋占据的右上角，仍未寻到攻杀契机。

　　追击的黑子形状散乱，前多外骨不在原地反击，再次上演"当战不战"的戏码，让追击的黑棋吃下两颗白子，反手杀掉右上角十一个黑子。

　　交换不成比例，俞上泉目数大亏。不吃二白子，追击的黑棋将断为三块，吃下，也只是联络好自身，死蛇一样弯在中央，不方便围空，没有下一步攻击目标。像这样完全落入对方圈套的情况，在他以往战例中从未出现。

　　裁判席上，顿木乡拙递来字条："小岸壮河复生。"炎净一行还字条："不，是素乃师兄。"

　　大盘讲解处，广泽之柱双手合十，向白棋行礼。半典雄三宣布，棋局已结束，再下，等于让二子棋，前多君理解的棋道比俞上泉深刻。

之后，前多外骨放任黑棋在左上角做活，抢得先手，打入下方黑阵，活出块小空。不为破黑棋目数，为建立根据地，从中腹黑棋里勾连出三枚零散白子。被虎口拔牙，失去三枚白子后，紧密串联的中腹黑棋竟然还未活。

俞上泉落子，位置偏远，未能一手补活中腹黑棋，应是吃亏后心态失衡，想活得大些。大盘讲解处，广泽之柱让半典雄三展示白棋的必杀手段，一位政要看懂，发言说即便换他下，也能赢。

前多外骨揪住漏洞，开始杀棋。俞上泉落子……摆棋的半典雄三骤然失色，之前偏离做活要点的一手，并非为活中腹。一损再损后，俞上泉终于寻到作战契机，对包裹左上角外的白棋展开攻杀。

此处白棋姿态舒展，看似随手可活，是条生龙。

前多外骨却陷入长考，四十七分钟后，认输。顿木乡拙移步棋盘前，小声解释今日观棋有诸多政要，恳求他下完。

前多外骨眼睑灰暗，如一个连日失眠的人，答应了。

棋手认输后，一切便结束。未下出的变化，该在棋手复盘时展示，只属于二人。俞上泉向顿木乡拙行礼："由我去大盘讲解处，一个人摆完吧？"

顿木乡拙："啊，可以这样么？这样吧。"

前多外骨向俞上泉行礼："劳烦了。"起身离去。

黑棋的死蛇堵住了白棋的生龙，之后，白棋可快一步杀尽中腹黑子，看似密密麻麻，其实得空有限，而黑棋将在左边勾画出大空，双方十二目落差，白棋再无争胜可能。

前多外骨累计输四局，被降级。他当夜赶去天津，次日乘船回日本。辞别语是，他从此全心侍奉本音坊素乃，不再下棋。

日本棋手屡败的尴尬局面，需要一个说法破解。飕团兄喜像俞上泉一样想出超常手段——日本棋手面对的不是中国棋手，而是东方文脉。

报纸展开对俞上泉的宣传，从肤色开始：

见过俞上泉，会感慨，亚洲竟有如此白的人，白瓷之白，洁净而高贵。白人之白，相比于他，显得粗糙、不够纯粹吧？

他是身材比例最好的亚洲人，行走、坐下，是看不尽的端庄。接触他，会有一致感慨，这是天底下最好相处的人。他总是温和地看着你，倾听你说话。你知道，这个人会善待你，他了解你的一切。

白人是蓝色、绿色、黄色的瞳孔，艳如花卉。他的瞳孔是一味黑色，如深邃夜空。夜空下，一切花色都显得肤浅。

他所居住的街面，总是清净无事，经过他门口，怒火中烧的人也会安静，奇怪自己的改变。待在他身边，你会想明白许多自己的事。

他是个下棋的，很少看报纸，也很少看棋书。他看的是《道德经》《传习录》等东方古典，讲战争的《孙子兵法》和讲政变的《左传》不在他的阅读范围，他下出的棋，却具备东方最高权谋……

伪满洲皇帝看过报纸，邀请俞上泉回长春，新开一轮十番棋，观棋室内将摆龙椅，至少完整观一局。

寻遍天下，俞上泉已无对手。顿木乡拙询问，可否将十番棋改为一盘表演性质的慰问棋？飚团兄喜答复："天皇陛下对满洲皇帝的礼遇是——等于我。让皇帝改口，是大不敬。"

顿木乡拙屈服，向东京棋院发急电，做主棋院的三大世家回复："过早开放的花，也将过早凋零。"三家新一代人才还需成长，不宜受挫，还是由本音坊一门出人。

唯一人选是与俞上泉交过手的广泽之柱。

广泽之柱拒绝，说他与俞上泉争胜的时间是在五年后，那时他的棋力将增长到让自己满意的程度。

飚团兄喜亲自当说客，宴请广泽之柱。他应约来后，叫服务员先上十瓶啤酒："记住，只要我叫酒，一次就是十瓶——这是我的单位。"

借酒耍混，不听劝的架势。

飚团兄喜未露不悦，说出准备好的词："武士面对不如自己的人，才会回避，哪怕忍受懦弱的骂名。遇见超过自己的人，则会毫不犹豫地战斗，荣耀地死去。"

没有感染力，广泽之柱只顾喝酒。

"你过了征兵年龄，还悠哉地待在后方，多么不应该啊！你该奔跑在中国战场上，请选择个省份！"

最新消息，在徐州的日军受到袭击，广泽之柱表示愿去那里。

也要了十瓶啤酒，飓团兄喜撸起袖子："我年轻的时候，比你还要混蛋。让我们以男子汉的方式解决问题。"

第八瓶，飓团兄喜出屋呕吐，回来后又要了十瓶，喝过六瓶，浑然不觉中小便失禁。他去宾馆开房，洗澡换衣后赶回，再要十瓶。

广泽之柱行礼："先生辛苦了。我下。"

飓团兄喜半夜闯入女秘书卧室，吩咐记下"愉快"二字。

酒醒后，飓团兄喜回忆起广泽之柱提了条件，用钢笔记在衬衣袖子上。第一，十番棋下完后，不管升降结果，都要立刻开始新一轮十番棋，等于是二十番棋；第二，以往一局三日，双方各用九小时，广泽改为一局五日，双方各用十五小时。

转述给顿木乡拙，遭抗议："这不是下棋，是拼体力。我无意让俞上泉参加这样的对局。"

飓团兄喜再次宴请广泽之柱，十瓶酒后，广泽之柱坦白，与飓团兄喜第一次酒局前，自己已收到远在四国岛巡游的素乃急电，命他应战，尽量多地下出激战，提供参考，日后下败俞上泉的人，本音坊一门认为是半典雄三。

他成了弃子，为集体牺牲。多下十盘，是唯一反抗。自知差距，难与俞上泉争胜，每局十五小时，只为多思考，经二十番棋，棋力必会提高，能下出一盘自己的名局，此生方无遗憾。

"自己的名局……"飓团兄喜结束酒局。

女秘书在睡梦中惊醒，飓团兄喜闯入："我在这睡下了。"得到"大丈夫"的夸奖。

顿木乡拙接到通知，一分钟不少，完全按照广泽君的意志办。去长春的火车上，俞上泉两位哥哥仍来作陪，广泽之柱寻到俞上泉包厢，送上《大日经疏演奥钞》，坦言是自己所偷，认为之前两次谈话，俞上泉说的都来自此秘籍，想尽早知道。

广泽之柱鞠躬道歉，要下棋了，对局者之间不能有一点亏欠，自觉亏欠，下不出好棋，必须归还您。

俞上泉："找到我说过的话了么？"广泽之柱摇头。俞上泉："我说的不是来自秘籍，来自《大日经》本身，明面上的话。"

《大日经》第一品，解释义理，口说可明，名为口疏。第二品至三十一品讲作法仪式，奥妙难测，名为奥疏，《演奥钞》的"奥"字指奥疏，不含第一品。俞上泉之前两次谈话，是第一品内容。

"《大日经》言，看懂第一品，之后三十品都不用再看。编造作法仪式，为照顾领悟力不够的众生，是屈就，本不必如此。"

广泽之柱："《演奥钞》没有价值？写书的三位阿阇梨为泄密而丧命！"

"他们仨在表演，泄露不落文字的口传秘诀——是吸引大众的戏。不需要秘诀，《大日经》本身已写明一切。"

广泽之柱反驳，以"大日如来五字真言"为例，印在纸上的是"阿鑁览唅欠"，"鑁"字是"宗"音，口传则念"完"。"欠"字，口传是"坎"字，隐去了"土"字旁。

五个字里有两个字是错的，这种隐瞒比例，怎能不看《演奥钞》？

"《大日经》第二品说，真言的二十九个基本发音，每一个音都在说——了不可得，一切本空。所有发音都是空无，鑁字念宗还是念完、欠字有无土字旁，还有差别么？"

广泽之柱："手印呢？不按秘诀，结错了无效。"

"《大日经》二十八品说，结手印是为了让你等同佛。自认为佛，是大手印。不用手，哪还有手印的对错？"

广泽之柱："火供呢？燃烧程序，不按秘诀，等于瞎闹。"

"《大日经》二十七品说，分析区别的思维方式，是错谬痛苦的根源，放弃分别心，才是真火供。不用火，哪还有火的秘诀？"

广泽之柱："大日坛城呢？集中了四百一十四尊佛菩萨、天众、鬼神，每一尊都有独个秘诀。"

"第二品言，四百一十四尊都是大日如来的变身，每一尊都是大日如来。尊尊平等，哪还有独个秘诀？"

广泽之柱："没有差异，何必画出四百一十四种不同？"

"为了度化你！建立大日坛城，为说明你的一切，都是你发明的，人与事都是你的变身。你迷惑不知，当作种种人、种种事。"

广泽之柱："……是一切创造了我，不是我创造一切。俞先生，很明显，您不是我的分身。您的想法是我不明白的，您的棋技强过我太多，我对您无能为力。"

"嗯，你这种思维，便是迷惑。大日如来五字真言，不是阿完览啥坎，是如实知自心。"

广泽之柱："如实知自心？"

"全本《大日经》只是说这五字。"

广泽之柱："如果我现有的思维是迷惑的，我怎么能如实知自心呢？"

"放弃你现有的思维，是如实知自心的唯一方法。"

良久，广泽之柱慨叹："做不到。现有思维是我在人世间的保障，保护我不受侵害、识别坏人坏事，我出生后即依靠它，它与我如此亲近，离不开。"

"它不是你的保护神，恰恰是它在制造伤害与恐惧，好让你依赖它。它不是随你出生的，起码在三四岁以前，你还没有它。三四岁时，你第一次企图认识世界，给世界分好坏，这次划分，创造了你的一生，将来会遇上什么人什么事，都在这一念间生成，之后，你的一切都局限在这一念里。"

广泽之柱："毕竟有世界，世界的变化影响了我，不是一念中。"

"人人共有的世界，是你头脑的错觉，出现在你世界里的人与事，完全按照你的现有思维运行。"

广泽之柱："世界是先于我诞生的。我是生活在世界里的。"

"你感受到的世界没有先于你，你想有个什么世界，便会出现什么世界，出现的速度如此之快，以至于你察觉不出是你创造的。"

广泽之柱："俞先生，现在的战争，起码不是我造成的。"

"你的棋，因害怕被攻击，而勤苦练习攻击技巧。你的思维如此暴力，你的世界里必有战争。"

广泽之柱："围棋是围棋，世界是世界，我每日为战争的难民们祈祷！"

"你的祈祷只是阻止你去伤害他们。能伤害他们的，只有你。"

广泽之柱："我否认！那是政客与军阀干的！"

"大日坛城里的每一尊都是大日如来，你世界里的每个人都是你自己，你化身为军阀政客，伤害你化身的难民。你的现有思维，造成连绵不断的自我伤害，放弃它吧，战争即可停止。"

广泽之柱："没有比这更荒唐的事了……真的么？"

俞上泉点头，充分肯定的神情。

广泽之柱："为了不再有人受苦，我愿意放弃……"十分钟后摇头，表示放弃不了，"俞先生，您也在这场战争中，请您来终止战争吧。"

"我的世界里，战争早已停止。"

"啊……"难以理解，广泽之柱告辞。

俞上泉两位哥哥关上门，兄弟三人无言地坐到长春。

长春城在筹建黄龙公园，刚搭起座跨湖的日式木拱桥，其他工程还未展开，已成市民游玩之所，湖边开设划船业务。

广泽之柱独自一人，坐在小船上，看着今日报纸。飓团兄喜展开对俞上泉的新一轮宣传，说在来长春的火车上，有一位抗日分子，视俞上泉为汉奸，准备行刺。

来到俞上泉座位，他却掏不出枪来，衣兜紧裹，章鱼般攥住他手腕。

他的别扭举动，引起乘警注意，将他迅速押走。在列车审讯室，他的衣兜仍不放松，五位乘警也扯不开。他被勒得惨叫，再耽误下去，指节会被一一折断。一位老乘警小时候在乡间生活，见过菩萨显灵，劝他："给俞先生道个歉吧。"

他去道歉了。衣兜松弛下来，他掏出枪，再无勇气向俞上泉开枪，乖乖交给乘警。

"把俞先生写成妖精了。飕团兄喜老混蛋，这是要干吗呀？"火车上，俞上泉住包厢，过道两头有"华机关"特务守卫，乘客和乘警都进不去。

广泽之柱放下报纸，有艘船贴上来。划桨的是千夜子，世深顺造扔过酒壶与酒杯："哈哈，你也看了报纸。"

饮过一杯，见滴酒溅于手背。广泽之柱舔净："你太大意了，在这个距离，我可以杀死你。"一道白光收入袖中。

世深顺造腰上的扇子，碎了柄端镶嵌的玛瑙。

广泽之柱自斟自饮："明日我要下棋，不愿破坏心境。请离开。"

世深顺造脸上泛起无数细密皱纹，嘿嘿笑道："鬼爪？竟流传下来。一百年前，那一代宗家发明它后，即禁止门人使用。因为依赖机械，武学便会衰落，本门武器只取一刀。"

广泽之柱："你留下，喝醉再走。一次十瓶是我的单位。"

世深顺造挪到他船上，千夜子划去岸边买酒。

十五瓶后，世深顺造困倦，提出要走。广泽之柱："你在射杀距离里。"世深顺造又待半小时，提议以一个秘密换取离开。

"创立自己的门派，才不愧是男儿。我脱离一刀流后，原想创立'无刀流'，因为有一个来自实战的感悟——如果念念不忘手里的刀，便会失去真正的目标。"

广泽之柱："忘记刀，刀才能杀人？"

世深顺造抽出腰际的碎柄折扇，轻快舞动，碰到酒瓶、船沿、果盘，一触即缩，犹如动物。"这便是忘记的功效。"

广泽之柱："明白了。击败俞上泉的方法，是忘记他。"

世深顺造两眼亮起，倦态全无，戒备着鬼爪出击，终于站直，跨到千夜子的船上。广泽之柱持杯的右手一直对着世深顺造的咽喉，随他而挪动。

千夜子划到两丈外，广泽之柱不再瞄准，喝下杯中酒，嘀咕："真是醉了，鬼爪在左袖中。"

离开五丈，千夜子询问："为何帮助他？"

世深顺造："我在帮自己。脱离一刀流后，悟出'无刀'之理，本可创立自己的门派。但宫本武藏的二刀流令我困惑，怎么多了一把刀？不会因为左右手各持一刀，那太现实了……教给广泽之柱无刀之理，是希望从俞上泉的棋里，看出宫本武藏多出来的刀在哪儿。"

二十七　白纸白字

十番棋首局，飕团兄喜请来记者，由顿木乡拙宣读二位棋手的开局感言。

俞上泉的话是："以往棋战，我只求下棋，不论成败。对广泽之柱，我却第一次有了想赢的感觉。这种感觉很奇怪。"

广泽之柱的话是："很羡慕大竹减三，他是在自己巅峰期和俞上泉对决的，即便输了，也没有遗憾。我与俞先生尚有差距，但两局之后，我的巅峰期便会到来。"

双方感言，皆是飕团兄喜撰写，二棋手不知。二人直接进对局室，未参加记者会。

对局室内摆上龙椅，伪满洲皇帝进入，按照礼仪，任何人不许看他的脸。

龙椅没雕龙，披北极熊皮毛，放明黄色坐垫。

至九十八手，广泽之柱陷入长考。三十四分钟后，顿木乡拙挪到棋盘前，递上字条："让皇帝久等，不太好。我这样说亦不好，请原谅。"广泽之柱点头，表示原谅。

伪满洲皇帝无声坐着，似不存在。广泽之柱依旧长考，顿木乡拙给炎净一行递字条："要不要向皇帝解释一下？"炎净一行回复："注意措辞。"

一小时后，顿木乡拙想出措辞，他不通中文，请炎净一行以中文写就："长考，是围棋之美的组成部分。"低头挪到龙椅前递上。

片刻，还回字条，以红色钢笔水批示"等待，近乎禅"。

又过一小时，广泽之柱结束长考，将指尖扣了两小时三十四分钟的黑子打入棋盒，沉首："我输了。"

日本四国岛，补陀洛山的志度寺，有一尊"夺衣鬼女"塑像，身材裸露，神色狰狞。传说被大鬼王夺去衣服，赤裸裸无处可逃。

第三次巡游的素乃一行入住寺院客房，前多外骨依旧做领队。看过报纸刊登的棋谱，素乃评定，至九十八手是持平局势，广泽之柱下出了水准，在棋上没有任何认输理由。

前多外骨："是心上不行了。"

素乃："嗯。归来后，你有提升。"

前多外骨："我是一个被剥光了衣服的鬼，理应想明白点事情。"响起咳喘，瘦得近乎失形的脸，尽是晦气。

他汇报，半典雄三今晚乘飞机离开中国，降落东京后由陆军军车送来志度寺，接受素乃集训。

素乃："真好啊。甚至期望广泽之柱早些落败。"

晚饭时，广泽之柱带自己餐盒，造访俞上泉房间。"俞先生，如实知自心，在今日棋局上，我体会到一点，觉得用分辨区别的现有思维，是无法与您下棋的。请教，您是如何脱离的？"

"要感谢你，你是我的火供。"

两人的第一次十番棋，广泽之柱用催眠术蛊惑俞上泉，一度占优。俞上泉得赵大、钱二教授，用自在门的武功速成法，连走四日，走得双腿起疱流脓，破了蛊惑。自在门理论，人精神上受蛊惑，是体内阴气重，走路不停，可逼出阴气。

阳气足，不受蛊惑——俞上泉认为是阴阳之道救了他，观《大日经》后，醒悟是另一番道理。催眠术误导人，是利用人的分辨区别的现有思维。连走四日，极度疲惫后，身心两忘，不知我在何处、身在何处，不及分辨什么，终于脱离现有思维。

心无分别，催眠术便无从下手了，俞上泉恢复棋力，广泽之柱无法再下，二人间的第一次十番棋作罢。

广泽之柱："密教火供，看似繁复神秘，其实原理简单，只是把现有思维累得歇下，真心便会自然呈现？"

"连走四日，等于火供，方式简化了，但还是多余，《大日经》赞许的是不需费劲，直接歇下。哈哈，我不是一等人。"

广泽之柱愧疚，说自己更不知是几等人。今日对局，忽然不会下棋了，停了所有思路，觉得棋盘棋子好看，欣赏两小时三十四分，仍意犹未尽。"俞先生，今天，我终于知道大竹减三为何会输给您了。"

大竹减三发明了直落中央的新布局，却发现要运用它，还得发明更多的方法。分析推理的发明便如此，永无尽头。他骗俞上泉用新布局，自己用传统布局。

棋力不如大竹减三的俞上泉，被逼上全新之路，初次脱离分辨区别的现有思维，以心下棋，有了创造……

"俞先生，棋是分析推理的极致，棋手是陷入现有思维最深的人。感谢佛祖及历代圣贤，我今日已知道脱离它，第二局，请看我的好棋。"

第二局，俞上泉依旧持白，打下七十二手后，下意识拱手致歉。此中华礼节，被伪满洲皇帝看到，写字条询问顿木乡拙。顿木乡拙出身乡野，不通中文，中文在日本是贵族官宦阶层的文字，由炎净一行代写。

"黑白不公平，持黑棋的先行之利，会有五六目差距，白棋为追赶，常铤而走险，刚才俞上泉下出无理手，自觉愧疚。"

伪满洲皇帝红笔回复："无理手？"

炎净一行："吓唬人的一招，细算，会发现不成立。对手被吓住，就占了便宜，对手如看破，果断开战，便难以收场。"

红笔回复："满洲也是无理手。"

炎净一行和顿木乡拙斟酌要怎么应答，过去四十分钟，终于决定，装聋作哑。

四十分钟里，错过去六手棋。看懂俞上泉手势，广泽之柱细观后想出妙手，囚住俞上泉五子。但妙手之后，竟是昏招，未去抢占右边大场，而是追加一手，将囚住的五颗白子提掉。俞上泉占得右边大场，白棋优势。

"黑棋在干吗？那五颗白子提不提，都已死了呀。"龙椅递下红字条。

"观棋和对局是两样思路，观棋是纯粹技术分析，对局还有心境。广泽之柱第一次有了胜过俞上泉的感觉，他要巩固这感觉，对于他来说，这才是真正的大棋。"炎净一行回复。

顿木乡拙深表认同，在字条上补充："自此，十番棋可看了。"

中腹作战时，广泽之柱放弃争斗，丢下五颗黑子，转去右边，上一次交换中失去的大场，失而复得。俞上泉苦笑，捡东西般囚死五颗黑子，优势消失，恢复到黑棋领先的局面……

收官阶段，二百零三手，该广泽之柱下，俞上泉再次拱手致歉，盯住一处。广泽之柱未打下棋子，详察此处，发现白棋有翻盘妙手，于是坚实自补，消除隐患。

俞上泉爽快认输。

复盘，二人无一句谈棋技。

"俞先生，如实知自心，如此之难。脱离现有思维片刻，刚得清净，竹竿粘知了般，又被现有思维捕到，粘回去了。我进进出出，真是可笑，此局不得您两次提醒，是下不赢的。请教，我该如何定住？"

俞上泉："直接歇下，即是入定。用方法，便是用分辨区别的现有思维，用它，你会受它欺骗，给你造出一份假想的清净，那是想象，不是入定。"

"但这太难了，道理明白，实际做不到，每个人都是靠分辨思维来生活，惯性太大，无法翻盘。佛法隔绝大众，佛祖不慈。"

俞上泉："我佛慈悲，给了大众翻盘妙手。"

《大日经》第一品接引灵秀俊才，之后三十品皆是接引普通大众，制定以现有思维摆脱现有思维之法。如同"以火攻火"，森林着火，迎着火势，在沙土地上用汽油再放一把火，由于低气压，林中大火会被吸引来，冲到沙土地上，终因无物可烧而熄灭。

《大日经》第二品，画出大日坛城。摆脱现有思维后的入定，佛经还用了三摩地、真心、真实、唯一、最上乘、涅槃、佛境等词形容。常人无法进入定境，佛指示，先以大日坛城为定境，借假修真。

俞上泉："看久了，大日坛城和现有思维如对冲的火，双双消失，真的入定。"

惊了裁判席上的炎净一行，他有一幅三米方正的大日坛城绢画，二百年古董。人坐在画前，被占满视线。视觉上脱离现实，思维上也会。大日坛城，用意是换掉现实的一切……

广泽之柱："长春城里的密教寺庙有《大日经》卖，没有大日坛城的画片，想修此法，还得从日本邮寄。"

俞上泉："明白原理，你取张白纸，摆在眼前，也一样。"

炎净一行再次心惊，他得到的教授是，密教最初步也是最终极的法——月轮阿字观，便是一张白纸，添上象征满月的圆圈，中央写梵文首字母"阿"。秘传口诀，是只要看下去。日久后，月轮不画、阿字不写，仅观白纸。

可惜自己不信"最初步也是最终极"的话，觉得形如儿戏，只是看，算什么修法？沉浸在咒语火供中，从未修过……

广泽之柱拱手表示感谢，结束复盘。

按规矩，对局室内棋手最尊贵，棋手离去后，裁判席上的人方能走。二人离去后，观棋室内众人向龙椅低首，恭请伪满洲皇帝先撤离。

皇帝却说开话，北京口音："你们天皇给我派了老师，两周一次的神道课，兼讲密宗，要记的东西太多了，脑子不好的人会觉得烦。他俩的话，第一次让我觉得这东西有趣。围棋手都要修密法么？"

神道是日本本土信仰，崇拜天照大神——太阳女神，她是造物主又是祖先神，日本全民皆是她后代，皇室是直系血缘，天皇是神道的最大祭司。

一千二百年前，空海大师从唐朝归来，嵯峨天皇接受密教灌顶，此后以密宗灌顶仪式作为历代天皇的即位礼。自此神道教开始密宗化。

一八六八年明治维新，废除佛教，砸毁佛像、改寺庙为神道宫、命令僧人吃肉结婚，天皇即位仪式取消密宗成分，全用神道教，经过二十年打压禁绝，这一代天皇加冕仪式上，恢复密宗灌顶。天皇安排的神道课，重又含上密宗。

顿木乡拙回答，不是每个棋手都修密宗，自己便不会。密宗在日本是贵族文化，本音坊原是职位，是监管棋界的官僚，官僚总是模仿贵族，历代本音坊都修密宗，在座的炎净一行便如此。

伪满洲皇帝："俞上泉说想观大日坛城，不必用四百一十四尊像古画，一张白纸就够了，我得到的教授，也是张白纸，你们想不想听？"

裁判席上欢喜赞叹。

"一千二百年前，空海大师从唐朝取回密法，得不到天皇支持，无法在日本立足。而密法项目繁多，嵯峨天皇畏难，空海大师写信，说在白纸上以白色写梵文'阿'字，盯字久看，便可成佛。此'阿'字，等于大日如来、等于入定、等于佛理、等于觉悟，可消罪、可去病、可除妄想、可救众生、可降伏怨敌、可供养诸佛……白纸上写白字，等于无字，还是白纸一张啊。"

顿木乡拙和炎净一行代表大家出声应和："这样啊，这样啊。"

"神道课上听到，觉得好笑，以为空海糊弄事……不该，不该。"伪满洲皇帝起身，出门前落下话，"四日休息，长了点，他俩休息一日吧，后天开第三局，我还来。"

二十八　二刀

当夜，飓团兄喜请广泽之柱在阿市屋酒馆喝酒，带来两万日元，印花手帕包裹。

伪满洲报社买断了二十番棋对局的发表权，日本某报社买断日文转载权，俞上泉对局费提升到四万日元，广泽之柱一局一万日元。其时两千日元，可在上海买含庭院的五室平房。

对局费直接打入棋手的银行账号。今晚带来的两万日元，是伪满洲皇帝的个人奖励。

飓团兄喜："天皇和皇帝都推崇的事，错不了。但我看白纸，觉得无趣之极，真能管用么？"

"你这么说，说明你没真看过，只是在脑子里想了想。太爱用脑的人，是修不了密法的。"

飓团兄喜："你说对了，我没看过。可真看了白纸，会有用么？"

"你这类人，《大日经》上叫疑心大众，你们是看不了白纸的，还是看四百一十四尊的坛城绘图吧。"

飓团兄喜："……看有形有色的坛城，应该比白纸有用吧？"

"呵呵，你还是疑心。坛城，印度语发音为曼荼罗，这个词在印度民间，是摇动牛奶成奶酪的意思。你对着大日坛城，只是看，便会发生一种摇动，犹如牛奶变奶酪，帮你脱离现有思维。"

飕团兄喜："是身体摇动么？"

"不是现实的摇动。不要再分析啦，去真的观看坛城绘图吧，等着一切自然发生。但你太喜欢用脑，这对你很难。"

飕团兄喜："难倒不怕，怕我不信这事，看坛城也看不下去。"

"《大日经》第二品，专为疑心大众立下法门，看不了大日坛城，便从大日坛城里请出个人来。"

找一位你真心尊重、纯洁无瑕的女子，请她代看坛城，想象大日坛城的全部功德赋予她，之后像供奉佛一样供奉她，她的身即是佛身，她的话即是佛语。以此心态，与她相处，不需要很多天，短则七日长则九十八日，便会摆脱现有思维，入定了。

"这个好！我的脑力，有了用武之地。"想到女秘书……

飕团兄喜告辞，临走结账，给广泽之柱预留下五十瓶啤酒。

四十瓶后，广泽之柱困倦，找坐垫来枕头，找到女性膝盖。室内多了位艺伎，忘了何时叫来。

裹两万日元的手帕还在桌上，广泽之柱解开："让我抱一下，钱是你的。"艺伎拒绝，说您醉了，拿钱，等于偷窃。

广泽之柱强行抱了下，留下桌上钱，拉门离去。

艺伎追出阿市屋，表示："我拿一百吧。"余款塞进广泽之柱怀里。广泽之柱拽住她，说不舍得她走。她皱眉："我再拿一百吧。"自他怀里抽出百元，主动抱他一下，猛力推开，跑回阿市屋。

是位令人尊重、纯洁无瑕的女人呀，应该请她看大日坛城，之后如供佛般供养她……五小时前，给飚团兄喜讲述疑心大众法门，曾经伤感，想到自己还从未接触过女人。

次日，广泽之柱在黄龙公园划船，岸边买了报纸，看到飚团兄喜以"覆面子"化名写的第二局观战记：

> 宫本武藏创造二刀流，如果只是说左右手都拿刀，实在是现实而无趣。宫本武藏著作《五轮书》谈到日与月，日月应为二刀的真意，太阳落山则月亮升起，月亮退去则太阳显身。日是月的化身，月是日的化身。
>
> 二刀，是敌人之刀与我之刀，互为化身，在决斗的极致时刻，泯灭人我差别。
>
> 第二局棋战，广泽之柱下出他个人前所未有的好棋，只有面对俞上泉，才会下出这样的棋吧？胜利，可以提升一个人。观棋室中的众人都感到广泽之柱的剧烈改变。
>
> 俞上泉认输时，显得愉悦。两位棋手在二十番棋里，要创造传世名局的意志，强大到震撼时空的程度……

广泽之柱的船漂过拱桥。拱桥上，千夜子叹道："离开棋盘，才能看出一个人的真相。广泽之柱划船的动作平和安详，他变强了。”

世深顺造放下报纸："写棋评的人，竟然解答了我对宫本武藏二刀的疑问。"

千夜子："是位剑术高手？我帮你找他来。"

世深顺造："是个文人，文人善于比喻，常常误中真理。他不知自己写的是什么，不用找，见了会失望。"

湖心有一艘小船，坐五名女生，边吃零食边唱歌，是长春城内的日本移民。广泽之柱划过她们，看到校徽是"日本女子法语专科学校"。

划出百米后，听到女生呼救。回头，她们的船已翻，四女生扒船底，一女生漂开，即将下沉。

广泽之柱飞速划去，伸桨救下那女生。附近小船和租船处的水上救护员也都赶来。

五个女生上岸后，询问广泽之柱姓名。租船处工作人员看过报纸上的广泽照片，抢答："你们的恩人是大人物，正与俞上泉争夺棋界第一人，相当于宫本武藏和佐佐木小次郎。"

女生们尖叫。宫本武藏和小次郎在日本尽人皆知，他俩的决斗，是最著名的武士故事。故事结局，小次郎惨死，武藏成为一代剑圣。

一女生问："我们的恩人像武藏还是像小次郎？"

工作人员："小次郎。"

女生们强烈抗议，工作人员道歉。

广泽之柱体会到一种从未有的害羞之感，重又上船，快划离去。二百米后，翻看报纸其他版面，任船漂行。半小时后，到了湖北岸，岸边有排柳树，柳条垂进水面，如一栋栋浮着的房子。

伸桨搭救的女生，一个人跑到北岸。其余女生回家换衣去了，她湿漉漉的，大叫："恩人。"

广泽之柱靠岸，她汇报她叫照子，索要广泽之柱在长春的地址，她将亲手刺绣一条腰带相送，报答救命之恩。

"你以前绣过么？"

"……可以学。等不及刺绣，我换别的。"

她跳上船，说俞上泉是日本中学生的偶像，她看过报道，一位东京的女中学生办理退学手续，成为俞上泉夫人。她可以效仿，办理退学，"全力照顾您。"

广泽之柱蒙住，缓过神后荡桨，小船冲入柳条中。柳条垂于船上，挡住外面的一切，也遮住了她。

广泽之柱："十分失礼，但我今天很想抱一下女人。如不愿意，我送你上岸。"

柳条后无声。广泽之柱又言："我动，船会翻。你要是觉得可以，就过来吧。"

柳条如门帘般分开，照子钻出，贴上广泽之柱胸膛。两人一动不动，一分钟后，广泽之柱推开她："退学不必了，陪我喝场酒吧。"

阿市屋，凌晨三点，广泽之柱醉倒。照子找老板要两条毛毯，给他盖上后，自己盖一条远远躺在屋角。

天亮，是与俞上泉的第三局，广泽之柱嘱咐过老板叫早。醒来，发现没了照子，酒馆后院有泡热水的木桶，坐进里面，预见俞上泉将下出缓手，自己五目胜……

坐在棋盘前，广泽之柱还是持黑。俞上泉的缓手过早到来，三十几手后，右边一块白棋被黑棋包围，俞上泉放弃做活，抢占上方与左边。

右边白棋无疾而终，俞上泉占据的上方左边，广泽之柱可轻易打入，掀起战斗。

对局在下午五点停止，未至百手。

广泽之柱是实实在在地得利，且握有战机，明显优势。次日再战，俞上泉白棋打入左下角黑阵，却再次下出缓手，遭广泽之柱闷杀。

布局阶段，被连杀两块棋，是业余爱好者跟职业棋手对局时才会出现的情况。但俞上泉通过制造左下角混乱，巩固左边白阵，巧妙消除黑棋的打入点。

上方白棋还有漏洞……广泽之柱却围中腹，任凭俞上泉关闭上方。

顿木乡拙向伪满洲皇帝汇报，广泽之柱是大将风范，顺势形成的中腹至下方大空，大过俞上泉巧妙守住的上方左边，占五目优势。

俞上泉白棋打入下方，广泽之柱封死下方出口，棋盘上出现第三块死棋。广泽之柱却灰了脸，封死下方白棋出路，也是封死了自己，黑棋与白棋形成稳固边界，细数全盘，白棋多出二目。

下午五点，广泽之柱请求延时夜战。经过晚饭，晚上七点开局，一度电压不稳，灯光闪烁约两分钟，作为裁判长的顿木乡拙提出暂停，拉灭了灯。电压正常后，重开电灯，广泽之柱眉头松开，笑道："我输了。"

次日报纸，棋谱旁附录伪满洲皇帝写的白话诗："室内寂静无声，下棋人为何发笑？不为胜负，为久灭复明的灯。"

三度杀得俞上泉求生不得，结果却还是输了。广泽之柱去阿市屋独自喝酒，二十瓶后，点了艺伎陪酒。

进门的却是照子，酒馆杂役帮她拎进三只皮箱。她说办理了退学手续，她是寄宿生，她父母未移民满洲，还在日本，她可以自己做主。

广泽之柱："跨国求学，在长春城要有监护人，你个人办不了退学手续，学校不会受理。"

照子承认撒谎，想以长期旷课的方式让学校开除，法语枯燥，嫁给广泽之柱，活得会有趣些。

广泽之柱："你是个不爱学习的人，没有资格当我的夫人。如果学习真的那么令人厌恶，我在长春期间，可以聘你当法语翻译，我走后，你回去上学。"想到飔团兄喜，"我会派人说服校方，把你的旷课当作实习处理。"

"下围棋，会遇上许多法国人么？我的法语水平还不行，给您翻译会误事。"

"翻译，是个说法。"

广泽之柱住长谷川旅社，三间套房。照子与他分房睡，没再拥抱过，她的主要工作，是在广泽之柱需要的时候，站在他身后，给他揉太阳穴。

第四局下了五日，广泽之柱输。

第五局一样下到五日。照子晨起后开始祈祷，傍晚时分，广泽之柱归来，直入她房间，背对她坐下。照子自觉站在他身后，给他揉太阳穴。知道，他输了。

累计先输四局，便被降级，首轮十番棋结束。

揉了一会儿，广泽之柱握住她手指。照子脊椎旁的两股肌肉抽紧，但广泽之柱松开她，自语："我得找俞上泉一趟。"

俞上泉住旅社四楼。照子跟踪而去，躲在楼梯处，遥见俞上泉站在房门口，广泽之柱在楼道里大吼："按照规定，出现降级结果，这次十番棋便可结束，你我进入下一轮十番棋。但我希望把这次十番棋剩下的五盘棋下完！"

近距离大声说话，是严重失礼。俞上泉："这是没有意义的五盘棋。"无意再谈，转身要回屋。

广泽之柱再次吼叫："请答应我的请求！"

俞上泉关门。

照子冲上："你对他太无礼了。"

广泽之柱："我是故意对他无礼的，好断心中念想。我的棋力在增长，如能多下五盘，新一轮十番棋，会是出色的我……但这又对他不公平。"

照子拎起他左手食指，全掌握紧："我们离开这吧。"广泽之柱任她拉下楼。

回到二楼房间，照子让广泽之柱坐好，给他按太阳穴。他捉住她手腕，引到身前："我发现，你握我手指的效果，比按太阳穴好。以后，任何时候，我需要，你就握住我的手指。"

照子："任何时候？别人见了，会笑话您。"

广泽之柱："我是个被降级的棋手，已是笑话，还怕什么笑话？"

新一轮十番棋第一局，下到第三日，午饭过后重新开局，俞上泉和广泽之柱皆闭目坐于棋盘前，听顿木乡拙撕开封手信封。

取出字条，饭前是广泽之柱做的封手。按照规矩，他确认后，便要将封手打下棋盘。

广泽之柱仍闭眼。顿木乡拙小声提醒"广泽君"，广泽之柱抬手抓住字条，揉作一团。裁判席上的人均惊得站起。

像玩一块橡皮泥，揉了很久字条，广泽之柱终于开口："不行了。"

夜晚，广泽之柱带照子到阿市屋饮酒，两人并坐。十瓶酒后，飕团兄喜到来，老友般慰问，要陪他喝三十瓶酒。

广泽之柱："不用安慰我，我已得安慰。"从桌下抬起左手，照子的手握着他食指。

飕团兄喜饮一杯后，知趣告辞。回到办公室，吩咐女秘书记下"今晚到我房间"六字，秘书写完，惊叫一声。飓团兄喜："只是个想法，不必当真。有人感动了我，很久没这么感动了。"

第一局后的休息日，由一日恢复到四日。顿木乡拙提出，败局的棋手调整不好心态，会出现连败状况，十番棋将变得无趣。得伪满洲皇帝应许。

第三日上午十点，广泽之柱还躺着。俞上泉来到二楼，说长春城内有个未建好的公园，含着片大水面，想不想一起走走？

广泽之柱不好意思说自己去过，表示："没想到长春城还有这样的地方，能看到大水面，我会很开心。"

行至湖边，广泽之柱对自己的连败，向俞上泉致歉，说自己障碍重重，未下出好棋。正午直射，水面白亮晃眼，不显波纹。俞上泉："是水？是光？"

广泽之柱："光强水隐。"

俞上泉："《大日经》第三品息障品，你看过吧？"

广泽之柱："多谢指点。也是光强水隐，修法强了，障碍便会消失。我会努力！"

俞上泉："你看错了经文，一物降一物，不是佛法。光强水隐，但水还在，光弱水现，你并不能消除你的障碍。"

第三品言，人在现实里遇到的障碍，是内心投射，现实的一切障碍都是吝啬心理造成。吝啬——分辨区别的思维从万象中划分出一个小小的我，与万象隔绝，然后哀怜自己渺小贫乏，开始制造抢占与伤害。

如同一棵大树，误认为自己是一片叶子。

广泽之柱："本没有障碍？"

"障碍是头脑的梦，本不存在。"

如不能自消吝啬心，现实里的障碍依然顽固，第三品列出修法，想象自身为鬼王凶相的不动明王，以神通巨力粉碎障碍。想象不出，便在地上画出不动明王，专注观看，终可以置换掉自己。

一物降一物，不是佛法，还在区别分辨的思维中。经文嘱咐，把自己换成不动明王，为清空自己，自己清空，自己的障碍也便不存在了。

广泽之柱："佛用做法事，来打比喻。"

"看懂比喻，便不用作法了。不动明王瞪一只眼垂一只眼，瞪着的眼凶，垂着的眼在偷乐，表示他的鬼王凶相是个假象。"

广泽之柱："现在的我，需要此假象。众生怯弱，不信自己，装成别人，才敢了断。"

"对此假象，要全然信服，经文嘱咐，即便佛成了你的障碍，你也要有决心将佛毁灭。"

广泽之柱："啊！怎么敢？"

"呵呵，这便是怯弱！大日坛城汇集四百一十四尊，是迎合怯弱，大众不信一尊佛，聚集众佛，有了场面，才稍稍信任。《大日经》第四品普通真言品，列举出一百二十道咒语，最终说一切咒语只是'阿'字一个音。"

搞视觉听觉的排场，只为给大众信心。"普通"一词的含义是，每一道真言都通向"阿"字，每一尊佛都通向大日如来，如每一片叶子都是大树本身。

广泽之柱："我该如何念此'阿'字？"

《大日经》第五品世间成就品，教你在满月之夜，仰望月亮，想象'阿'字在月亮正中，仰望久了，会感到你的呼吸成了'阿'音。记住这感觉，之后你在生活里，面对一道墙、一个人……面对任何物，都如面对'阿'字圆月，你的呼吸一直是'阿'音。"

广泽之柱："我看过此品，说念咒日久，空中会传来鼓声、感到大地震动、佛在你脑子里说话，这三种怪异称为世间成就。到此阶段，是有了改变现实的神通？"

"改变现实的不是神通，是你的感受方式。你感受到的现实，是由分辨区别的思维造成，本是幻觉，通过念真言，你换了感受方式，旧有的现实便会显得不真实，不是你有了操纵现实的能力。"

广泽之柱："现实怪异，我该如何活下去？"

"见怪不怪，知幻是幻。"

此时光弱，水面显现。

二十九　他方

第二局，广泽之柱持黑，打入左侧白阵后，又将打入的黑子弃掉，为吃死黑子，俞上泉耽搁一手，广泽之柱在右方构成辽阔黑阵。

伪满洲皇帝递下红字条："广泽之柱在用俞上泉的方法？"顿木乡拙和炎净一行回复："的确如此，俞上泉得小利，而大局落后。"

伪满洲皇帝询问白棋正确的应法，炎净一行写字："放打入的黑子出逃，白棋借追击，从容不迫地迈入右方。"

伪满洲皇帝回字条："符合兵法，追敌比歼敌获利大，敌人能帮我们舒展开自己。"

次日，广泽之柱自补右方黑阵，结构坚实，白棋找不到打入点。之后广泽之柱又出好棋，从一个意外角度进入中腹，黑棋步伐不大，白棋却难以拦阻。

俞上泉硬拦，成为败招，被黑棋打散了阵形。

第三日，广泽之柱攻击次序出错，俞上泉得以整形，虽仍呈败势，棋已可延续。第四日，广泽之柱每一手思考都在三十五分钟以上，却下出缓手，被俞上泉追平。

第五日，广泽之柱认输。俞上泉感慨自己下得不好，道："我早有心放弃，你为何出错？"

广泽之柱："此心不明，开始的意气风发，又落入计较区别里。我已试过《大日经》四种修法，还未能知自心。"

"可观《大日经》第六品悉地出现品。"悉地出现——持诵真言，心想事成。

广泽之柱："是是，我要依靠真言。"

"此品文字，明白写着——真言无效，影响不了众生，持诵面对的诸佛菩萨像没有神力，他们是木偶泥塑。心想事成，是你本身具有的效能。"

广泽之柱："我？"

"是你。你可在一念间清空地狱，一念间让一切饿鬼吃饱，一念间让一切畜生脱胎为人，一念间让一切人成佛，一念间让一切佛欢悦。"

广泽之柱："我哪有那么大能力？连一盘想赢的棋都赢不下来。"

"你并不想赢。你觉得自己经验不足、我的技艺令你为难——你给自己的设定，让你出错了。"

广泽之柱闷了会儿，请教该怎么办。俞上泉回答，刚才说的便是最好方法，作意拯救地狱、饿鬼、畜生，造福人与佛。拯救造福他者的心意，让你突破自我限定，你的自我限定对你的伤害如此之深，帮助他人为避免伤害，帮助他人要做广大想，一想便是一切。

"你想帮助一切，一切会先成就你。因为它们都是你。"

广泽之柱："这样说法，可以安慰人心。是心理学？"

"是真相。你的肤浅之心，是真相的一部分，现实是真相的梦化，万事万物都是真相所生，真相有满足一切的能力与冲动。你从你的肤浅心上进入真相，最终会发现真相是你心的全部，万事万物本在你心里，你能在心里改一切。"

广泽之柱："帮助万物，为找到大心？"

"帮助万物是大心的特性，你如此想，便等同了大心。"

广泽之柱沉浸在恍然大悟的愉悦中，不多时又面露难色："帮助众生的愿望，难以持久，我终还是不信自己能救众生。"

"不相信自己，就相信真言吧，此品有'满足一切真言'，你靠着它完成念想。大日如来真言就是满足一切真言，阿鑁（完）览啥欠（坎）。"

广泽之柱双手合十："这是我学会的第五种法术，一定可以管用。"

"一切修法，皆是比喻。《大日经》第七品悉地成就品，表示最有效的真言，是自心。将第一品的如实知自心，变个花样又讲了一遍。"

广泽之柱关切："又讲一遍，是否多说了些？直截了当的知心，让人无从把握。"

"直截了当，还要多说什么？唯一多说的，是让你坐着时，不要仰头，免得脖子血液不通畅。坐久了，真相如铜镜映影、水现山色般自然呈现——如此直截了当。"

广泽之柱："但是……"

龙椅上的伪满洲皇帝发话："嘿！我都听懂了。那位棋士，不要再烦俞上泉了。"

广泽之柱叹息。

裁判席上亦有一声叹，是炎净一行。三十年前被赶下本音坊之位，入高野山明王院求学密宗，苦修后仍此心不宁，转去人迹罕至的海岛隐居，三十年持诵真言一亿七千万遍、火供累计烧掉四顷林木，仍未知自心。

复盘结束后，离开对局室，炎净一行未参加裁判团的集体晚餐，说想一个人去长春城内走走。走不到一小时，天黑下，又走了半小时，有辆黄包车追上他。

车夫："老先生，您这么走着不累呀，去哪儿我送您。两角钱，远近都是这价。"竟是日语。

炎净一行："我……不知道该去哪儿。"

车夫："跟我走吧，我知道日本人去哪儿。"

"你知道？"

"错不了。"

二十分钟后，黄包车入所民宅。是座二层洋楼，约十二间房，窗玻璃外罩八瓣莲花图的铁格，是日本人喜欢的样式。

车夫敲门跟房主说两句，兴奋跑下台阶："老大哥呀，您好运气，这里晚上出了档事，客人们都走了，否则我还怕您排不上号呢！"

炎净一行已明白是所妓院，掏出一元钱，不用找，叫车夫送自己走。车夫为他惋惜："这的姑娘品相繁多，本地人外，还有朝鲜、马来西亚、越南、菲律宾、琉球、俄罗斯……"

"有日本姑娘么？"

"哈哈，原来您患了乡愁。有！"

炎净一行还是要走。出胡同时，黑暗里响起一声"救我"的哀求。车夫说今晚上妓院出事，是几个日本军官点一名日本姑娘陪酒跳舞，聚了两小时，开门人竟死了。妓院惯例，如有女子死亡，便剥光衣服装垃圾箱，清晨由垃圾工处理。

妓院签约妓女时有不负责后事的条款，剥光衣服是防止垃圾工剥死者衣服卖钱。那声哀号该是闹鬼，等声停了再走。

炎净一行下车，打开垃圾箱盖子，见一个十六七岁女子两臂护胸蹲在里面。炎净一行："你活着？"女子点头。

炎净一行："没有致命伤？"

女子站起，躯干展在外，用手刮掉几块黏着的垃圾，又背身站几秒，重新蹲下。确无伤痕。

女子言，她前夜得观音菩萨梦示，有人将于巷口垃圾箱中搭救自己，醒后想了半日，毅然决然吞下小块鸦片膏，在接客时倒地，显出死状。

女子："你是菩萨许诺救我的人么？不是，请走。我接着等那人。"

炎净一行："我是。"

黄包车是单人座，女子情人般挤在炎净一行怀中。她披了他外衣，散发着垃圾味。她家在日本广岛，她的本名粗俗难听，她在长春唯一的收获是得到新名字"可爱恰滋蜜"。

女子："您能送我回广岛么？"

炎净一行："有一位叫林不忘的棋士去了南美。欧亚大陆开垦三千年，美洲开垦二百年，这样的土地，站上去，脚心的感觉会很不一样。"

炎净一行失踪。长春城内进行了彻查，搜到车夫，听到去南美的话，飓团兄喜调动天津、旅顺、上海、香港的华机关人员，均未查到炎净一行的出国记录。

五个月后，俞上泉逝世，参加完葬礼后，飓团兄喜接到一张炎净一行和可爱恰滋蜜的合影。在巴西首都里约热内卢照相馆拍的，满溢的快乐。是照相馆洗废的照片，搜不到人，追踪线索刀口般切断。

一八八八年，四万日本人移民巴西，一九二一年移民十四万五千，移民聚集区保持日本本土居委会组织。

"他是怎么去的？难道是神通？"

飓团兄喜摘下胸前白花，寻思，俞上泉真的死了么？希望也是在他方……

三十　火之卷

对第三局，广泽之柱提出，已在皇宫警卫队的剑道馆里下了七局棋，想换个地方。伪满洲皇帝遂了他意，决定后，给长谷川旅社的俞上泉房间打去电话。

"我是对局室内里，独个坐椅子的那位。"

"皇——"

"别别，咱俩不用这词。叫我——上边，就行了。"

"上边。"

"嗯。问你个事，旁听你复盘，你说人要常做帮助万物、满足一切的观想，但是'一切'二字太大了，我从小给教育得胸怀天下，也观不成，我都困难，常人哪能做到？"

"观不成，可看《大日经》第八品转字轮曼荼罗行品。先练习'阿'字变出四种音调，白色变出四种色，想熟了，进而想象大日如来变出诸佛菩萨天神鬼王，演绎出整个大日坛城。大日坛城等于一切。"

"还是难呀！"

"想象不出，可做动作，《大日经》第九品密印品，列出一百三十九个手印，结一遍，便等于一切。"

"嗯，这个好，概念落到了实处……但一百三十九个手印，太多了，我哪有这时间？你复盘时说，密法一念间清空地狱、一念间赐福众生，应该有一个手印等于一百三十九手印吧？"

"上边聪颖。有，名为一切诸佛救世大印，此品列出的第一个手印。"

"奇哉！怎么结？"

"您见过，就是和尚行礼的双手合十。"

"——是它呀。"通话停了，应在尝试合十，片刻后言，"一念一切，摸到点边了。"很快转了口气，"双手合十，大众常见，会遭轻视。《大日经》规律，我看出来了，先讲个极难的，让大众生起恭敬，为免大众畏难不修，再说个容易的，怕大众轻视不修，又说个稍难的，让大众有的可玩。这个稍难的，是什么？"

"上边明彻。密印品结束语，说人的一切举止皆为手印、一切言语皆是真言，那是比双手合十更让人轻视的话，等于说手印真言不必修。大众怎能接受？这个稍难的，不在这一品，转到下一品。

"《大日经》第十品字轮品，想象从一个阿字，演化出其他字，旋涡般轮转，越变越多，涵盖一切，名为遍一切处法门。法门，等同做戏，为建立"一切"的观念，打破狭隘的自我设定。此品结束语，说你要认可自己便是大日如来，你的凡人身即是佛身，你可以普照万物，帮助一切人。

"随后的第十一品秘密曼荼罗品，延伸凡人等同佛身的说法，重讲第二品具缘曼荼罗品，讲得更细，详解大日坛城种种形象，却说不必实造实做，以思想完成，想象大日坛城成为你的身体——这是秘密。"

电话里传来赞叹声："转字好玩，身化坛城更好玩。上泉呀，第三局安排到宫外啦，我就不去看了。下完了，你早点回旅社，咱俩通话。"

第三局改在伪满洲立法院，闲人多，闲房多。对局前夜，如武士要熟悉决斗地，广泽之柱来到立法院。院中增置路灯，摆上皇宫花房移来的花草。

对局室门口挂一块牌匾，书"洗心阁"三字，原是江户时代墨田蕃城兵器库的门匾，从长春城内的日货古董市场淘来。

对局室已布置完毕，遵广泽之柱意愿，换了新棋盘，四位东京棋院勤务人员拿经纬测量仪，为摆放位置做最后确定，保证是正东正西。

广泽之柱夜访，拎一刀流宗家佩刀——直心镜影，为让自己沉浸在武士决斗的心境中。工作人员解释，棋盘是一百年前的八世本音坊素荣用过的文物，由陆军特派飞机运来，是退位本音坊素乃对您的美意，希望您下出好棋。

广泽之柱抽刀，引四位工作人员来看："开刃处的肌理像扫平的沙地，称为沙流。"刀抡半圈，收回鞘中，快若飞燕。

工作人员激动鼓掌。广泽之柱："刀的锋利与否被称为切味，这是一个切味十足的晚上。"

他走后，工作人员发现榻榻米上多了一物，状如金字塔。

百年棋盘被切下一角。

飕团兄喜在深夜十一点赶来，抚摩棋盘切口，似摸到广泽之柱内心的每一个角落："不劈下这一刀，他没法下棋。"

用华机关的特种胶水，不露痕迹地将切下部分粘上，只是棋子打在棋盘上的音质会受影响。飕团兄喜连续打下数子，入耳惬意，竟然比之前更佳，叹息："广泽之柱改变了棋盘，他该赢了。"

第三局开局，广泽之柱上身直挺，打下一子，像是劈下一刀……感到左手食指在流汗，很需要照子握住它。

照子在旅社中祈祷，她父母是普通工人，穷家贵养，作为唯一孩子，养成小姐脾气。跟上广泽之柱后，醒悟父母辛苦，送她来长春留学，已用尽家里财力。

她想好了，如果广泽之柱再次战败，她会劝他去法国，自己以教法国人日语来养活他。如果广泽之柱胜利，成为棋界第一人，她将在八个月后的十七岁生日，与他有一夜情，然后离开他。

为他祈祷胜利，所用的是母亲为父亲祈福的如来毫相真言："拿么三曼多勃驮喃，阿痕若。"毫相——释迦牟尼佛的眉心有一根放光毫毛，光中映现从出生到逝世的全部经历，电影一般。

阿痕若三字，是释迦牟尼的苦乐一生。"请您呈现吧，帮助广泽君。"她完成一百一十遍念诵后，以此句结束。喝了杯水，准备稍稍休息，再念一轮。

响起门铃声。是女专的四位好友，今天是周日假期，她们邀她去划船。

棋局至下午五点，俞上泉应广泽之柱要求，在饭后延时夜战。

凌晨三点，广泽之柱认输。立法院门房有许多人在等他，是四位女专学生、一位长春警察、一位日本侨民——照子在长春的监护人。

带他去了医院。照子的尸体躺在太平间，面部平静，似是睡着。她没有逃脱淹死的命运，仍是五人落水后只有她被水流卷走。

广泽之柱扶门站立，久久不愿进去。监护人相劝："请不要难过。"

广泽之柱："我没有难过，是觉得她很美。我去下棋，她便念如来毫相真言为我祈祷，她现在正向我展示佛的一切。"

他以拜佛之礼向照子尸体跪拜："今日，俞上泉的一百四十九、一百五十七皆为妙手……多谢您的祈祷，我和他终于下出了一盘可以流传后世的名局。"

照子尸体火化后，骨灰运回日本。

第四局，序盘平稳，未有攻杀。到中盘阶段，俞上泉假意要在右边围出大空，引诱广泽之柱打入，以展开激战。广泽之柱没去破空，而是从外部施压，逼迫俞上泉成空。逼迫下，俞上泉围出的空小于预期，全局落后。

广泽之柱的战略，赢得顿木乡拙暗赞，写下字条"威风凛凛"，却无人可递，忘了炎净一行已失踪。

取得胜势后，广泽之柱变得心不在焉，当俞上泉奋力反攻时，草草应付，未下满五日，在第四日黄昏认输。清点目数，发现他一再退让后，也仅是一目负的最小差距。

连输四局，即被降级。顿木乡拙感叹本局该是广泽之柱赢，他似乎是有意接受连降两级的耻辱，成为天下最不名誉的棋士。

"俞君，今日，我胜了你。"广泽之柱低语，离了棋盘，走出立法院。

未回旅社，就此失踪。

四位女专学生比华机关特务先一步找到他，在黄龙公园北岸边垂柳里，他抱过照子的地方。四个女生没有打扰他，买了水和食品，放入垂柳即走。

第二个找来的人，是世深顺造，撩垂柳而入："虽然你成了最不名誉的棋士，但你毕竟是一刀流宗家，请振作起来。"

广泽之柱："我握不了刀啦，怎么做宗家？"展开手，食指已缺。

照子火化前，他往她手心塞入一物，旁观者皆以为是佛教吉祥物。他的左手食指与照子尸骨一同火化，一同寄回日本。

与俞上泉下最后一局时，他的左手一直缩在袖中，缩袖是日本人的普遍习惯，无人在意。世深顺造镇定下来："你的右手完好。"

广泽之柱："我没说手，说的是心。"随后笑了，"如此距离，我可杀你，你又大意了。"伸出左手，以空缺的食指指向他。

袖中是鬼爪。

世深顺造一寸一寸后移，出了垂柳，道："保重，千夜子会给你送饭。"

飕团兄喜最后到来，对谈后，确定广泽之柱不愿再走出垂柳，表示会安排特务每日送饭。

广泽之柱："不必，给我送饭的人已太多了。送啤酒吧，一次十瓶，是我的单位。"

飕团兄喜拜访俞上泉，请他规劝广泽之柱。俞上泉答复："第四局，他向我呈现最强的他，是他执意要留给我的最后印象。这个时候，他不愿我出现。"

电话铃响起，伪满洲皇帝打来的，飕团回避出屋。在走廊里站了三十分钟，手下特务从旅社电话总台跑上汇报，俞上泉电话打完。

飕团兄喜敲门，再次进屋："俞先生，东京棋院选出了新的对局者，对局地点在杭州。陆军和报纸读者都希望您能迅速进入新一轮十番棋，明日休息，后日启程。"

一九三七年十二月二十四日，日军攻入杭州。一九三八年三月，为保障吴兴至杭州的军火运输，划龙溪河两岸一百二十里为无人区，烧毁近一百五十座村庄。

次日清晨，世深顺造来到长谷川旅社造访俞上泉，说自己无法追随他下杭州。一刀流门下尽数参军，散在中国各战场，随着战事严峻，已不及照顾宗家。广泽之柱颓废，世深顺造要留在长春，保证他不会饿死、不会自杀。

"他毕竟是我的宗家。"

过去了五轮十番棋，陆军军部未再有暗杀意图，宣传机构持续对俞上泉赞美，去杭州，应是安全的。

"您救过我，上次退回了您送来的《五轮书》，是我不好。今日我想弥补这个错误，可以么？"

世深顺造行礼："俞先生，拜访您，我未带此书。这是您明确拒绝的事，我今日向您告别，带着它，会玷污我的诚意。"

俞上泉："感谢您。"

世深顺造直起身，满面笑容而无笑声："此书印在我脑中，如果可以，请听我背诵。"

宫本武藏的《五轮书》，以"地、水、火、风、空"立章节，背到《火之卷》，"战胜敌人有三种方式，武力、策略、心。当你一个人面对四十个人时，心会呈现，不用心，是活不下来的"。

俞上泉叫停，道："之前讲的都是常理，宫本武藏的秘密在这里。"

世深顺造："怎么会？还是常理，说的是斗志，打急了，就有的东西。"

俞上泉："您一个人面对过四十个人么？"

世深顺造："平生有过三次，吓得我毛骨悚然，告诫自己要冷静，扮出狠面孔、看清敌人阵势的薄弱点……"

俞上泉："您用的还是武力和策略，不是心。"

世深顺造："什么是心？"

俞上泉："你的毛骨悚然。停在这种感觉上，心会呈现，而您早早换成思考判断，用过去岁月磨炼的经验，替代了心。"

世深顺造茫然若失，俞上泉让他继续背诵。

"……当你和敌人的武力相当，便要用策略，当你和敌人在策略上相持不下，要改变你的心。"世深顺造停下，"五十年来，读错了。以为是迅速换成新策略，让敌人调整不过来……而书上明明写的是心！"

至最后一章《空之卷》。"面对死亡，丰富的战斗技巧和敏锐的局势判断，都无用。如果它们对你还有用，说明你面对的是弱者，不是死亡。用心吧，用空无一物的心。"

世深顺造叹息："一念之愚，千里之哀。我全错了。"俯身行礼，恳求如何找到心。

"不必求我，你自己能知道。"

长春城内一所军需品仓库，是世深顺造与千夜子的藏身处。一个垒在顶层的木箱被掏空，成为他俩卧室。世深顺造归来，掏尽身上钱，留给千夜子。

"我得出去惹事，受四十人围攻……"他停步，肾脏区域的衣料出现个破洞，渗出血。

千夜子："你忘了，你我早有约定，除了亲热、睡觉，我可以在任何时候偷袭你。"

世深顺造："是广泽之柱的鬼爪——你和他睡了？"

千夜子："没有。他是个怪人，抱我一下，便给了我。"

世深顺造瘫倒。千夜子近前，袖口对准他咽喉。

世深顺造："我的眼皮放不下来，好难受啊！"就此不动，瞳孔扩散。

千夜子候了两分钟，放下左臂，贴上世深顺造尸体，抚下他眼皮。突然，她下巴跌在世深顺造胸口，左臂被别在身后。

世深顺造扩散的瞳孔缓缓收缩："当了好久你的男人，还以为你我会相依为命。"

千夜子："你杀了我丈夫，女人总要为丈夫复仇。你被人杀了，我也会为你复仇。"

世深顺造："不用，你陪我死。"失去拇指的右手勒上千夜子咽喉，蟒蛇般有力。千夜子刹那脸白，拼尽最后气息说出："愿意陪你。"

她窒息晕厥后，世深顺造自语："宫本武藏的秘密，终于知道。千夜子，多谢，你让我找到了心。"瞳孔收缩至正常状态，重又散开。

两分钟后，千夜子复苏，脖上没了世深顺造的手，摆在她手里。千夜子撑身坐起，见死去的世深顺造凝着笑意。

三十一　金刚萨埵

长春火车站上，伪满洲皇帝意外现身，相送俞上泉。看他的脸是禁忌，所有人都低首鞠躬。站台上有背靠背的长椅，他让侍者护卫退出三十米，引俞上泉落座，背身说话。

"看过你多盘棋了，你是用输棋的方式赢棋。在不利于作战的地方挑战，输掉这一块，换取他方的主控权。"

"上边看得明白。"

"现在独立，也是在找输，不知到了终局，我能不能赢回来？"不等俞上泉答话，快步离开，站台上顿时人去一半。

俞上泉两位哥哥陪坐到北平站，下了火车。

日军在杭州边界累计建了三十七公里栅栏，设九十二个检问所。仍有打暗枪者潜入城区，不时有日本军人或伪政府官员暴毙街头。

杭州名胜六和塔下，围出施工区域，支上"补建六和寺筹备处"木牌。六和塔下原有寺院，毁于六百年前的元代战火。补建按日式寺院风格，新一轮十番棋是作为六和寺的奠基礼。

十番棋第一局在六和塔最高层，之后一盘降一层，是降伏俞

263

上泉的寓意。对手是半典雄三，比预定晚到，最新消息是还要耽搁十五日。

西湖岸边，有许多别墅，主人尽数逃离，杭州负责接待的华机关特务请俞上泉挑一所住。走过一趟，未有中意的，别墅区之外有片竹林，俞上泉望去，似隐着屋顶。

穿林百米，是栋二层小楼，门板油漆尽脱，木质焦黄。俞上泉抚上门板，似有到家之感。随行特务看出他心意，敲开门。住家是位驼背老者，握一本印满摩登女郎的《良友》杂志。

一楼大厅是神堂，供骑虎的药王孙思邈泥塑。老者寂寞，很快聊出，这里原是家药铺，药铺主人失踪后，被政府征收。杭州大户王家的媳妇曾吃药铺配的助孕药产下一子，王家为报恩，向政府买下此房，修成私家庙，等药铺主人归来时奉还。

王家等了三年，淞沪会战前，全族迁往云南，自己是王家老用人，无儿无女，不愿离杭，王家将房契赠予他，算有了养老地。

俞上泉要租住，老者说二楼还是药铺主人在时的陈设，您租二楼，我还住一楼，人老恋窝，搬出去，睡不着觉。

安顿下，过了一日，有客来访，由三名华机关特务带来。他坐轮椅、戴德国墨镜，竟是段远晨，一脸友情："故人相见，还都活着。"

上南村血案后，段远晨被救活，在日军新组建的特务组织里未能竞争过李士群，成了李士群手下，派来杭州当站长。他原是中统的杭州特务站站长，因遭暗杀残废而辞职，现今换了敌我立场，一切回到原点。

他向俞上泉表示感谢，说如不是您入住，我还不会注意这里。收到线报，中统聘江湖高手潜入杭州，要刺杀来杭州游玩的日本潮响宫亲王，他是新上任的华东日军最高指挥官，破了日本皇室成员不担任军职的惯例。

段远晨高声喝道："我话说到这份儿上了，您现身吧。"

一楼房主住室门开，驼背老者倚着门框，低头看《良友》杂志。段远晨拱手行礼："箱二师叔，果然是您。"

他曾做过戏曲名角程砚秋戏班的装箱先生，段远晨之前脑中的筷子，便是他所插。

箱二翻去一页："你的筷子呢，做手术取了？"

段远晨恭敬回答："手术危险，一直不敢。将筷子震出我脑壳的人，是李门道首。"

箱二又翻一页："嗯，她有这本事。脑壳上的破洞怎么办？"

段远晨："多谢师叔关心，在上海的德国医院，截了节脚趾骨，给补上了。"

相隔十步的两人突然贴在一起，《良友》杂志卷成筒状，按在段远晨头顶。箱二："脚趾骨在你脑壳上不太稳当了吧？"

段远晨："手下留情，动了十一小时手术。"

箱二："死了快投胎，别变鬼找我。"刚要发力，《良友》杂志炮仗般飞走，胸口中掌，跌出四米。

尝试两次，身子仍爬不起来，箱二大笑，竟一脸欣慰："祖师显灵，小辈人里终于有一个练出了暗劲。"

段远晨："师叔所赐，如果您不将筷子插入我脑里，令我一用力便头痛，还真练不出来。"

箱二："天意。"鼻孔垂下血柱，瘫身而亡。

　　段远晨手下拥入五人，持水桶拖把、塑料布，五分钟内清理干净。段远晨："死人了，俞先生不住了吧？我给您新找个地。"

俞上泉："还住这。哪里没死过人？"

段远晨呵呵笑了："是这话，哪儿没死过人？俞先生通达。"

三名华机关特务拦下段远晨话头，不让再谈，说任务完成请撤离。

段远晨："知道知道……"扫视房角，"你们请俞先生住这，怎么也不打扫打扫？杭州的老房子最难清理，你们不会，趁着我手下在，给清干净了，免得飔团先生来了，你们挨骂。"

打动了华机关三名特务，药铺外的段远晨手下全部拥入。俞上泉移步门外，竹林里摆茶桌，段远晨说上话："向您做个交代，上南村索姑娘，中乱枪死了。索姑娘长过三十岁，会是个厉害角色，可惜了。"

俞上泉没抬头，谢了告知。

段远晨："有趣的人，世上留不住。人间无聊，配不上她。她让我念想，每年都祭奠，告诉您，是想多个人给她上香。"

言罢，驱轮椅入屋，催促清洁进度。

　　茶壶添水，又有访客。两名华机关特务带来西园寺春忘，他拎着日本糕点，远远鞠躬，大叫"俞先生"。

六和塔下补建六和寺工程，由西园寺家族出资承建，他是家族派出的监督，核对工程师设计图是否与密教理法相符。六和寺要建成日本密教寺庙样式，他已是密教权威，掌握了西园寺家族传承的密法。

西园寺家族的宗家指示，战争结束后，必产生信仰真空，西园寺家族的密法要在此时抢占民众，在民众的精神上，打下永不褪色的西园寺家族的烙印。

他问起世深顺造，得知滞留在长春，依然强健如壮年，感叹："谢天谢地。"

他和俞上泉共过生死，还不是熟人，见面欣慰，笑半天却说不出什么话，见华机关特务离开取水，突然低语："上一轮十番棋，您复盘时与广泽之柱谈《大日经》，素乃听闻后，将半典雄三送去高野山三宝院，接受首席传法师牧今晚行的灌顶，修习《金刚顶经》，因此晚来杭州。

"《金刚顶经》与《大日经》并列为密教圣典，素乃此举，为让半典雄三在心理上与您持平，如同体育教练调理运动员，尚好理解。

"但牧今晚行教导他的话流传出来，震惊密教界。说《大日经》是种子，《金刚顶经》是果实，《金刚顶经》包含《大日经》，《大日经》无法包含《金刚顶经》，《金刚顶经》高过《大日经》。

"密教理论，二经无高下，相互为基础、相互为超越。牧今晚行的话，等于叛教，该遭批判，但他是公认的最高修为者，令人怀疑，他说的可能是真相……

"俞先生，请小心，半典雄三或许是您的克星。"见华机关特务来添水，西园寺春忘告辞。

半月后，半典雄三来到杭州，气质全变。

机场迎接的顿木乡拙暗叹，一九二七年秋季大手合（全日本围棋联赛），小岸壮河二十五场连胜，此战绩前无古人，轰动棋界。每赢一盘，相貌便稍稍改变，二十五场后，有了"天下无敌"的脸，正是半典雄三今日相貌……

第一局设在六和塔高层，清晨，工作人员置放裁判席上的茶杯时，半典雄三到达。九点方对局，早来三小时。

来后便坐在棋盘前，却是俞上泉的位置。工作人员提醒他，他回答："这局，我会赢。想体会一下失败者的视线。"

工作人员退下，隔远了再看他，惊讶于一个人的坐姿竟可如此好看。听闻上一代本音坊素乃的坐姿有"不动如山"的美誉，应是眼前光景。

工作人员之间感慨："他坐得真有风度。"

被半典雄三听到，腾腾杀气化为温和的笑："想学么？你们也可以做到。不管对手离你多近，也要像看远山一样看他。"

俞上泉持白，第十二手逞强，威胁左下角黑棋，黑棋自补一手，守住地盘。第六十手再次逞强，左边白棋不顾连接薄弱，大步迈向中央。

能否将白棋割裂为两块？

半典雄三经过长考，放弃冲断白棋，跟随白棋也进入中央。第一日至此结束。

顿木乡拙向夜里赶到的飕团兄喜汇报，半典雄三表现过于老实，虽胜负尚早，已可判断，他的水平还未达到可作为俞上泉对手的程度。

飕团兄喜："唉，观战记越来越难写了。"

次日，白棋侵入黑棋左上角，按照半典雄三昨日表现，会守角。白棋下一步将扩充中央，目数上一举领先。

不守角，黑角会死。如黑棋打入中央白阵，将难以做活。顿木乡拙向飕团兄喜汇报，等黑棋守角，可视为第一局已结束。

半典雄三迅速落子，舍弃角地，以理所当然的气势打入中央，随后下出妙手，截断一条白棋。中央出现一黑一白两条不活之棋。

为两条不活之棋谁先死的问题，双方同时在五处开战，越下越复杂。飕团兄喜递字条："我已看晕，半典雄三也被绕晕了吧？"顿木乡拙回复："半典雄三跟得上，是个对手。"

第三日，半典雄三再出妙手，从左边一块白棋刮去两目便宜。俞上泉为这两目损失，竟舍弃左边整块白棋，转攻右下角黑棋，要求转换。

左边白棋大于右下角黑棋，俞上泉是被激怒，下出了败招？

半典雄三进入长考，三十九分钟后打下一子，点死左边白棋，达成转换。

白棋大亏。

不等看白棋再落子，顿木乡拙走出对局室，到了塔外环廊。

俞上泉十一岁时，派大弟子林不忘去北京访他，下的考试棋，便是同样情况，俞上泉吃亏求转换，转换后林不忘目数占优，却失去先手。俞上泉抢得战略要点，赢了棋，成为我弟子……

我棋力已衰，看不出俞上泉要争取的战略要点在哪儿，但他抢得先手，说明一定有这个点……半典君，你已长考，为什么不再仔细算算？这盘棋本可以成为你的名局！你的序盘隐忍、中盘爆发，两个妙手、多线战役，都如此精妙……

顿木乡拙解下腰带，悬在环廊上，下端结成套，将脖子伸进。目睹名局被失误玷污，只有虚拟上吊，才能缓解懊恼——是他多年习惯。

脖子勒出道血印后，放松下来，准备将头抽出，瞥见塔下补建六和寺的工地。工地被木板围起，平地看不到里面，此时可俯视到，还没挖地基，立着三座军用帐篷，帐篷口木牌依次写的是"财务核算处""工程设计处"和西园寺春忘所待的"历史校正处"。

顿木乡拙前行一步："历史校正，什么意思？好奇怪呀……"

三十分钟之后，工作人员找顿木乡拙，发现他已吊死。

他的死亡，没有惊动两名棋士。棋局延续到下午四点，白棋一目胜。作为败者，半典雄三请求复盘，俞上泉答应。但半典雄三抽出烟卷叼上，迟迟不撤棋子，败者不动手，胜者不好先动。

半根烟后，半典雄三开口："不舍得动，一百七十九手前，尚是我的好棋。"

俞上泉："是。令我屏息欣赏。"

半典雄三："可惜之后，我计算失误。呵呵，不是计算失误，是我失去了自己，一百七十九手前，每一手都是半典雄三。当额外利益摆在我面前，我失去了他。"

俞上泉："……觉得自己欠缺，才会迷失。"

半典雄三摁灭旧烟，叼上新烟："是啊。我原本圆满无瑕，因产生分辨区别的思维，而判决自己有缺陷。人热爱这个判决，为了弥补缺陷，耗尽一生。其实缺陷并不存在，本是个误会。"

俞上泉拾起桌上打火机："因你这话，该为你点火。"

半典雄三快手抢过火机，富于魅力地一笑："受不起。高野山上听来的，听明白了，事来了，没把持住。我的一切想，都是以'我有个身体'为起点。我太想保护它，太想让它受益，所以它让我输了。"

从未有过的愉悦，如老友相逢，俞上泉道："《大日经》十二品入秘密曼荼罗法品，讲述你要想象自己死掉，身体在焚尸炉里烧光。"请服务人员拿来纸笔，写下半典雄三名字，让他烧掉。

看着名字焚化，半典雄三感叹："借助个儿戏，才能改改想法。人真可怜。"

俞上泉："是啊，人不往好处想自己。"

《大日经》第十三品入曼荼罗位品，告诉你，你脚下所立的地方就是最好的地方，你脚下生出八瓣莲花，每一瓣都有佛，你是诸佛中央的大日如来。

第十四品秘密八印品：防备人性怯弱，不敢承当自己是佛，便先结周围八佛的手印，相信自己身处诸佛中，进而相信此身也是佛。

第十五品持明禁戒品，认为自己没有佛的智慧、觉得自己无力改变他人，是犯戒。信自己有金刚大力降伏恶众、有菩萨功德造福世间，是守戒。

半典雄三："《大日经》里的大日如来是这样的呀！真有耐心，一品说不通，便再说一品。"

俞上泉："《金刚顶经》里的大日如来呢？"

《金刚顶经》与《大日经》皆是大日如来所说。按《金刚顶经》下卷，牧今晚行给半典雄三举行灌顶仪式。进入坛城前，说人间是真正的坛城，可惜常人修不了，大日如来无奈，才另造坛城。

对于贪财好色、诋毁佛法的人，要优先进坛城，因为他们是最该拯救的人。为引诱他们，要隐蔽佛法，说坛城可以迅速满足他们的一切嗜好。

先行五体投地的大礼，敬四方佛，念四道真言。真言在经本上，以汉字记录印度语发音，不解释为何意，为对世人保密。入坛城后，师父口传含意，以本国语念，真言成了白话。

向东方言，我献出身体，供养一切如来，请一切如来给予我力量；向南方言，我献出身体，供养一切如来，请一切如来给予我珍宝；向西方言，我献出身体，供养一切如来，请一切如来为我传法；向北方言，我献出身体，供养一切如来，请一切如来为我做事。

俞上泉："嗯。献身四方，与《大日经》的烧名字，一个原理。"

半典雄三："烧名字，令我觉得如儿戏。真言敬四方，细想也是儿戏，却令我信服。"

高野山上，半典雄三脸蒙红巾，持一朵花，诵真言："我进入坛城，坛城进入我。"

牧今晚行十指交叉窝于手心，构成锤状，名金刚萨埵印，猛击半典雄三头顶，喝道："向没进过坛城的人讲述坛城，金刚萨埵会砸碎你头。"

金刚萨埵是大日如来变成的铠甲力士，持沉重兵器，象征催破金刚般坚固的分别意识。

俞上泉："我是个未入坛城、未受灌顶的人，你向我泄密，不怕丢了脑袋？"

半典雄三摸脑袋，迎面而笑："还在。"

俞上泉大笑："你再讲讲，算是我入了坛城。"

高野山上，牧今晚行给半典雄三一杯水："喝下水，你要视我为金刚萨埵，我吩咐什么，你做什么。对我不恭，你会招灾、入地狱。"扶他入了红布帷幔，来到金刚界坛城前。

墙面悬挂三米长宽的金刚界坛城绘图，地面是彩色沙土和铜铁木雕构成的坛城。吩咐半典雄三扔出手中花，花落在地面坛城中的哪一尊，今后便修这一尊的法。

投中的是不动明王。与金刚萨埵一样，不动明王也是大日如来的变化身，为度化顽劣众生，呈鬼王凶相。

牧今晚行拾起花，系在半典雄三头顶，诵真言："愿你的不动明王收服你。"解下蒙面红巾，引他看坛城，诵真言，"你看到的，是金刚萨埵亲自向你展示的。"

观看过程中，牧今晚行以香水滴半典雄三头顶，诵真言："你受到金刚萨埵灌顶，得一切佛加持，你将达到金刚萨埵一样的成就，获得尊贵的名号。"

将金刚萨埵的兵器——五股杵放入半典雄三手中，诵真言："灌顶完成，我赐予你名号炎焰金刚。"

半典雄三自念名号，牧今晚行询问："密法可发财、出神通、升仙、成佛，你想学哪一种？"

半典雄三："成佛！"

牧今晚行："你先听听发财的吧，或许那才是你喜欢的。"

讲过发财法，半典雄三摇头。

又讲了出神通和升仙之法，半典雄三均说不是他想要的。

牧今晚行叹息："难道要学成佛之法么？真不想跟你费口舌，

你不会喜欢的。你先想象自己身后生出圆月之光，跟金刚萨埵身后之光一样，进而想象自己就是金刚萨埵……"

之后传下种种仪轨，用真言和手印强化"我即是佛"的观念，其中一道真言为："金刚萨埵愿意守护我，为我而永存，为我而法力不退。金刚萨埵成就我的一切事，令我安定、欢乐。祈求一切如来，让金刚萨埵不与我分离，使我成为金刚萨埵。"

俞上泉赞道："这是把自己往好处想了。半典君，四日后，你下一盘赢我的棋吧。我的金刚萨埵。"

半典雄三："当然。"

三十二　独活

复盘结束，飚团兄喜截下俞上泉，告知顿木乡拙自尽的消息。俞上泉痴呆，道一声："师父执黑先行了。"

飚团兄喜询问，可否提供些信息，帮助破解顿木乡拙自杀之谜。俞上泉想了半晌，道："我并不了解他。"

飚团兄喜："他是你的师父！"

俞上泉："是否了解一个人，并不是关系远近决定的。你了解你的父母么？"

飚团兄喜默然，俞上泉："我说的是实话，带我看望师父的遗体吧。"

模仿德国军队有随军牧师，杭州日军设有随军密宗师父，但级别较低，监工六和塔的西园寺春忘是在杭州的最高级别密教师，由他主持葬礼和火化仪式。

顿木乡拙的夫人与次子死于上海，长子被征兵，远在越南，长子媳妇在日本要照顾孩子，不及赶来，由俞上泉代表亲属。葬礼结束后，众人退场，西园寺春忘陪同，俞上泉一人推棺木到焚尸炉，告别语是：

"大日坛城的四百一十四尊皆是大日如来一身变现，我们在世上遇到的每一个人，都是自己内心的变现。我变出了一个好师父。"

西园寺春忘指导，让俞上泉想象顿木乡拙的尸体变成了一个"阿"字音。师父，梵文发音为阿阇黎，《大日经》十六品阿阇黎真实智品，讲做师父的资格，是明白现实如梦。梦中周游世界，而睡觉人还在原地，并没有真的发生什么。

人遭遇非常，会本能地发出"阿"的一声，这一刻，你完全知道当前事的真相，但"阿"字音过后，你便失去这份明白，迅速陷入分辨区别的思维里，你开始找话来形容，从此偏离真相。

师父如"阿"字音，师父不做梦。

俞上泉合十，喊了声："师父！"

西园寺春忘按照《大日经》十七品布字品，将书写的三十个梵文字母纸片布置在顿木乡拙尸体上，每一个字母代表一尊佛。

西园寺春忘："你的师父就是你的坛城，你的师父本是大日如来。"

俞上泉落泪，火葬场工作人员打开炉盖，将顿木乡拙尸体送入火炉。

西园寺春忘："俞先生，您师父的梦醒了，发现困扰他的一切并不存在，正处在巨大的快乐中。"

顿木乡拙的尸骨火化后，寄回日本，由其长子媳妇接收。他的死，是无解的。为照顾俞上泉心情，四日休息后，第二局再延四日举行。

过了三日，竟觉得时间长。俞上泉在华机关特务陪同下，游玩了西湖，忽然很想找西园寺春忘说说话。

进入六和塔下的工地，来到"历史校正处"的帐篷前，西园寺春忘迎出，满脸惊喜："俞先生，您来看我啦！"

俞上泉指向牌子："历史是过去的事，怎么校正？"

六和寺要建成日本样式，以符合历史原貌。

日本寺庙最早复制唐朝寺庙，后复制宋代，著名大寺多是请中土工匠渡海而来，监督当地工匠建成，为省工省料而简化结构，造成比例失调。日久天长，局部朽坏后，重向中土请工匠，中土建筑亦在演进，朽坏部分修成中土新样，旧新共存，再次比例失调。

六和塔下的寺院，已毁八百余年，如以明清寺院样式复建，塔与寺风格不统一，所以要建日式寺院。但含有宋朝造型的日式寺院，终也不是旧日原貌。

西园寺春忘："谁掌权了现在，谁就掌权了历史。日军说是宋朝，便是宋朝了。"

请俞上泉入帐篷喝茶，讲起佛教在日本的剧变。一八七二年朝廷颁布《肉食妻带解禁令》，勒令僧人吃肉娶妻。议会要取消僧人的选举权，理由是不结婚，不能算完整公民。

为做公民，僧人放弃戒律，娶妻生子。

西园寺春忘："密宗原本有超越戒律处。"

《大日经》十八品受方便处学品，说密宗与大乘诸宗持一样的戒律，禁杀生、抢占、淫行、邪见、贪欲、嗔恨、谎言。

但为了教化文明未开的边远地区，可用杀害恐吓令其改变；对于吝啬的人，可夺去他们的东西；可以丈夫的身份度化女人，以亲人的身份度化妻子一族；为折服恶人，可以粗口开骂、挑拨离间、调戏逗乐……

俞上泉："容易成为破戒的借口。"

西园寺春忘："是呀，要时时警惕。"

俞上泉："人难以自觉。"

西园寺春忘："不能时时警惕，只好时时诵真言。"

《大日经》十九品百字生品，传下一声"唉"字，办任何事都等于办丧事，只有哀叹，哪会留恋？

时时哀叹，才可做一切事。

想象此"唉"字，变出百种字，发出百种光，照亮一切。怀念百字之光，做事可保住警惕。

俞上泉："唉，人的心思……不得不多此一举。"

西园寺春忘："俞先生，《大日经》二十品百字果相应品，说一个人的身体无穷尽，当下一刻，不同世界中都有一个他。众生无量无边，如何度得过来？"

俞上泉微笑："众生即是我心。自度，便是度他。有一个众生没得度，便是此心未清净。"

西园寺春忘合十："恭喜俞先生，二十品言，明白此理，便是开悟。"

俞上泉："此理不难，日本的开悟者应当很多。"

西园寺春忘："唉！当然很多，却不能保住寺院，这样的开悟，又有何用？"

一八六八年，十五代将军向天皇交出权力，结束了将军家二百六十余年的统治。将军统治下，寺庙等同居委会，负责办理婚丧嫁娶、身份证明等各项手续，寺庙密集，城里一街一庙，城外一村一庙。百姓见到寺庙，等于见到将军。

打压佛教，为在民间清除将军余威。佛像遭断手、断脚、断头或砸鼻，寺院划归神道教所有。

西园寺春忘："《大日经》二十一品百字位成品，说能改变世事。"

此品言，可做个实验，将患病者画像挂在大日坛城图画前，密教师父想象大日坛城发出种种光，治好了图画的患病者，现实的患病者也会病好。这个实验，证明肉身也是个影像，跟彩笔画的没有区别。

认识到自身是影像，进而认识到诸佛也是影像，影像和影像之间可以重叠相印，我与佛相同，都是幻化。世上一切事，皆可意想而变，幻中改幻。

西园寺春忘："方法在经本上，可惜无人能做到。眼前现实，如此不堪。"

俞上泉沉思片刻："眼前现实，或许已有人改过，只是不知道他为何要改成这样。"

杭州凤凰山溪云寺外，开辟了一片高尔夫球场。日本潮响宫亲王来杭，并非为观棋而来，围棋对于他，老旧陈腐。他高中热衷英式橄榄球，三十五岁成为全日本高尔夫协会主席，就任华东日军最高司令官后，杭州为他专修了高尔夫球场。

他打球时间，从球场外围布置十三层警卫，五平方公里的凤凰山被封锁了三平方公里。最外层的华人特务扣下了两名可疑路人——背着草席卷的流浪汉，一个鹰鼻广目，一个小眼塌鼻，却有神秘的相似性，使人望之如双胞胎。

他俩的饭盒里，盛着在酒楼乞讨来的剩菜剩饭。半碗西湖桂花栗子羹、两个鲜肉粽、半块粟糕、一碗虾爆鳝面、一碗肉骨头粥、三块葱包烩、两碗片儿川面。

草席卷里藏着英国狙击步枪。

段远晨赶到时，二人上了手铐脚镣，坐在地上。段远晨是由侍卫背上山的，叫着"轻点轻点"，让侍卫将自己放下："我叫段远晨，听说过我吧？"

江湖传言，他是一个功夫奇高的不死之人，已有多名高手死于他手，因为他的存在，中统特务难入杭州。

二人眼有惊喜："这么被抓住，太窝囊了。落于你手，我俩还有面子。"他俩是赵大、钱二。

段远晨："承蒙看得起。你俩是中统哪一组？"

赵大："我俩已脱离中统，只是觉得那个人该杀。"望向高尔夫球场。

段远晨："脱离组织，有种种不便。"

钱二晃晃手铐："体会到了。这对我俩，是未有过的事。"

段远晨："我亦出身中统，念旧情，不想把你俩转给日本人。你俩死一个，让我交差。"

赵大："我们习自在门武功，生是一对、死是一双。"

段远晨袖口滑出勃朗宁手枪，"砰"的一声，飘起大团青色枪尘，钱二被击毙。

段远晨："你独活么？"

赵大落泪："别让我独活，我会给他报仇。"

段远晨："兄弟，我能帮的，就这么多。"吩咐手下，卸了赵大手铐脚镣。

指着地上两支英国狙击枪，段远晨："我留一支，你拿一支。脱离组织，成不了事，不要再逞英雄。杭州城外有枪火黑市，去换钱吧。"

赵大将枪插入草席卷，背着走出二十米，回头喊："不怕我开枪打你？"

段远晨："你不会，你选择了独活。"

赵大走了。

十番棋第二局，因顿木乡拙死于六和塔，照顾俞上泉心情，转到文澜街广化寺。

广化寺原是一所明代私人祠堂，于清朝嘉庆年间改建为寺院，因在居民密集区而占地不大，仅为两重院落的民宅规模。此寺房屋在清末多已损坏，一九二二年被日本三宝院阿阇黎牧今晚行买下，派遣一名弟子来杭监工改建为日式寺院，因为资金中断，至今仍未完工，可使用的房屋不足一半。

日本政府有宗教移植计划，因牧今阿阇黎与军方关系欠佳，所以广化寺并没有作为一个宗教据点而得到军部拨款。

此寺现无一个日本僧人，受托看护寺院的是一个卖吴山酥油饼的小店店主，他是牧今上人中国弟子松华的远房亲戚。目睹广化寺状况，飕团兄喜限时三日，让华机关清扫布置，在杭特务倾巢出动。

半典雄三持黑走低位，连占三角，涨潮般猛捞实利，俞上泉走高位，在中腹布成白阵，之后压迫右边黑棋，遏制其增目。

以为半典雄三会应对，不料他不顾右边破碎，突然打入中央白阵，此时白阵将合未合，正是最别扭的时刻。

如在尚空虚时，可以借着驱赶打入的黑子，在别的方向上再构白阵，此时黑棋已经将边角定型，堵住白棋其他方向上的发展余地，对于打入的黑子，白棋只能封杀。而半典打入的选点刁钻，是白阵的百密一疏之处，白棋杀之较为勉强。

经过一番绞杀，黑棋即将突破白阵时，半典雄三下出了自寻死路的一手。裁判席上的人皆惊，以为他看错了棋。

半典雄三用上了俞上泉爱用的技巧——弃子，白棋可以吃掉打入的黑子，但白阵的结构便被破坏，黑棋借此可攻击被割裂开的一块白阵。

俞上泉陷入长考。

半典雄三的坐姿是素乃的高雅，流氓习性地叼着不点火的烟，唾液渗湿半根，打火机频繁翻盖，"咔咔"作声。

俞上泉抬眼："这声好听么？"

半典雄三登时醒悟，打火机递给工作人员："扔到五十公里外。"

工作人员："五十公里？"

半典雄三眼露凶光："五十公里。"

工作人员受惊，跑出对局室。

对局室外，有六名华机关特务，听完工作人员的汇报，达成共识："棋士的意志，不要挫伤。毕竟日本棋士赢，是我们共同的心愿。拜托啦！"

杭州城外设有许多关卡，给工作人员签署了通行证。

他跑了八小时，在一片黑暗中驻步，将打火机奋力扔出，感慨："半典先生已经赢了吧？"随即听到一声枪响，相隔遥远，应在五十公里外……有什么在向外流……触手是血，松了口气，只要没有小便失禁就好，那样太丢人了。

高中时代，学校组织万米长跑，冲到终点时已超越生理极限，流了两腿尿……感谢上苍，今日跑了五万米，也没有失禁。

倒地前，他喊了声："半典先生，您的嘱托，我完成了！"

丢打火机的工作人员被抗日游击队击毙时，对局已在六个半小时前停止。俞上泉结束长考，写下封手，拒绝了半典雄三晚上延时下棋的提议。

次日上午，封手落于棋盘。

半典雄三预计中央白棋只能吃下打入的黑子，忍受攻击，期待之后的转机。不料俞上泉没有吃棋，而是放黑子出阵，这步放行之手占据了中央制高点，右边上的黑棋显得自身不活。

打入的黑棋只能出白阵，否则此时再被吃掉，损失便过大。右边黑子还要局促做活，俞上泉扭转局势。

第三日，未及中午，俞上泉五目胜。

俞上泉："知道你误在哪里？"

半典雄三："输了，便都明白了。"

俞上泉："听闻牧今上人违反密教常识，告诉你，你修习的《金刚顶经》高过俞上泉看的《大日经》？"

半典雄三吐舌头："比这严重，牧今师父说，修《金刚顶经》的人专门克制修《大日经》的人。"

俞上泉被逗笑："请再讲一卷《金刚顶经》。"

《金刚顶经》中卷，大日如来起了事业心，从心中变出一菩萨，问自己该如何度化众生。大日如来自问自答，变出四位菩萨，四菩萨变成金刚杵、铠甲、利牙、绳索，去度化众生。

随后，大日如来变出四尊佛，再变出四仙女，以嬉戏、美发、歌咏、舞蹈慰劳四尊佛。四尊佛亦变出四仙女，以烧香、供花、点灯、涂香料回报大日如来……

半典雄三："菩萨度化众生，为何要披铠甲？以敌对的方式度化众生，便会为众生所伤。我以你为敌，便会为你所伤——这是我的败因。"

俞上泉一叹，认可。

半典雄三："我该视众生为佛。我喜悦诸佛，诸佛亦会喜悦我，必有回报。让众生起回报心，是大日如来度化众生的方式。"

俞上泉歪嘴挤眼，扮出鬼脸："管用么？礼敬恶人，恶人会觉得你好欺负。"

半典雄三："牧今师父说，面对恶人，你行礼了，但还是将他当作恶人。请试试，全心地当他是佛，再礼敬他，你会得到不同的结果。"

俞上泉抹脸："我想不通。"

半典雄三："四菩萨是大日如来想出来的，四佛四仙女也是大日如来想出来的，众生是从哪里来的？"

俞上泉："不会也是大日如来想出来的？"

半典雄三："你遇上的恶人，也是你想出来的。人害怕自己的噩梦，就会不断重复这噩梦，强敌般越来越顽固。如果你知道它是你想的，骚扰便会消失，因为你是它的源头，它本是你。"

俞上泉吐舌："棋上总有输赢，你也在求当胜者，恶永不消失……你未能说服我。"

半典雄三："看看《金刚顶经》怎么说。"

经本所写，大日如来变成奴仆，自言自语："我是一切的主宰，也是一切的奴仆。"大日如来以众生为主人，以礼敬度众生。众生再恶劣，当他念"大日如来"四字时，也要视他为大日如来。这个假想，也是真理，这个恶劣的人，真的就是大日如来。

你打一个响指，诸佛与众生都会听到，因为诸佛与众生都是大日如来，而大日如来就是你。

金刚界坛城，画出大日如来变出四菩萨、四佛、八仙女等种种变化。这图画，你要相信是真实的，不信，你就打个响指吧，或是猛喊几声自己的名字，好好看看这图画，你可以做成一切事，你一人可以造福一切众生……

打个响指，半典雄三停下讲述，盯住俞上泉："来杭州的飞机上，已明白高野山上，牧今师父为何对我说《金刚顶经》高过《大日经》，因为高野山上的我仍认为您高过我。其实您是我的一个梦，我可以梦你赢，也可以梦你输。"

俞上泉打个响指："你也是我的梦。好梦。"

十番棋第三局，轮到俞上泉执黑先行。

至四十手，上方白棋被割裂成三条，陷入苦战。半典雄三放弃中间一条，左侧一条拐入左上角，以精准算路吃尽左上角黑棋，右侧一条通过威胁右上角黑棋，在右边成活。

飕团兄喜想出一句棋评："愈苦愈妙。"

棋盘尚广阔，俞上泉抢占他处，维持目数平衡。

下到第二日傍晚，俞上泉认输。

半典雄三似陷入极大悲伤："一百六十七和一百七十三手下得僵硬，不是您的棋，我赢的是谁？"

俞上泉："我的失误是你造成，棋盘前没有我，只有半典雄三。"

"啊——对。"

《金刚顶经》上卷，普贤菩萨央求诸佛传法，诸佛传下真言

"我观我心"，常诵此句即是修行。普贤菩萨开悟后，更名为"金刚界菩萨"，向诸佛汇报："现在我知道，一切佛就是我自身。"

诸佛答复："诸佛是你，坛城也是你，真言也是你。请念真言——万象差别，总是我。"

持此真言，金刚界菩萨化为大日如来，大日如来变出种种功能，现形为诸佛诸菩萨，构建金刚界坛城。

半典雄三凝视棋盘："这便是金刚界坛城，全是我心。"

俞上泉离席："等你第四局。"

三十三 我在

广化寺对局室外庭院里，移来一个蹲踞。

是整块石料凿成的水池，置于地面，人得蹲着方能洗手。十六世纪的茶道师利休用它，让战国霸主——丰臣秀吉进茶室前向自己下跪。

此蹲踞非新凿，外壁结着苔藓，内壁因多年水冲而石色丰富。由拱宸桥日租界里的日侨奉献。一八九五年《马关条约》后，日本商人在杭州圈地定居，已繁衍两代。

第四局，作为挑战者，半典雄三早到，看到俞上泉入寺后蹲身洗手，犹如向室内的自己下跪，忙隔窗躬身回礼。

俞上泉第一手棋落于小目，小目是角部低位，本音坊一门评定为最佳守角之法，占据一方后再挺入中央，两百年来代表棋之正道。

自从与大竹减三在一盘表演性对局上，第一次下出"自中央征讨边角"的战法，俞上泉便没有再下过小目。

半典雄三明白他是借此方式，向自己身后门派表达敬意，祈祷一盘好棋。

小目是虚晃一枪，俞上泉很快恢复高位行棋，放弃左上角，在中央扩张势力。半典雄三下出巧手，逼俞上泉选择，是中央围空，还是另辟战场，打入下方？

俞上泉补好中央，半典雄三守住下方，双方目数均衡，半典雄三略优。

第一日棋停。

飕团兄喜观战记写道："俞上泉前所未有地保守，往日的他，一定会打入下方。"

次日，俞上泉侵进半典雄三占据的右下角，并无活棋的可能。俞上泉不死不甘心地在右下角折腾，五手后仍寻不出活路。

"刚入段的院生也耻于这样下棋吧？"飕团兄喜如此想，骤然心惊，见半典雄三面色死人般晦暗。

俞上泉落子，右下角旁侧，半典雄三七子被吃，棋局顿时结束。侵入右下角，不为求活，而为割杀。

半典雄三挺起腰杆，周身鼓劲，恢复素乃般的坐姿，棋盒里取出一子，置于盘面边沿，表示认输。

半典雄三："……凉水冲手背，或许能让我舒服些，您陪我么？"

洗手之水由竹片引来。两人矮身在蹲踞前，半典雄三伸手入水："令人精神振作，有了下棋的灵感……俞先生，想听您讲《大日经》。"

俞上泉："二十二品百字成就持诵品，以诵真言的方法改变人间。你经验的人间令你痛苦，充满你无法战胜的东西，有人比你英俊、有人比你尊贵、有压着你的高手、有你必须遵守的规则、有你出生前已完成的历史……"

你的人间，是种种不适，改变一点，都要经过漫长年月。企图靠不停念咒的方式改变人间，是白耗气力的痴心妄想。你改变不了什么，除非你重新定义人间。

你经验的人间，不是真相。其实人间的每一个人，都是你。英俊、尊贵、技高一筹都属于你，规矩和历史是你造就。你病苦的人身和端庄健美的佛身没有区别，你漏洞百出的思想和佛的无瑕智慧没有区别。那些你厌恶的人、欺压你的人、令你畏惧的人，其实都发着美丽的光，如佛一般，照耀着你。

当你重新定义人间，持诵真言才会有效。

真言不是巫术，每一个发音都有意义。一切并未发生，是"阿"字音的含义；一切了不可得，是"哇"字音的含义；不要造作，是"迦"字音的含义……

佛身的端庄健美，是这些含义造成，明白这些含义，你也会变得好看，这是你初步改变的现实。

《大日经》二十三品百字真言法品：一个"阿"字音，等于无量无边的真言。因为所有真言，都在表达"空"的含义。你喊"阿"字，不管多么有力，声音终会消失，所有的执着也会消失，不管你曾经多么执着。

请大喊"阿"字，体会一切消失。你经验的人间，如你的大喊，终会消失。

《大日经》二十四品说菩提性品：菩提是"空"之意。大日坛城中的四百一十四尊，皆是大日如来一尊变出，但大日如来并不是造物主，万事万物也不是被造物。

万事万物犹如烟雾缭绕，呈现出像宫殿、像牛马、像男女等一切形状，而实际上并没有宫殿、牛马、男女，只是烟雾。

大日如来等于烟雾，并没有生出什么，一秒与万年、生与死、夜与昼、水与火、诞生与结束……所有对立现象，都是人的幻觉。

《大日经》二十五品三三昧品：三三昧，是"平等"义。一切没有差别，因为没有一切。

二十六品说如来品：知道一切是幻觉，从幻觉的角度改变人间的人，即是佛陀。

二十七品世出世护摩法品：印度有四十四种火供，密教采纳了十三种，真正的火供不烧火，是内心的焚烧。认为一切有差别，便永落人间幻觉，不能自拔。去掉此妄想，即是火供。

二十八品说本尊三昧品：选中一尊佛菩萨像，观察其造型颜色，认为他的身体就是自己的身体，可以初步打破人间幻觉。其实真正的佛菩萨是无形无色的，认为自身也是无形无色的，便脱离了人间幻觉。

二十九品无相三昧品：人的自我存在感是从哪里来的？不是身体、经历、外界造成，这种"我在"的感觉，是无条件存在的，所以在任何条件下都有。认为它是有条件的，需要搭配上什么，产生"我在——这里，我是——这个"的想法，是天大误会，从此沉溺幻觉中。

这个"我在"是众生失去的东西，它便是佛性。看到这一品，等于亲见佛面。

三十品世出世持诵品：因为人很难单纯地停在"我在"上，改不了找条件、寻匹配的习惯，所以念诵真言时，先盯着一个梵文字母或一尊佛像，只依赖一物，之后专注无形的呼吸上，最终不要任何依赖，只剩下"我在"。

三十一品嘱累品：佛嘱咐，这个法不要轻易传授，除非这个人生于吉祥的时辰、皮肤洁白、头颅饱满、脖颈修长、额宽鼻挺、脸盘匀称。

俞上泉呵呵笑起："我的长相符合标准，你就难了。"

半典雄三瞪眼："不信佛会这样说。"

俞上泉赞叹，打响指："包括你。之后佛说，希望此法门遍布人间。密法，本是要普传的。"

《大日经》共三十一品，至此而完。半典雄三泛起街头打架的流氓相："好怪呀！您与往日不同，一气讲了十品，怎么这般急？不怕我承受不起？"

俞上泉沾水，点上额头："我的时间不多了。"

半典雄三斜眼："您什么意思？"

俞上泉："是你的时间不多了。我已决定，你我的十番棋在下一局结束。不接受这结果，请务必赢我。"似有不忍，快步离去。

半典雄三嘀咕："唉！俞先生还是弱呀，混不了鸭川。"

鸭川河岸是京都歌舞伎、餐饮旺地，流氓辈出，血斗频繁，半典雄三生于此。

他已输三盘，再输一盘，便被降级。

三十四 恶手

第五局，对局室推入辆轮椅，坐着素乃，前多外骨将其停在裁判席中央。俞上泉入室，反应平静，深行一礼，似早知他会来。

俞上泉十一岁，下败两名华人国手。棋谱由北京城内的日本海军俱乐部传到日本，是一种与历届本音坊都不同的特质，素乃赞叹："世上有了新意。"

有心召俞上泉来日本，拜入自己门下，不料被宿敌顿木乡拙抢了先。俞上泉登上日本海港，即病倒，休息十五日后，才乘火车来东京，得知火车班次后，素乃犹豫再三，终忍不住，携弟子二十人，赶去火车站迎接，吓着了顿木乡拙，以为要抢人。

素乃只为看一眼。看后，问顿木乡拙："你觉得应授予他几段？"

顿木乡拙："林不忘与他下了三盘考试棋，应有不弱于三段的实力吧？"

东京棋院干部处，答复顿木乡拙，先授予二段，之后按照入段正常程序，参加全日本围棋联赛，以累计胜率争取三段。如一来便授予三段，高抬外族人，棋院没有尊严。

素乃："你看走了眼，几乎是四段，他是遇强更强的人，如与我下棋，会显示出让天下人服气的实力。"

顿木乡拙大喜："真的可以这样么？"

素乃："你在报纸上少骂我一个月，我跟他下。"

跟俞上泉下了让三子棋、让二子棋各一盘，素乃皆输，压制棋院普遍反对声，授予俞上泉四段。

俞上泉十五岁在联赛上发挥欠佳，未评为六段，令棋界失望，有"麒麟少年失去才华"的议论，俞上泉本人亦消沉。顿木乡拙试探性询问素乃，如果报社举办"本音坊与麒麟少年特别对局"，您愿不愿意？

素乃爽快答应："跟别人下，有什么意思？难怪他不长进。他还得跟我下。"

素乃是世上唯一的九段，段位落差，仍是让二子棋。连下两局，俞上泉全胜，灵光四射的内容。俞上泉局后，孩子心性，以全部对局费买下一匹英国赛马。

马还是养在马场，俞上泉付饲料费和训练费，成为他专人坐骑，闲暇时来骑一个上午。半年后，俞上泉失去兴趣，仍付费而不再来，马场经理劝说，马要得人气，久无主人骑，便废了，不如你转给他人。俞上泉随顺转让。

顿木乡拙好奇，赶去马场，果如猜测，骑在俞上泉马上的人是素乃。二人照面，均显得不好意思。顿木乡拙先说话："您这么喜欢他，或许当初他入您门下，对他的发展更好。"

素乃回答："不不，现在已是最好。他成为我的对手，比成为我的弟子有趣。多谢你，让我晚年还有大争局。"

可惜素乃中风，久久期待，成了悬案。

与半典雄三的第五局，轮到俞上泉持黑，连出三个低位小目，半典雄三走上高位……素乃眼中湿润，布局越来越熟悉。

二十年前，顿木乡拙挑战素乃的本音坊之位，轰动天下。素乃便以三个小目应对，此局顿木乡拙持白胜，令素乃产生前所未有的恐惧，暗命棋院干部处以挑战赛不合理为由，终止比赛。原本要下四盘，留下二胜二负的平手余地。

顿木乡拙是五段，与九段不能平等交手，即便决出胜负，也无荣辱。平等交手，赌本音坊之位，是素乃特许，天下无敌的寂寞感，让他自降身价。

早晨和晚上的体温尚且不同，棋手亦有状态好坏，素乃认为自己已无碍，状态低落也能靠意志力挺过来。这一局令他害怕，自觉处处得手，然而不知不觉便全局落后，仿佛是初学棋时与高段棋士对局的情况。

是整体棋力衰退了……挑战赛后，素乃更改棋院规则、在联赛上作弊，将顿木乡拙遏制在五段上，令他无法通过升段、以正规途径获得挑战权。熬过五年，素乃棋力终于回升，以不平等交手的身份再与顿木下一盘，赢了，松口气。

好险啊，躲过了顿木的黄金时代。渴望受到威胁，威胁到来，自己却如此小气。

俞上泉在模仿我的棋，诱使半典雄三下出顿木乡拙的棋。顿木当年的棋真是心血之作，锐利如半典，绞尽脑汁后，也只能下出顿木的选点。

训练半典雄三，独没给他分析过此局。而俞上泉会无比熟悉师父的杰作，只是，为何不模仿他师父，要模仿我……

六十九手，俞上泉修正素乃当年下法，没有远投他方，而是在右下角自补，令下边一团白子失去发展空间……噢，原来该这样。二十年来不愿回想此局，这是当年我大局落后的原因。

一百零二手，半典雄三放弃作战，保住八目空地……顿木乡拙当年是作战的，他为羞辱我，要大落差地取胜。半典的下法，比顿木精明。只是，很想再看到顿木的豪情……

虽然略有不同，在俞上泉的控制下，棋局高度相像地进行。至黄昏五点，俞上泉询问半典雄三："今日下完吧？"

半典雄三咬牙，答应。

飓团兄喜向素乃递上字条："俞上泉趁着自己状态好，强迫对手加时，有失风度呀。"素乃将字条揉了，严厉低语："你是外行，坐在这已是荣幸，少言！"

相比于顿木乡拙的谦和退让，素乃的刻薄似更让飓团兄喜受用，连连致歉，表示自己大错特错。

晚饭后，棋局进行，在上方形成一块与二十年前棋局一模一样的形状。素乃便是在这里认输的，顿木乡拙施放杀招，长考四十九分钟，怎么想，都躲不过去……

半典雄三毕竟是我训练的，准确想出了顿木当年的杀招。

俞上泉落子。

……躲了过去。

原来可以躲过去……

全局再无可战之处，半典雄三认输。

累计输四局，他被降级。

如何处理俞上泉？之前要听从华东日军最高司令官意思，官场更迭，接任的潮响宫亲王沉迷于打球，迟迟未给意见，只好继续扣在杭州。

半典雄三接受侵入缅甸的日军邀请，为师团级长官下慰问棋。临行前，他向俞上泉辞行，说缅甸慰问结束后，他飞台湾，转机回日本，不会再来杭州。

"牧今师父教了我《金刚顶经》，您教了我《大日经》，我将回到鸭川，靠这两部经度化两岸流氓。哈哈，您来鸭川，会看到民风淳良、秩序井然，除了姑娘漂亮不变，全变了样。"

俞上泉被逗笑："你说真的？"

半典雄三吐舌："真的，看我兴致。也许回去就懒了，什么也不想做。鸭川原貌，其实不错。您来，我陪你玩。"

俞上泉正色："你提升速度之快，如我一般。我之后，棋界是你的。或许一年，或许一月，等等看。"

半典雄三："不喜欢你说话，总像辞世遗言。你得来找我玩。"

俞上泉打响指："好，找你玩。"

半典雄三欢悦片刻，静下脸："胜负是有尊严的，成败是龌龊的。当今，是只讲成败的世界，围棋是剩下不多的胜负之事。输给您，是我此生幸事。"

两日后传来噩耗。

半典雄三乘的飞机被英军高射炮击落，堕落深山，尸骨无寻。

飑团兄喜向素乃致歉，说他联系这事，是想让半典雄三散心，不料令您痛失高足。素乃："他输了，便只是个鸭川流氓，我为何要痛心？"

飑团兄喜愕然："您——这么心硬吗？"

素乃露出厌烦表情："你忽视了天，天生出不同的人，让他们各具命运。半典雄三的死，是他的天命。"

飑团兄喜鞠躬致歉，自责境界低下。

素乃："你该改变自己。做危险的特务工作，却如此温情，小心活不长。"

事后，飑团兄喜让秘书记录："有生以来，第一次被说成是个温情的人。不愧是本音坊，彻底折服了我。"

等过半月，素乃来找飑团兄喜，说潮响宫再不给意见，他就带俞上泉回日本了。飑团兄喜："您回去吧，俞上泉要留在杭州。"

素乃厉色："死在杭州？"

猜中了，不好隐瞒。飑团兄喜告知，军部的幕僚延续上一位司令官的思路，向潮响宫递交谏言，杭州仍时不时发生向日军打暗枪事件，俞上泉可以这么死，免除日本围棋第一人被外族占据的尴尬。

潮响宫批示"给予通过"。飑团兄喜怀疑他并未审阅，处理积压的文件，顺手批下。"毕竟批了。你我改变不了，这是俞上泉的天命。"

素乃沉声："天命可以改变。"

飕团兄喜大惊失色。

让军部幕僚不悦的，无非是俞上泉赢尽日本高手，那么我们为他设计一场输局，便可平息。本音坊退位，应有一场"本音坊引退战"，因素乃中风，而未办。

按历史惯例，引退战下到百手，对局者要起身认输，口称："您的高妙，令我自惭形秽，不敢再下。"

素乃选俞上泉做引退战对手，召大批记者见证，俞上泉当众认输，大众不知是规矩使然，看到俞上泉被病患老者轻易取胜，强烈的戏剧性，令他之前的所有战绩贬值，日本棋界便找回了颜面。

飕团兄喜欢颜上脸："您的身体，可以么？"

素乃表示，本音坊有"打挂"的特权，可以无理由地随时暂停比赛，回家休息。"我跟你说话的力气，已够我下棋。"

飕团兄喜："日本有规矩，真是太好了。"表示立即向军部写谏言，之后不好意思地询问："您对待半典雄三和俞上泉，为何如此不同？"

素乃："啰唆。"

飕团兄喜再次被折服。

回途中，素乃开言："俞上泉与半典雄三最后一局，复现我的棋，改正我当年失误，下出我没想出的妙手。他越过半典雄三，跟我间接下棋，我怎能不应战？"

前多外骨："对飕团兄喜，您未将引退战的性质说全，大众不知，本音坊一门都明白，引退战也是上位战，对局者是上一代本音坊选中的下一代本音坊。"

素乃："顿木乡拙已死，俞上泉属于我了。引退战，他天然成为我弟子。这是我苦心的一手。"

前多外骨："这么做，不但没让他输掉颜面，反而坐实了他是棋界第一人，军部幕僚知道后，会更加恼火。"

素乃："这里是杭州，不是日本！你不说，谁知道？"

前多外骨屈服。

素乃："俞上泉的本音坊上位仪式，留待战争结束后吧。如果我活不到那时，你要做证，主持此事。"

前多外骨领命，高声"嗨"。

潮响宫批示"给予通过"。

按照素乃体质，百手之局，要下三个月。飓团兄喜特批，俞上泉可接家人来杭团聚。上海，近在咫尺，俞上泉却未让接母亲，请从日本接夫人平子。

飓团兄喜："您是担心性命危险，而不让母亲在身边？俞先生，本音坊和我已定下巧计，请您宽心。"

俞上泉笑笑，未改原意。

棋局第一日，裁判席上坐有一位僧人，是从高野山赶来的牧今晚行。俞上泉执黑先行，第一手占高过小目的星位，第二手占低于小目的三三位，第三手占据棋盘正中的天元位。素乃保持本音坊传统风格，以小目连占二角。

前多外骨向记者解释，俞上泉的三手，都是素乃批判过的恶手。星位不高不低，想守住角空，还需加补一手。三三位过低，会遭压封，断绝发展空间。天元华而不实，极易沦为无用之招。

下到二十余手，素乃打挂，暂停对局。

以三恶手应战本音坊——众记者看懂了戏剧性，当日报纸脱销。

素乃要休息七日。高野山大阿阇黎牧今晚行来杭，为在杭州机场给半典雄三做安魂法事，那是他在大地上的最后停留处。俞上泉、前多外骨、西园寺春忘、飔团兄喜参加，仪式后，牧今晚行邀俞上泉做客。

西湖边北山路一栋日军征收后转售给日本商人的别墅，是牧今晚行暂居所。"高野山上，半典雄三的流氓气褪去大半，见到您时，剩得不多了吧？"

俞上泉笑起："还是浓重。上飞机前向我辞行，却是全没了。"

牧今晚行："预示着转生后，他当生在个文化人家。"

俞上泉垂眼："该如此。"

牧今晚行："听闻您教他《大日经》？您不是密教人，您可真自信。"

俞上泉："天神也会听我讲法，何况半典雄三？"

牧今晚行瞪眼："反了反了！"

俞上泉盯住他眼："上人……"

牧今晚行怒目转为笑意："我不做戏逗乐了，您看了不可思议疏？"

至三十一品，《大日经》经文完结。之后还附录五品，《大日经》传到大唐的第二代，有位名为不可思议的阿阇黎，觉得《大日经》篇幅长、内容重复，根据第一代口述，落笔合并为五品，不是简单剪裁，为概括要说新语，有《大日经》里没有的内容。

密教传统，《大日经》第一品讲义理，口言可明，称为口疏。二品至三十一品，以作法揭示义理的奥妙，名为奥疏。附录五品，以那位阿阇黎的名字命名，称为不可思议疏，肯定他的个人出新。

不可思议疏第五品真言事业品言：当自己是可以在任何时间地点显现、以种种巧妙方式救众生的观音菩萨吧！你读诵佛经，众生便会得救。你默诵佛经，会招来天神听法。

保持你是观音菩萨的自我认定，去工作、待人、饮食、睡眠。作为一个习惯于伤人伤己的人类，你不能再把自己往恶劣里想，想了，你必恶劣。深思，醒来！当你是观音菩萨吧。

清洁自己的心，外在的洗澡不重要。如果你做不到，那你就一遍遍地洗澡吧，利用洗身体，想象你的心得到清净。

一切密教作法，如同洗澡，从外在的形式入手，达到心的清净。外在的形式没有意义，但为度化悟性不佳的众生，有保留价值。

牧今晚行："俞先生，您明白了密法，只欠一个灌顶仪式，便是正式的密教人了。我愿意为您效劳。"

印度国王的加冕仪式，以海水滴头顶，表示承接了祖先土地。密教模仿，以香水滴头、师父摸顶，表示求法者得到诸佛菩萨的法脉。

俞上泉："没有人可以让我成为密教人，除非我自己。我不求法，何需灌顶？"

牧今晚行："哈哈，你是看不上我么？觉得我没有资格当你的师父么？"大笑过后，见俞上泉并不搭理，挑起大拇指赞叹，"天才看人总是眼光挑剔，为免因看不起传法阿阇黎，而错过密教。密教留下一法，专门收摄你这类人物，不需要师资，自己给自己灌顶。"

俞上泉："您又在做戏？"

牧今晚行满脸堆笑："不妨听听。"取出个水晶球。

想象球底部延下道无色的光，透过头骨，通入体内，在小腹里变出一朵无色莲花。安然静坐，无色莲花一变为金色，二变为白色，三变为红色。你的肉体消失了，你以红莲之身，仰望夜空，月亮为大日如来，星星为诸佛菩萨，夜空即是大日坛城。

月与群星运转的声音，转化为人类的发声为"叱"音，如大人呵止小孩调皮，仔细听，则有八十二个音：拿牟斯得利亚，提维嘎难，达塔格达难，嗡，维拉及维拉及，马哈加格拉，法纪里，萨达萨达，萨拉得萨拉得，得拉以得拉以，维达马尼，三盘加尼，德拉玛底，细达吉里亚，德兰，梭哈。

牧今晚行："你念二十一遍，便自己给自己灌顶，成了正式密教人。请念。"

俞上泉："叱！别逗了！"

牧今晚行大笑："灌顶完成！"

三十五 绝路

七日后，引退战延续。面对俞上泉的攻击，素乃下出艺惊四座的轻灵之手，不原地作战，大跳蹿出，迈向俞上泉另一块阵地。俞上泉尴尬，追击，另一块阵地受伤，不追，攻击之手成了废棋，素乃将脱身而出，抢占上方大场，一举领先。

前多外骨递飚团兄喜字条："是能流传后世的名手，可惜出现在序盘，否则俞上泉可以体面地认输。"

俞上泉陷入长考，三十五分钟后，还是追击。

五六手后，素乃反攻，俞上泉的追击之棋还需自补，素乃仍将脱身，抢占上方大场。俞上泉松手，指尖棋子落回棋盒，呼吸五次后，重拾打下。不自补，斜行大跳，绳子般拢住黑白双方，令素乃无法脱离，不得不在此应战。

此手轻灵，堪比素乃之前一手，且更精彩。

素乃破了对局时不语的规矩，叹息："我的东西，这么快，你就会了？"向裁判席做手势，表示打挂，暂停对局。

与上次打挂不同，素乃未交代休息几日。

当日观战记，飚团兄喜处理急务，由前多外骨代笔。以《力争最妙手》为题，文风明显不同，酷似日本人熟悉的《三国演义》。

引发又一次来杭打球的潮响宫兴趣，召俞上泉来凤凰山。

相见方式，是潮响宫在二百米外以望远镜相看。俞上泉草坪上站了十五分钟，二百米外跑来位球童，负责捡球、背球杆的十二三岁少年："亲王问，围棋是不是跟高尔夫球一样，也是角度、力度的技艺？"

俞上泉："不是。"

球童跑回，片刻，二百米外开来辆草坪车，下来位成年人，自报是亲王的生活秘书，代表亲王谈话，希望您用最简洁的语言，讲述如何将围棋技巧用在真实的战争上。

俞上泉："用不上。棋盘上，谁先从争斗中醒悟，谁是胜者。追求争斗，是败因。围棋的妙手，都是脱离之手。"

秘书开车走了，片刻回来："亲王表示感谢，请回。"

次日，前多外骨受召上凤凰山，与生活秘书对谈后，受到潮响宫面见。一见之后，连续召见四日。潮响宫感慨："与您相比，俞上泉是个不懂棋的人呀。您在十番棋上输给他，不合天理。"

前多外骨："天理，从来如此。为推广正道，会先让邪道横行。"

十五日后，素乃再开局，通过应战，在右侧形成广阔阵势，残余一个漏洞，俞上泉可从左上角侵入，封闭此路径，将成为大空。但素乃放弃自围，终于抢占上方大场。

俞上泉破去素乃右方大空，观者皆惋惜。

飕团兄喜递前多外骨字条："本音坊心气太强，被两次阻挠后，第三次抛弃大空，也要占上方？得不偿失啊！"

前多外骨低声呵斥："你懂什么！"

他对自己从来是恭敬有加，难以想象会说出硬话……想到他和潮响宫的关系，飕团兄喜自责乱说话。

前多外骨似乎亦震惊于自己的强硬，补写字条："围棋不是视觉艺术，右边没有看起来大……"做出挽回。飕团兄喜回复："我真是太浅薄了，不懂本音坊的深谋远虑。之后观战记，都由您写。"

前多外骨："不好吧？"

飕团兄喜："贤位当由贤者居之，请您不要推辞。"

前多外骨点头，从此二人逆转了尊卑。

棋盘上，俞上泉从下边扩展，围成类似素乃右边大空的情况，卖破绽，给素乃留出侵入的路径。素乃畏惧俞上泉有特别手段，展开战斗，会让自己耽误在此，他抢得先手，打入左上角。长考两小时后，素乃仍不敢落子破空，叹一声："你又会了。"

再次打挂。

十二日后开局，素乃打入下边，不是俞上泉预留出的侵入路径，是必死的落点，以制造割裂的方式求生。俞上泉陷入复杂对杀，无暇再打入左上角。

对杀结束，素乃活棋，俞上泉损失小份空地，抽身而出，终于打入左上角。素乃体力不支，提出打挂。

当日观战记，迎合潮响宫趣味，以《火烧连营》为题，前多外骨评说，看似得逞的俞上泉，其实落入圈套。阻止俞上泉打入右上角，是素乃一贯战略，在下边对杀中，原本可先手活棋，之后回到左上角守空，却走错一个次序，落了后手，让俞上泉打入左上角。

这个次序错误，前多外骨认为，是素乃故意为之，推翻之前守空战略，构思出大规模作战的新想，本音坊的斗志令人钦佩。

此篇观战记，读者反响不佳，认为媚语失实，为素乃的失误遮羞。

出乎意料，素乃两日后即重开局，被观战记言中，俞上泉在左上角活棋后，素乃回头，再次打入下方俞上泉大空。下方大空已经过一轮对杀，黑白子界线明确，已无漏洞，却因俞上泉进左上角，拱起上方白棋形状，凑近下方大空，对素乃二次打入之子，有了接应。

打入之子滑溜活出，俞上泉大空再遭缩减，顿成败势。

此手为八十六手，虽未至百手，但大差不差，面对素乃妙手，俞上泉已可体面地认输。

俞上泉起身行礼，素乃却先开口："听闻你给牧今上人讲解不可思议疏，请给我也讲一品。"

俞上泉愣住，素乃："是真想听。"

俞上泉汇报，不可思议疏第四品持诵法则品：你明了自身是大日如来、诸佛菩萨都是你所变后，你供奉的大日坛城绘图，往往会出现发光发热的幻相。你别多想，那是你脱离了人间幻觉后产生的新一种幻觉，你沉迷幻觉的习惯，令你生出了它。

你还会有别的幻觉，比如出现恶人恶事，你一着急，所有修行作废，又堕回人间幻觉。此时请念真言，沉溺于真言，好过沉溺于幻觉。请念真言，度过这个刚脱离幻觉的阶段。

望着八十六手，素乃如痴如呆："还想听。"

俞上泉汇报，不可思议疏第三品供养仪式品：以涂香、燃香、献花、献食供养佛像，不如以拯救众生的愿望来供养佛像。念诵真言，祈请诸佛菩萨的真身入于佛像中，不如念诵真言，祈请诸佛菩萨入于我身中。

素乃："不如……打挂吧？"

当夜，素乃去牧今晚行别墅做客，透露心声："这该是我此生最后一盘棋了，不想让它停下。"

陪同而来的前多外骨发言："该停下。还往后走，失去美感。"

素乃斜眼："什么时候开始，你已经可以插我的话了？"前多外骨鞠躬致歉，素乃挥手，让他去门外等。

牧今晚行："您赢了么？"

素乃："开始以为是……亲眼所见，俞上泉诱导半典雄三下出二十年前的棋谱，他也有能力造出我的妙手。"

牧今晚行："噢，您是疑心了。"

素乃："所以想再下下。"

十五日后，重开局。俞上泉先入室，候在棋盘前，素乃轮椅行至："还有余暇，再讲一品不可思议疏吧。"

俞上泉汇报，不可思议疏第二品增益守护清净行品：在家闭门修行，以真言完成礼敬诸佛、赎己身罪、皈依诸佛、布施众生、发菩提心、请佛真身、请护法等流程。

如果久修无效，是因为你觉得要付出巨大辛劳，才有成果。你对自己太不好了，不要怯弱，改变这个认识，刚结手印，便得清净，一念真言，即获法力。

素乃慨叹："疑心，是因为怯弱……受教，请再讲一品。"

俞上泉汇报，不可思议疏第一品真言行学处品：小学校规般，讲学习心态及山中修法的选地标准。特别说明，一个爱发火的人，就别学密教了，嗔恨会毁掉所有修行。

唯一情况下，你可以表现嗔恨，那是为了降服忘恩负义的人，但你心要慈悲，嗔恨是你的假相。

素乃望向前多外骨——他承受了我太多嗔恨，略露歉意，扭头："时候到了，下棋吧。"

俞上泉大势已去，唯一不安定因素，是棋盘中央双方各有一小块浮子，原地做活不易，连回阵地不难。俞上泉落子，断去白子归路。

以弃子战术，逼俞上泉吃下这几个白子，白棋得以加固中央，将以二目获胜。俞上泉断白子归路之手，看似凶悍，实则是认输台阶。

素乃眼光暴起，亦断去这几个黑子归路，要全部吞吃。

前多外骨递飕团兄喜字条："三十年前，本音坊对阵炎净一行，便是为追求大胜，自造险境，几乎把赢棋下输。"

飕团兄喜受宠若惊，写字条回复："八十六手后，由您接手下，会成就一盘名局。"

前多外骨瞟来一眼，亮得逼人，不知是斥责还是嘉许。

中央黑白子，双双不活，绞在一起，向右方延伸十余步，未能有一方活出，于是又向左侧延伸，十余步后，俞上泉停止落子，盯着棋盘。

三十年前争夺本音坊之位，炎净一行看出素乃对自己的必杀手段，而不愿向素乃认输，便这样盯着棋盘，直到用光规定时间，以"超时"的名义，由裁判判负。

素乃叹息，自己漏算，黑棋对白棋有必杀技，俞上泉已发现。

院中有鸟鸣，俞上泉的头忽然垂下，响起鼾声，竟然睡着。飕团兄喜走上，向素乃致歉，说在俞上泉水杯中加入麻药，我们更改一枚白子位置，您还是赢棋，俞上泉醒后，也会默许这一改动。

素乃望向前多外骨："你的主意？"

前多外骨行礼："下这局棋，您的本意是保他性命。请让他输吧。"

素乃指向昏睡的俞上泉："这个人刚才在跟我全力战斗，他忘了保命计划，心里只有棋。我要尊重他。"

达成共识：俞上泉醒后，是假装没发现必杀技，起立认输；还是为这盘棋负责，下出必杀技？是他的选择。

素乃命前多外骨拉开纸门，露出庭院风光："这么好的天气，如果不是真在下棋，则太遗憾了。"

飕团兄喜拿药水瓶置于俞上泉鼻下，迅速开盖又迅速合上。一个强烈的喷嚏后，俞上泉醒来。

盘上棋子都在原位，未做改动。俞上泉落子，素乃欠身："承蒙指点，我输了。"

三十六　乐土

引退战的最后一篇观战记，推延一日方登载。前多外骨无心写，还由飔团兄喜执笔。他极为看重，为找灵感，在西湖边酒楼雇包厢写作，开窗遥望湖水，水面打来暗枪。

他生性多疑，一贯行踪莫测。如此不谨慎的死法，令华机关特务们不敢相信。

引退战后，俞上泉没再出过居住的药铺，二楼侧室开辟成书房，一日三餐由夫人平子亲手做，住在一楼的华机关特务负责买菜。

一日中午，平子端饭菜入书房，俞上泉拍着一叠写好的棋谱："十二岁到日本，就不断比赛，停下来研究围棋，可能只有一年吧？"

俞上泉整日写的是以前对局，平子劝他不必如此辛苦，他所有的对局都有记录，保存在东京棋院、全日本联赛调理会的资料室，并在《围棋年鉴》《棋道》等杂志刊载。

俞上泉笑答："棋手下一局等于下了多局，其中很多构思因对手没有下出最佳应手，而无法下出。现在我以神为对手，写出我那些没有下出的棋。"

饭后，西园寺春忘造访，他要离开杭州，特来告辞。

日本密教各派要云集新加坡，举办为太平洋海战祈祷的联合法会，媚好军部。他接到宗家指令，要他代表西园寺家族参加，发挥他的理论天赋，寻机与最富名望的阿阇梨牧今晚行辩论，辩而胜之，抬高西园寺家法在密教界的地位。

西园寺春忘说自己信心不足，俞上泉不好鼓励，西园寺春忘告辞："耽误您太多时间了。"送上临别礼物《大日如来三十七尊坛城》画卷。

平子惊喜："画的是什么呀？"

西园寺春忘戴上老花镜，随看随说：

有一片黄色大地，之上是白色大水；水上为红色大火，火上有黑色大风，风上是蓝色虚空。虚空涌出香雨，浇灌七座金山，汇成八方大海。

八方海变成八叶莲花，遍满宇宙。莲花化为八柱楼阁，装无尽财宝，住无尽菩萨。楼阁中央有金黄圆月，圆月变成绝美十四岁少女，少女变成大日如来。

大日如来身旁有三十七尊菩萨相伴，身后虚空，密布诸佛。大日如来戴五方冠，披纱缦衣，璎珞装饰，全身散发月色柔光，宣说"阿鑁（完）览唅欠（坎）"五音，散达十方。

山海大地从"阿"音生，江河湖泊从"鑁（完）"音出，日月星辰、金银珍宝、火烛光明因"览"音而成，谷物水果花卉因"唅"音结出，女人美色、男人庄严因"欠（坎）"音而有。

五音降至天界，转为"阿微辣吽岂"五音，降至人间转为"嗡琴"二音。

西园寺春忘解释，这是大日如来上、中、下三品真言，其中功运，以菩萨的智慧法力亦不能尽知，唯大日如来自知。

平子："人不能知，念之何用？"

西园寺春忘张开缺了数颗牙的口，承认有此遗憾。俞上泉笑起："念之有用，你我是大日如来。"

《大日经》一书千言万语，只是说一切众生本是大日如来，个个皆具大日坛城，如千灯相互照射而彼此无碍。

平子赞叹画卷："它好美啊。"

俞上泉："美不过人间。"

西园寺春忘："人间之美，我感受不到。"告知，日军近期统计，中方累计死亡官兵一百一十九万七千余人，负伤一百三十二万六千余人，失踪十七万三千余人。

他迈出药铺大门，要俞上泉和平子留在门槛内："对不值得尊重的客人，主人不送出门。我要去做的事，不值得尊重。俞先生止步。"

日本四国岛，母养山，恩山寺。素乃在院中晒太阳，持剪刀剪硬纸片，剪出六片后，在他人帮助下，以胶水粘成一个六角形纸盒。

前多外骨从寺门走入，汇报他接受东京棋院聘书，上任理事一职，即要离开。

素乃扬起六角形纸盒："传统棋盒是圆形的，多是紫檀木、楠木等名贵木料，即便以草编制，因需要精细手艺，原料费低，手工费却高，一样不便宜。而六角形，用硬纸板就可以拼成，棋盒的价格降下来，普及围棋会有利。"

前多外骨："廉价棋盒会让围棋的文化档次下降。对于爱好者来说，是出于对围棋的向往才学棋的，他们愿意花大价钱买好棋具。您的发明，脱离现实。"

素乃怒喝一声，前多外骨低头退后，鞠躬致歉。

素乃转为笑容："跟了我这么久，你第一次如此直接地跟我说话，很好。"前多外骨仍是致歉站姿，没有抬头。

素乃："杭州的情况如何？"

前多外骨："俞上泉还活着，在等待一个合适他的死法。您该对此负责。"

素乃冷脸："当了理事，下一任本音坊也是你吧？"

前多外骨没应话，点头，退出。

素乃捧着纸片棋盒，望向天际。

杭州最外围的检问所，驶出一辆轿车，接近游击队活动的危险区域方停下。司机先出，取下车顶绑着的折叠轮椅，从侧座搀出一人，扶其坐上。

是段远晨。

车后门打开，下来个人，是雪花山的郝未真。司机从后备厢里取出个草席卷，递给他。里面是英式狙击步枪。

司机坐回车内，紧闭车门。段远晨提防司机仍能听到谈话，做手势要郝未真推自己行远些。

推出六十米，段远晨说话："你在杭州打暗枪，毙了不少日本人，被捕后受刑也算条硬汉，我想不到你会为亲王打这一枪。"

郝未真："能换得出狱，为何不做？"

段远晨："你不该。我查到，你出身雪花山，俞上泉是道首之子，你曾经舍命保卫过他。"

郝未真："以前的事了，雪花山没落，给不了什么，我这身本事，中统给得起价。"

段远晨："好奇是什么改变了你？"

郝未真："儿子。"

段远晨叹息："往往如此……日本发动太平洋战争不明智，或许明年或许后年，就是你在追捕我了。亲王给我的指令是，你开枪后便将你除掉。放你出杭州，我冒风险，明白我的意思么？"

郝未真："如果日本战败，国军光复杭州时，放你条生路？"

段远晨冷笑："逃生，我起码还可以做到。"

郝未真："你早年出身中统，要我代你与中统高层联络？"

段远晨摇头："做我们这行的，不如女人。女人尚可改嫁，我们改了也不会得到信任，我已改过一次，不能再改了。"

郝未真："你为何救我？"

段远晨："你会笑话我的，我只想做件善事。"

轮椅停住，郝未真吃惊不小。段远晨嘿嘿笑了："我就知道，你会这样。棋上的胜负有目数计算，比起俞上泉，我们的胜负，是算不清的。"

郝未真重新推轮椅，许久后言："我有时会想，国家、民族、思想、经济这些词究竟有没有意义？我们的所为，究竟为什么？"

段远晨："我也过这种焦虑，后来明白，是因为惯性。"

郝未真："惯性？"

段远晨："世上许多事没有道理，只是习惯……我累了。"郝未真松开轮椅推手，端正肩上草席卷，快步远走。

五十七分钟前。

平子端饭上楼，听到马嘶。推门，见坐在桌前的俞上泉停了笔，扭头望向三米外窗户。这样的视角，是看不到下面的。

平子放下饭菜托盘："哪来的马？"向窗走去。俞上泉抓住她胳膊，牵回桌旁："考你几个中国字，看认不认得？"取张空白棋谱记录纸，铅笔写下几字，交给平子，自语"来了"，行至窗前。

平子蹙眉看字，终于识得是"人间即是佛境"。

枪响，俞上泉足跟弹起，跌于地上。

眉心镶着银亮弹尾，在血未涌出之前，如释迦牟尼佛的八十种随形好之一的螺旋白毛。此毛捋直与佛身等长，螺旋缩于眉心，似一颗银质饰物，无比吉祥。

药铺北侧的湖岸上，溜达着三匹无主之马，运木拉煤的四川马，最为常见。

此刻，草青路长，山水安闲。

（全书完）

徐皓峰

本名徐浩峰。1973年生。高中毕业于中央美术学院附中油画专业，大学毕业于北京电影学院导演系。现为北京电影学院导演系教师。

导演，作家，道教研究学者，民间武术整理者。

文学作品：

长篇小说：《国术馆》《道士下山》《大日坛城》《武士会》《大地双心》

中短篇小说集：《刀背藏身》《花园中的养蛇人》《白色游泳衣》《诗眼倦天涯》《白俄大力士》

武林实录集：《逝去的武林》《大成若缺》《武人琴音》

电影随笔集：《刀与星辰》《坐看重围》

电影作品：

《倭寇的踪迹》（导演、编剧）

《箭士柳白猿》（导演、编剧）

《一代宗师》（编剧）

《师父》（导演、编剧）

《刀背藏身》（导演、编剧）

《诗眼倦天涯》（导演、编剧）

大日坛城（重写版）

产品经理｜来佳音　　封面设计｜张一一　　营销经理｜李　佳

技术编辑｜陈　皮　　执行印制｜刘　淼　　出 品 人｜于　桐

图书在版编目（CIP）数据

　　大日坛城：重写版 / 徐皓峰著 . -- 北京 ：光明日
报出版社，2022.5
　　ISBN 978-7-5194-6455-4

　　Ⅰ．①大… Ⅱ．①徐… Ⅲ．①长篇小说－中国－当代
Ⅳ．① I247.5

　　中国版本图书馆 CIP 数据核字（2022）第 029542 号

大日坛城（重写版）

DARITANCHENG（CHONGXIEBAN）

著　　者：徐皓峰

责任编辑：王　娟　　　　　　　　产品经理：来佳音
封面设计：张一一　　　　　　　　责任校对：傅泉泽
插　　图：方佳翮

出版发行：光明日报出版社
地　　址：北京市西城区永安路 106 号，100050
电　　话：010-63169890（咨询），010-63131930（邮购）
传　　真：010-63131930
网　　址：http://book.gmw.cn
E - mail：gmrbcbs@gmw.cn
法律顾问：北京市兰台律师事务所龚柳方律师
印　　刷：北京盛通印刷股份有限公司
装　　订：北京盛通印刷股份有限公司
本书如有破损、缺页、装订错误，请与本社联系调换，电话：010-63131930

开　　本：140×200　　　　　　　印　　张：10.5
字　　数：220 千字
版　　次：2022 年 5 月第 1 版
印　　次：2022 年 5 月第 1 次印刷
书　　号：ISBN 978-7-5194-6455-4
定　　价：58.00 元